Ophelia London

BACKSTAGE · Ein Song für Aimee

DIE AUTORIN

Die *USA Today*-Bestsellerautorin Ophelia London wurde in Nordkalifornien geboren und lebt heute in Dallas, Texas. Am liebsten sieht sie sich Arthouse-Filme an und Trash-TV, während sie ihr Leben durch ihre Charaktere in ihren Büchern lebt.

Mehr über cbj/cbt auf Instagram unter @hey_reader

OPHELIA LONDON

BACKSTAGE
Ein Song für Aimee

Aus dem Englischen
von Michaela Link

Sollte diese Publikation Links auf Webseiten Dritter enthalten, so übernehmen wir für deren Inhalte keine Haftung, da wir uns diese nicht zu eigen machen, sondern lediglich auf deren Stand zum Zeitpunkt der Erstveröffentlichung verweisen.

 Dieses Buch ist auch als E-Book erhältlich.

Verlagsgruppe Random House FSC® N001967

1. Auflage 2019
Deutsche Erstausgabe Mai 2019
Copyright © 2015 by Mary A. Smith
Die Originalausgabe erschien 2015
unter dem Titel »Aimee and the Heartthrob.
A Backstage Pass Novel« bei Crush,
an imprint of Entangled Publishing LLC,
Fort Collins, USA.
© 2019 für die deutschsprachige Ausgabe
cbj Kinder- und Jugendbuchverlag
in der Verlagsgruppe Random House GmbH,
Neumarkter Straße 28, 81673 München
Aus dem Englischen von Michaela Link
Umschlaggestaltung: Suse Kopp, Hamburg,
unter Verwendung mehrerer Motive von
Getty Images / oxygen; Trevillion Images /
Felicia Simion
he · Herstellung: eR
Satz: Buch-Werkstatt GmbH, Bad Ailbling
Druck und Bindung: GGP Media GmbH, Pößneck
ISBN 978-3-570-31188-2
Printed in Germany

www.cbj-verlag.de

*Für Nate und seinen »Piano Song«,
den er nur für mich geschrieben hat.*

Miles Carlisle

Alter: *Siebzehn*
Haarfarbe: *Blond*
Augenfarbe: *Blau*
Heimatstadt: *Surrey, England*
Wahlheimat: *Pacific Palisades, Kalifornien*
Lieblingssong auf dem Debütalbum:
Just Lucky
Steht auf: *Echtes Lächeln und Pferdeschwänze*
Sein Traumdate:
*Mit einem Mädchen, das ich nach Strich und Faden
verwöhnen darf. Das ist der Brite in mir.*
Motto:
»If you call me a tiger, then the stage is my cage.«
– LL Cool J

Kapitel 1

Die Stimmen waren kaum noch zu hören, also presste Aimee ihr Ohr an die Tür und wünschte, sie hätte ein Glas Wasser mitgenommen, als ihre Eltern sie in ihr Zimmer verbannt hatten. Das funktionierte sonst immer als Ausrede, wenn sie versuchte zu lauschen.

Obwohl sie die einzelnen Worte nicht ausmachen konnte, erkannte sie am Tonfall, dass irgendetwas Großes im Gange war. Sie wusste, dass ihre Eltern den Einsatz für Ärzte ohne Grenzen einen Monat früher als geplant antreten würden. Kein Ding. Da Grandma mitten im Ozean auf einer Kreuzfahrt steckte, würde Aimee bei Becky schlafen, und sie könnten gemeinsam den Beginn der Sommerferien feiern, zwei beste Freundinnen, die am Pool herumhängen, Jungs auschecken, täglich Updates auf ihrem Vlog posten und nächtelang *Teen Wolf* gucken würden.

Als die Stimmen ihrer Eltern endgültig zu leise wurden, überlegte Aimee ernsthaft, aus dem Fenster zu steigen und an die Hintertür zu schleichen, damit sie mitbekam, was los war. Aber da ihr Zimmer im ersten Stock lag ...

»Ames?« Ihr Dad klopfte an die Tür und Aimee sprang gerade noch zurück und warf sich total lässig auf ihr Bett. »Hey, Kleines.« Er steckte den Kopf ins Zimmer. »Mom und ich müssen mit dir reden.«

Oh, Scheiße. Dieser ernste Tonfall. Das war ungewöhnlich für ihre Eltern, die sonst cooler waren als die meisten anderen Erwachsenen. Wehe, sie sagten ihre Reise ab. Das wäre megaätzend. Sie und Becky hatten die nächsten drei Wochen schon voll durchgeplant.

»Okay«, antwortete sie also und folgte ihm nach unten in die Küche.

Ihre Mom telefonierte und schaute dabei aus dem Fenster über der Spüle. »Vielen Dank. Ich weiß nicht, was wir ohne dich machen würden. Das Timing könnte gar nicht besser sein.« Sie drehte sich um und fing Aimees Blick auf. »Ich rufe dich morgen früh an, wenn wir die Termine festgemacht haben.«

Aimee sah ihren Dad an. Er wirkte nicht besorgt, aber irgendetwas war definitiv los. War er … aufgeregt? Dad schob Aimee einen Stuhl hin, damit sie sich setzen konnte. Das war so förmlich, dass ihr etwas flau im Magen wurde. »Ist alles in Ordnung?«

»Ja.« Ihr Dad räusperte sich und strich sich dabei über sein Ziegenbärtchen. »Aber es hat eine Planänderung gegeben.«

Verdammter Mist. »Schon wieder?«

»Becky hat Pfeiffersches Drüsenfieber, Schatz.«

Aimee zog automatisch ihr Handy aus der Tasche. Sie hatte den ganzen Morgen nichts von Becky gehört. Aber es war ja auch erst zehn Uhr und Sonntag. Sie schlief bestimmt noch.

»Seit wann?«

»Seit ihre Mutter vor einer Stunde angerufen hat«, antwortete Mom. »Du wirst doch nicht bei ihnen wohnen können – du weißt ja, wie ansteckend das ist.«

»Man nennt das auch die Kusskrankheit«, erläuterte ihr Dad prompt.

»Dad, das ist eklig. Es gibt auch noch andere Wege, wie man sich das holen kann.« Aber eigentlich fragte Aimee sich schon, mit welchem heißen Typen aus dem Fußballteam der Pacific Palisades High Becky heimlich rumgemacht haben konnte. Und obwohl es natürlich ätzend war, dass ihre beste Freundin total krank war und so, war es doch wohl noch ätzender, dass so ihre Wahnsinnspläne für den Sommer platzten, bevor es überhaupt hatte losgehen können.

Kein Wunder, dass ihre Eltern so geheimnisvoll taten.

»Dann heißt das, dass ihr nicht vor Juli nach Kambodscha fliegt?«

Ihre Eltern sahen sich an. »Doch, das tun wir, Schätzchen. Wir werden dort wirklich gebraucht, deshalb haben wir für dich etwas anderes organisiert, bis Grandma nach Hause kommt.«

Hm. Seit wann machten ihre Eltern Pläne für sie, ohne vorher mit ihr zu sprechen? Sie waren seit sieben Jahren freiwillig für den MSF unterwegs, und Aimee war daran gewöhnt, den Sommer bei Grams zu verbringen.

»Was anderes?«, wiederholte Aimee.

»Genau.« Mom lächelte. »Ich habe gerade mit Marsha telefoniert. Es ist alles geregelt.«

Marsha? Die einzige Marsha, die Aimee kannte, war ...

Oh, Mist. Oh Mist, oh nein, oh bitte bitte nicht.

Ihr lief es eiskalt den Rücken hinunter.

»Du hast es erraten!« Moms Grinsen wurde breiter, weil sie Aimees benommenen Gesichtsausdruck offensichtlich vollkommen anders deutete. »Nick ist den ganzen Sommer mit ihnen unterwegs, also hast du zwar Familie um dich, aber da dein Bruder als Praktikant dort arbeitet, wird er nicht dein *offizieller* Aufpasser sein. Ich bin die ganze Sache mit Marsha durchgegangen – Mrs Carlisle, meine ich. Du weißt schon, Miles' Mutter.«

Aimee nickte steif, während ihre Handflächen immer klammer wurden. Konnte sie einen Fall von Pfeifferschem Drüsenfieber vortäuschen? Sie würde lieber drei Wochen im Krankenhaus verbringen als drei Wochen mit ...

Und natürlich kannte sie Miles' Mom. Obwohl sie in den letzten zwei Jahren alles getan hatte, um nicht auch nur eine einzige Nanosekunde lang an irgendetwas zu denken, das mit Miles zusammenhing. Was unter den gegebenen Umständen ziemlich unmöglich war.

Sie lebte schließlich in Amerika.

Und er *war* Miles Carlisle.

Dad stieß sich vom Tisch ab. »Marsha ist immer mit der Band gereist, weil Miles noch minderjährig ist, und sie hat uns versichert, dass es jede Menge andere Aufsichtspersonen gibt – auch professionelle.« Er sah ihre Mom an und beide lachten. »Das ist also keineswegs der Partytourbus, den wir befürchtet haben.«

Aimee schluckte. »Was wollt ihr ...«

»Wir wissen, dass dein Bruder eher Spaß daran hat, mit Musikern herumzuhängen«, erwiderte Mom, »aber glaubst du nicht, dass es schön sein könnte, einige Wochen lang mit einer richtigen Band auf Tour zu gehen?«

Spaß?

Panik stieg in ihr auf. Oder Aufregung? Nein, eindeutig Panik.

Es war eine Sache, dass Nick die Sommertournee von *Seconds to Juliet* begleiten durfte. Seine Beweggründe waren tatsächlich legitim: Trotz ihres zweijährigen Altersunterschiedes waren er und Miles seit fünf Jahren BFF, und Nick machte an der UCLA seinen Abschluss in Musikproduktion. Also ja, es machte Sinn, dass er mit ihnen auf Tournee ging, aber es machte null Sinn für Aimee, da hinterherzudackeln – als wäre sie wieder elf Jahre alt.

Hinterherdackeln ... ihre Wangen wurden heiß. Das hatte sie im Zusammenhang mit Miles viel zu oft gehört.

Ihre Eltern mussten gigantisch in der Klemme stecken, wenn sie diesem Plan zustimmten und ihn sogar gut fanden, wie sie aus Dads komischem Grinsen schloss.

Zwei Jahre lang hatte Aimee alles in ihrer Macht Stehende getan, um zu vergessen, dass Miles Carlisle überhaupt existierte. Sie hatte aufgehört, ihre Lieblingszeitschriften zu kaufen, als sein perfektes Gesicht immer öfter die Titelseiten zierte, hatte aufgehört, Radio zu

13

hören, als seine perfekte Boyband-Stimme immer wieder zu hören war, und sie hatte sogar ihren Tagebuch-Blog geschlossen, außerstande, über irgendetwas anderes zu schreiben als Miles' perfektes ... verdammtes ... einfach alles.

Nicks bester Freund war das Objekt ihrer romantischen Obsession gewesen, seit ihr Bruder ihn vor fünf Jahren mit nach Hause gebracht hatte. Miles war so irre süß und schüchtern und er hatte den niedlichsten britischen Akzent.

Er war ein Jahr älter als sie, und die meiste Zeit über hatte er sie nicht anders behandelt, als Nick es tat – wie eine Schwester. Aber es hatte andere Gelegenheiten gegeben, wenn Nick nicht in der Nähe war und sie und Miles rumhingen wie richtige Freunde, zusammen lachten und einander neckten. Und so hatte sie sich wirklich heftig in ihn verliebt.

Dann war dieses blöde Casting gewesen, und dann die bescheuerte Realityshow und dann, fünf Nummer-eins-Hits später ... war er fort gewesen, hatte sich ohne Vorwarnung verkrümelt, hatte nicht einmal Tschüs gesagt. Und dann hatte sie erfahren, was Miles Carlisle *wirklich* über sie dachte, als ihr Bruder sie verraten hatte: Für Miles spielte sie absolut und überhaupt keine Rolle.

»Mom«, begann Aimee, »ihr wollt im Ernst, dass ich den Sommer mit einer Rockband auf Tournee verbringe? Was seid ihr bloß für Eltern?«

Dad lachte. »Es ist ja nicht Black Sabbath.«

»Black was?«

Mom legte ihr eine Hand auf die Schulter. »Alle fünf Jungs sind unter achtzehn und gehen noch in die High-school – sie werden jeden Tag von Tutoren unterrichtet, und es gibt eine strikte Vorgabe, wann sie abends zu Hause sein müssen, und nach allem, was Marsha uns erzählt hat, überwacht ihr Manager sie strenger als in einem Schweizer Internat.«

»Krass.« Aimee verdrehte die Augen. »Klingt nach einem super Rave. Kann ich nicht einfach hierbleiben? Bitte? Ich bin sicher, Beckys Drüsenfieber ist nicht so ansteckend.«

»Tut mir leid, Kleines.« Dad klopfte ihr auf den Rücken. »Aber du wirst dich da einfach durchbeißen müssen und für einige Wochen ein Groupie sein. Ich dachte, du magst Miles, Ames. Wenn Nick ihn früher mitgebracht hat, bist du ihm wie ein kleiner Hund hin-terhergedackelt. Das war richtig süß.«

Ihre Wangen standen in Flammen. War das etwa so offensichtlich gewesen?

Aus dem Grund hatte sie überhaupt erst ihren Tage-buch-Blog begonnen; damit sie einen Ort hatte, an dem sie ihre Gefühle abladen konnte. Und da handgeschrie-bene Tagebücher so vorsintflutlich Vor-WordPress wa-ren, hatte sie einen supergeheimen Blog begonnen. Er war nicht kennwortgeschützt gewesen oder so – tatsäch-lich hatte sie einige Hundert Follower gehabt, vor allem als *Seconds to Juliet* wirklich groß rauskamen.

Doch außer Becky wusste keiner ihrer Freunde davon.

Oh Mann, Aimee hatte sich so richtig blamiert gefühlt damals, auch wenn ihr Blog nur aus Fantasien um Miles bestanden hatte. An dem Tag, an dem sie offiziell beschlossen hatte, über ihn hinwegzukommen, hatte sie aufgehört zu posten und den Blog dichtgemacht.

Es war hart gewesen, aber sie war schließlich darüber hinweggekommen, hatte letztes Jahr sogar einen festen Freund gehabt – der dunkle Haare und Augen hatte und daher *überhaupt nicht* aussah wie Miles Carlisle.

Und jetzt wurde von ihr erwartet, dass sie ausgerechnet mit dem Jungen in einem Tourbus durch die Gegend fuhr, dem sie zwei Jahre lang total aus dem Weg gegangen war? Ihre Eltern konnten so cool und entspannt sein, waren nie überfürsorglich und ließen sie immer ihr eigenes Ding machen. Aber jetzt gerade war diese unelterliche Coolness echt ätzend.

Ganz kurz spielte Aimee dennoch mit dem Gedanken, ob es nicht sogar nett sein könnte, mit *S2J* rumzuhängen.

Doch dann gewann ihre Abneigung die Oberhand. Nein! Igitt! Auf gar keinen Fall. Sie wollte nicht in der ersten Reihe sitzen und sich ansehen, wie gleichgültig Miles sich ihr gegenüber verhielt.

»Nick kommt morgen auf dem Weg von der UCLA vorbei, um dich abzuholen«, fuhr Mom fort. »Das erste Konzert der Band ist in San Francisco, ihr fahrt also gemeinsam hin.«

Schon so bald? »Klingt, als wäre alles schon fest, das ist mega unfair von euch.« Aimee verschränkte die Arme vor der Brust und bemühte sich um altbewährte Teenager-Bockigkeit, während sie eigentlich versuchte, den Zyklon zu beruhigen, der in ihrem Magen herumwirbelte.

Dad kniff sie ins Kinn. »Versuch einfach mal, nicht allzu begeistert über diese einmalige Chance zu wirken.«

Sie setzte ein falsches Lächeln auf, während sie innerlich tausend Tode starb. »Ich werde es versuchen.«

Miles verließ als letzter der fünf Jungs den Presseraum des Hotels, nachdem er der Horde von Journalisten noch einmal zum Abschied zugewinkt hatte. Seine Wangen schmerzten vom ewigen Lächeln.

»Wir haben es geschafft«, rief er Trevin zu und joggte los, um seine Bandkameraden einzuholen. »Alter, das ging voll *ab*. Das Letzte für heute, ja?«

»Du kannst den Akzent jetzt abschalten«, sagte Ryder, ohne sich umzudrehen. Er hatte schon den ganzen Tag über besonders miese Laune, selbst für seine Verhältnisse als erklärter Bad Boy der Band.

Miles lachte über den alten Scherz. »Ich bin Engländer. Ich kann den Akzent nicht einfach abschalten. So *rede* ich nun mal.«

»Na klar. Und du machst auch nie einen auf Prinz William für die Kameras?« Ryder fuhr sich mit einer Hand durch die Haare. Anscheinend ließ er es für den »Verranzt und obdachlos«-Look wachsen. Miles machte sich nicht die Mühe, seinem in Leder gekleideten Bandkollegen zu antworten.

»Du hast all ihre Fragen beantwortet«, bemerkte Trevin.

»Warum auch nicht?«

»Vielleicht, weil du bis vor ein paar Wochen entweder jemandem an die Gurgel gegangen oder in Funkstille verfallen bist, wenn er dich nach Paige gefragt hat.«

Miles zuckte nur mit den Schultern. Wenigstens weckte der Name seiner jüngsten Ex nicht länger den Wunsch in ihm, gegen eine Wand zu boxen. Hey, das war ein Fortschritt. Als sie an einem Fenster vorbeikamen, winkte Trev einer kleinen Gruppe von Mädchen zu, die einander weinend umarmten. Miles hatte sich immer noch nicht daran gewöhnt – an all die weiblichen Fans, die vor Aufregung losheulten.

»Sieht so aus, als wärst du gut drauf«, fügte Trevin hinzu.

»Bin ich auch. Wir starten eine neue Tour, eine *richtige* diesmal, mit zwanzig Bussen und einem Cateringteam, das ganze verdammte Programm.«

»Und die Sache mit Paige?«

Miles schüttelte den Kopf, immer noch froh darüber, dass es ihm nichts mehr ausmachte. »Das ist Geschichte. Geist über Materie.« Als er ein kleines Kind gewesen war, hatte es einer professionellen Therapie bedurft, mittlerweile kam er allein mit seinen Wutanfällen klar. »Yeah, Paige war ein Albtraum, genau wie Kelly, aber es ist ganz einfach – wenn ich nicht will, dass ein Mädchen mir ein Messer in den Rücken rammt, drücke ich ihr erst gar keins in die Hand. Ich habe die absolute Kontrolle.«

»Wie zenmäßig von dir!«, sagte Trevin mit einem Lachen.

»Kein Drama mehr, Alter. Ich bin jung, gesund und Single.«

»Gesprochen wie ein wahrer *Seconds to Juliet*-Herzensbrecher.«

Miles wand sich bei dem Spitznamen, den seine Fans ihm verpasst hatten. Der Name war unterirdisch schnarchig und er persönlich sah sich als das genaue *Gegenteil* eines Justin-Timberlake-Möchtegerns. Aber eigentlich war das kein ernsthaftes Problem. Während der vergangenen zwei Jahre hatten sie sich alle fünf den Arsch aufgerissen, um ihre Träume zu verwirklichen. Schließlich war es eine Making-the-band-Realityshow gewesen, die diese irre Entwicklung angestoßen hatte.

Die ganze Arbeit zahlte sich aus, denn *Seconds to Juliet* hatte es erst in und dann an die Spitze der Charts geschafft, um die verdammten Charts danach komplett zu sprengen. Nachdem ihre zweite und dritte Single die Konkurrenz vernichtet hatte, waren sie definitiv keine Eintagsfliege mehr. *S2J* war der größte Hit in der Musikszene und Miles war ein Teil davon.

»Gehst du zurück zum Bus?«, fragte Trevin, als Miles den anderen nicht zum Ausgang folgte.

Den Tourbus verabscheute er. Das war einer der Minuspunkte an dem ansonsten supergeilen Leben. Er vermisste die Strände von L.A. und die Straßen von Pacific Palisades – dem Ort, der sein Zuhause gewesen war, seit er mit zwölf mit seiner Mum aus England hergezogen war. Er vermisste sein eigenes Zimmer und seine Kumpel in der Marschkapelle an der Pali High. Aber das war nur ein kleiner Preis dafür, dass er diesen Traum mit seinen vier Freunden zusammen leben durfte. Den griesgrämigen Ryder eingeschlossen.

»Nö. Ich treffe noch 'n Freund.« Miles nickte zu dem Saal, den die Leute nach der Pressekonferenz verließen. Medientypen und verschiedene Tourmitglieder lungerten dort herum.

»Freund, hm?« Trev grinste und blinzelte mit seinen schmalen braunen Augen. »Blond oder Brünett?«

Miles lachte. »Jetzt klingst *du* wie einer dieser Reporter. Lass dir von der *TMZ* nicht deine Meinung über mich verdrehen. Ich halte mir nur ganz gezielt alle Möglichkeiten offen.«

»Gute Antwort, Alter«, sagte Trevin. »Wir sehen uns später.«

Apropos alle Möglichkeiten … Miles entdeckte sie, als er wieder allein war. Sie hatte langes braunes Haar, trug ein leuchtend gelbes Kleid und stand an der Wand, wo sie niemandem im Weg war. Sie war keine Reporterin – zu jung –, aber ihrem Aussehen nach zu urteilen gehörte sie definitiv zur Tour, wahrscheinlich eine Ersatztänzerin, obwohl er sie nicht erkannte. Und warum sollte er auch? Sie hatten einen ganzen Schwarm Leute für diese Show dabei.

Begeistert war Miles davon nicht besonders. Er mochte es lieber, wenn es um die Musik ging, und nicht um die Performance. Tatsächlich war er während des einen Songs, bei dem er die Jungs auf seiner Gitarre begleitete, am glücklichsten. Den Rest der Zeit saßen sie entweder auf Hockern, waren auf der Bühne hinter den Mikros oder in eine ziemlich komplizierte Choreografie verwickelt.

Ihre Größe und ihre langen Beine ließen das Mädchen wie eine Tänzerin wirken. Miles machte zwei entschlossene Schritte in ihre Richtung. Dann blieb er stehen.

Nein, Alter. Lass es. Manchmal übernahm sein Ego das Kommando. Er war nicht ganz immun gegen das, was man online so alles über ihn sagte. War er ein »Herzensbrecher«? Konnte er mit einem Fingerschnippen jedes Mädchen haben, das er wollte?

Er sah wieder zu dem Mädchen rüber. Sie kaute an einem Daumennagel. Verdammt, sie war echt heiß. Er spürte, wie sein Finger zuckte.

Aber dann dachte er an seine letzten beiden Beziehungen. Katastrophal *gescheiterte* Beziehungen, um genau zu sein. In beiden Fällen waren es Mädchen aus der Branche gewesen. Kelly war Solosängerin – eine ziemlich berühmte. In den wenigen Monaten ihrer Beziehung im vergangenen Jahr hatte er das ganze Drama gehasst, das damit einherging, Teil des ultimativen Teenie-Superpärchens der Popmusik zu sein.

Und mit Paige hatte es noch ganz andere Dramen gegeben. Er würde das niemandem gegenüber zugeben, aber sie war die reinste Lückenbüßerin gewesen, die schnellste und einfachste Möglichkeit, um zu beweisen, dass Kellys Verrat ihn nicht länger schmerzte oder kümmerte. Was nur zu seinem geheimnisvollen Nimbus des Herzensbrechers beigetragen hatte … »*Der Spieler*«.

Und er würde das auch verdammt noch mal ausspielen, um nur ja nie wieder derart verletzt zu werden. Obwohl er wusste, dass er sich den Ärger selbst eingebrockt hatte, als er sich mit einem der Mädchen aus der Vorband eingelassen hatte. Jetzt musste er Paige jeden Tag sehen. Das war in epischem Ausmaß ätzend.

Das Gute daran, mit jemandem aus dem Business zusammen zu sein, war, dass sie wusste, worauf sie sich einließ, und er wusste es ebenfalls. Und genau deswegen war er klug genug, nicht zu erwarten, dass oberflächliche Beziehungen von Dauer waren.

Wenn er sich wirklich verliebte, würde das jedoch anders aussehen.

Wenn das Mädchen in Gelb zur Crew gehörte, wäre es besser, er lernte aus seinen Fehlern und hielt sich zurück. Aber als sie sich das dunkle Haar über die Schultern warf, überholten seine Füße – und andere Organe – sein Gehirn.

»Na du?« Sie war schon fast zu niedlich, wie sie blinzelte und fast an einem Husten erstickte, sobald sie ihn vor sich stehen sah.

»Miles. *Hi…*« Sie hüstelte immer noch. Er musste sie ehrlich überrascht haben. Er hatte sich an Mädchen gewöhnt, die verstummten oder in Tränen ausbrachen, aber er hatte noch nie einen Atemstillstand ausgelöst.

»Bist du okay?«, fragte er und beugte sich zu ihr hinunter. Viel musste er sich dafür nicht bewegen. Sie war groß.

»Ja«, antwortete sie, nachdem sie sich erneut geräuspert hatte. »Alles bestens. Wie … geht es dir?«

»Hammermäßig.« Er lächelte, weil ihre Wangen sich rosig färbten, aber dann konnte er den Blick nicht von ihrem Gesicht abwenden, von ihrem unwiderstehlichen Mund, ihren großen Augen, die brauner waren als dunkle Schokolade. Es war wahrscheinlich ein Fehler, sie anzubaggern, aber es war ihm ja wohl erlaubt, zu den Mitgliedern der Crew höflich zu sein, oder nicht? »Also, du bist in der Show, richtig?«

Sie blinzelte. »Was?«

»Du gehörst zur Tour. Tut mir leid, ich habe dich bei der Probe gesehen, aber ich glaube nicht, dass wir uns kennengelernt haben.«

Das Mädchen sah ihn lange an, dann öffnete sie die Lippen. Sie trug glänzenden roten Lipgloss, Miles' Blick hing daran fest, und er fragte sich, welchen Geschmack der Gloss haben mochte. Wenn er so ein Herzensbrecher war, wie *J-14* behauptete, würde er den Geschmack längst kennen.

»Miles, ähm ... weißt du nicht ...?« Ihre Stimme verlor sich und sie strich sich mit langen Fingern das Haar hinters Ohr. »Ähm, ja, ich gehöre zur Tour.«

Er grinste. »Perfekt.« Er wollte gerade gehen, als ihr Telefon piepte. Eine niedliche kleine Sorgenfalte erschien zwischen ihren Augen.

»Ich muss da rangehen.« Sie holte ihr Handy hervor. »Aber vielleicht sieht man sich ja mal.« Das Lächeln, das sie ihm schenkte, raubte ihm den Atem, aber bevor er noch ein anderes Wort sagen konnte, stieß sie sich von der Wand ab und ging davon.

Huch. Das war eine Premiere. Nicht, dass er *wirklich* ein Aufreißer und daran gewöhnt war, jedes Mädchen zu bekommen, das er wollte. Aber noch nie hatte ihn eins einfach stehen lassen.

Bevor er entscheiden konnte, ob er ihr folgen sollte, rief jemand seinen Namen, und er sah zum anderen Ende des Konferenzraumes hinüber. Er spürte, wie sich ein riesiges Lächeln auf seinem Gesicht ausbreitete, als er losrannte. Ein Grund mehr, warum dieser Sommer der absolute Wahnsinn werden würde: Sein bester Freund auf der ganzen verdammten Welt kam ebenfalls mit auf Tour.

»Nick!« Er umarmte seinen Freund, aber nicht kumpelig, wie er das mit allen anderen machte. Nein, er umarmte Nick, als meine er es ernst, denn das tat er. Hätte er Nick Bingham nicht fünf Jahre zuvor kennengelernt, würde er nicht da stehen, wo er heute war, das wusste Miles. Nick hatte ihm buchstäblich das Leben gerettet.

»Du hast es geschafft.« Er versetzte seinem Freund einen Stoß. »Großer Collegestudent.«

Nick lachte, ein Geräusch, an das Miles sich von dem ersten Tag erinnerte, an dem sie sich kennengelernt hatten, als er zwölf gewesen war. »Und vergiss das bloß nicht.«

»Das tue ich nie.«

»Aber Alter, was ist hier los?«, fügte Nick hinzu. »Ich sehe keine Kameras. Bist du nicht berühmt oder so was?«

»Wir packen. Wir haben gerade eine Pressekonferenz hinter uns gebracht.«

»Krass.« Nick zog in gespielter Faszination die Augenbrauen hoch. »Wo muss ich mich anstellen, um ein Autogramm zu bekommen? Kriege ich eins quer über mein Arschgeweih?«

»Leck mich, Alter.« Mann, es war toll, Nick wiederzusehen. Genau das brauchte Miles diesen Sommer. Ganz kurz war dieses Ich-bin-ein-ernsthafter-Promi-Gefühl über ihn gekommen, als er das heiße Mädchen in Gelb angequatscht hatte. Nick dabeizuhaben würde definitiv verhindern, dass sein Ego in die Stratosphäre abhob.

»Ich habe ein paar von den Roadies kennengelernt«, sagte Nick, »und Lester Pearl. Der war ja überhaupt nicht einschüchternd oder so.«

»Du arbeitest mit unserem Manager zusammen?«

»Erst mit den Roadies, dann in ein paar Wochen mit dem Produktionsteam. Mann, mein Terminkalender ist irgendwie zum Kotzen.«

»Willkommen in meiner Welt. Oh, er wird LJ genannt, nicht Lester – er hasst den Namen Lester, also nennen wir ihn natürlich so, wenn wir ihn ärgern wollen.«

»Danke für den Tipp.«

»Hey, hast du die Eintrittskarten bekommen, die ich dir geschickt hatte?«

»Alter, ja.« Nick grinste. »Erste Reihe, Mitte. Jay Z war der Hammer. Tut mir leid, dass ich vergessen habe, mich dafür zu bedanken. Habe ich dir nicht ein Foto gesimst?«

»Hast du«, antwortete Miles und versuchte, nicht zu lachen. »Tu das nie wieder. Deine Selfies werden viel zu persönlich, wenn du besoffen bist.«

25

»Ich musste das tun. Weil ich unter einundzwanzig bin, haben die Anwälte des Colleges mich gezwungen, so an die fünfzig Verpflichtungserklärungen zu unterschreiben, dass ich keinen Alkohol trinke und keine Drogen nehme, bevor sie dieses Praktikum bewilligt haben. Aber ich nehme an, du weißt, wie man da drum rummanövriert?«

»Oh ja, ich werde dir *alles* erzählen. Aber sorry, ich selbst lasse die Finger von dem Zeug. Muss auf die Goldgrube aufpassen.« Er streichelte seine Kehle.

»Nein – klar, ich weiß«, sagte Nick, dessen Miene jäh ernst wurde. »Ich hätte das nicht sagen sollen. Ich weiß, dass du nichts von alledem machst. Und das ist natürlich cool.«

Die Wahrheit war, dass Miles seit Langem nichts getrunken oder geraucht hatte, was irgendwie ätzend war, da er der Einzige war, der das nicht tat. Aber noch ätzender war die Tatsache, dass er mit dreizehn Jahren bereits genug von diesem Scheiß gemacht hatte, dass es für ein ganzes Leben reichte.

Nick wusste das alles. Er hatte sogar mit angesehen, wie Miles damals, bevor er gelernt hatte, sein Temperament zu zügeln, oft genug gegen Wände geschlagen hatte. Sie tauschten einen Blick, ein stummes Gespräch, in dem fünf Jahre gemeinsamer Geschichte und gegenseitigen Verstehens mitschwangen, wie es das nur zwischen besten Freunden geben konnte. Dass er mit etwas Vitamin B Nick dieses Praktikum verschafft hatte, war nicht der Rede wert; Miles würde absolut alles für ihn tun.

Er legte Nick eine Hand auf die Schulter. »Hast du schon deinen Bus gefunden?«

»Du meinst diesen Camper da hinten? Alter, wie viele Busse und Sattelschlepper brauchst du, um auf der Bühne zu stehen und in Jeans und T-Shirt ein Liebeslied zu singen?«

»Sehr witzig.«

Nick gluckste. »Ach Quatsch. Dieses Set-up ist wahnsinnig beeindruckend. Wir sind gerade erst angekommen und haben unsere Sachen abgeladen und Aimee hat sich auf die Suche nach deiner Mom gemacht.«

Miles' Mum hatte gestern erwähnt, dass Nicks kleine Schwester mit ihm kommen würde. Er hatte gelacht, weil es so typisch für die kleine Aimee Bingham war, hinter Nick herzudackeln. Daheim in Pacific Pali, bevor er nach Florida gezogen war, um bei *Rockstars Live* dabei zu sein, hatte sie das ständig getan, war ihnen auf Schritt und Tritt gefolgt, wann immer Miles bei Nick herumhing. Er hatte sie seit seinem Abschied von zu Hause nicht wiedergesehen. War sie immer noch so ein Zwerg mit Zahnspange, und hatte sie immer noch dieses lockige Haar, das ihn stets an einen Teddybären erinnert hatte?

»Mum ist in dem Betreuer-Bus. Hast du ihr schon Hallo gesagt?«

»Ich wollte dich zuerst in Aktion sehen«, antwortete Nick. »Aber ich bin immer noch verwirrt. Wo sind all die heißen Mädchen? Ich habe erwartet, hier einen Mob vorzufinden. Dass euch die Kleider vom Leib gerissen werden und ihr um euer Leben rennen müsst. Ich bin ernsthaft enttäuscht, Alter.«

»Ah, das hast du knapp verpasst.« Er schnippte mit den Fingern und grinste. Dann entdeckte er das Mädchen in Gelb. Sie stand in der Nähe des gegenüberliegenden Ausgangs und sprach in ihr Telefon. Nick gab Miles niemals das Gefühl, ein Loser zu sein, wenn er die ganzen Partys ausließ. Aber Miles hatte doch *eine* Fähigkeit, mit der er angeben konnte. »Tatsächlich wollte ich, zehn Sekunden bevor du aufgetaucht bist, das Ding klarmachen.«

»Hast du gerade gesagt, ›das Ding klarmachen‹?«

»Yep.« Miles konnte sich ein Grinsen nicht verkneifen und zog für seinen Kumpel die komplette Aufreißer-Show ab. »Ich habe legendäre Moves drauf, die mich noch nie im Stich gelassen haben, kein Mädchen kann da widerstehen.«

»Ich erinnere mich an ein oder zwei Gelegenheiten daheim, als du deine legendären Moves eingesetzt hast – und auf dem Santa Monica Boulevard eine Spur gebrochener Herzen zurückgelassen hast. Es scheint, dass einige Dinge sich nicht geändert haben.«

»Dieser Player hier muss ja auch irgendwie seine überschüssige Energie abbauen.« Miles kotzte innerlich über seine eigenen Worte. Ein Player muss spielen? What the fuck.

»Also, was ist passiert, Player? Ist deine neueste Beute wie Aschenputtel davongelaufen, bevor du das Ding klarmachen konntest?«

»Zu meinem Glück ist sie nicht weit gelaufen.« Miles nickte in Richtung des Mädchens in dem gelben Kleid. Er war ein wenig überrascht, als sie quer durch den Raum Blickkontakt zu ihm herstellte, denn an diesem Punkt sollte sie anfangen zu kreischen oder zu weinen oder sich abzuwenden, weil sie zu verlegen war, um zu sprechen.

Aber nein. Sie hielt nicht nur den Blickkontakt aufrecht, sie lächelte ihn wie zuvor an und ließ sein Herz kräftiger schlagen. Das war neu – und nett.

Abgesehen von seinem hämmernden Herzen wurde sein Mund trocken, als das Mädchen ihr Telefon sinken ließ und sich quer durch die Lobby auf den Weg machte. Verdammt, sie kam direkt auf ihn zu. Ohne dass er auch nur mit einem Finger geschnippt hatte. Oh, es war einfach zu perfekt. Er würde Nick zeigen, was für ein Player er war – oder was für ein Player er zu sein vorgab.

»Schau jetzt nicht hin, aber da kommt sie«, sagte Miles und fühlte sich wie ein peinlicher Platzhirsch, aber auch wie ein Herzensbrecher, der das große Los gezogen hatte, als die Kleine näher kam. »Du bekommst gleich eine private Demonstration, mein Freund. Beobachte und lerne.«

»Miles. Hey. *Player!*«

Miles zuckte zusammen, als Nick ihn plötzlich an der Schulter packte und ihm mörderische Blicke zuwarf.

»Du bist mein bester Freund«, erklärte Nick, »was bedeutet, dass ich dich viel zu gut kenne. Also glaub ja nicht, dass ich dir je erlauben würde, *irgendwelche* deiner Tricks an Aimee zu demonstrieren.«

»Aimee?« Miles lachte beinahe. »Deine kleine Schwester? Alter, glaub mir, auf keinen Fall würde ich jemals ...« Er brach ab und folgte Nicks Blick, als dieser auf das Mädchen in Gelb zeigte.

Kapitel 2

Es war auf der einen Seite demütigend und auf der anderen verschaffte es ihr Genugtuung. Genugtuung, weil Miles mit ihr geflirtet hatte, oder zumindest dachte Aimee, dass er geflirtet hatte. Aber es war außerdem offensichtlich, dass er keine Ahnung gehabt hatte, wer sie war. In seinen Augen war keinerlei Funke des Wiedererkennens gewesen. In den letzten zwei Jahren hatte sich viel verändert. Sie war in die Höhe geschossen wie Unkraut (wie Dad es ausdrückte), und alles andere – wie ihr Haar und ihre Körbchengröße – war glücklicherweise gefolgt, sodass sie unter all ihren Freundinnen hervorstach. Daher war es verständlich, dass Miles sie nicht sofort erkannt hatte.

Die Demütigung kam von derselben Erkenntnis. Er hatte nicht gewusst, wer sie war. Der Junge, von dem sie all die Jahre geträumt hatte; er hatte keinen Schimmer, wer da vor ihm stand.

Die Bestätigung dieses Gedankens bekam sie aus der Art, wie Miles sie quer durch den Raum anlächelte. Nick stand jetzt bei ihm, was dazu führte, dass Aimee sich

31

sofort daran erinnerte, was ihr Bruder ihr erzählt hatte, einige Monate nachdem Miles mit *S2J* von zu Hause weggegangen war: Miles halte Aimee für ein lästiges kleines Kind, das immer im Weg war, und sie bedeute ihm gar nichts.

Bitterkeit und verletzte Gefühle zementierten diese Überzeugungen, während sie auf die beiden Jungen zuging. Miles glotzte sie an, sein perfektes Lächeln rutschte ab, und er schaute nun richtig schockiert.

Also wusste er jetzt Bescheid.

»Aimee.« Seine himmelblauen Augen waren aufgerissen. »Heilige Scheiße.«

Verflucht. Dieser blöde, *entzückende* Akzent. Als er damals von England nach L.A. gezogen war, hatte man den Akzent deutlicher gehört, aber er verschwand niemals ganz, erst recht nicht, wenn er nervös oder aufgeregt war.

Aimee hasste es, dass sie das über Miles wusste und es bemerkte, als er jetzt mit ihr sprach. Warum sollte er aufgeregt sein, sie zu sehen? Oder nervös?

»Hey«, sagte sie, weil sie nicht unhöflich zu dem Jungen sein wollte, obwohl sie jedes Recht dazu hatte.

»Also. Das vorhin war ja witzig.« Er deutete mit dem Kopf auf die Stelle, an der sie zuvor gestanden hatten, und fuhr sich mit der Hand durch seine blonden Haare.

Solange sie denken konnte, hatte er seine Haare auf die gleiche Weise getragen, kurz an den Seiten, länger oben und stachelig vorn. Er nannte es seinen »versehentlichen Haarschnitt«, weil er ihn dem Friseur im Einkaufszentrum anders beschrieben hatte. Jetzt war es sein Markenzeichen, das man auf jedem Cover von *Twist* sehen konnte.

Aimee hatte viel zu viele Mädchen von Miles Carlisles Haar schwärmen hören. Sie musste zugeben, es war ziemlich perfekt – gestylt und doch gezielt verstrubbelt. Es hatte genauso ausgesehen, wenn sie ihm samstagmorgens in der Küche begegnet war, nachdem er bei ihnen zu Hause übernachtet hatte. Wie viele professionelle Stylisten waren nötig, um ihm jetzt diesen Look zu verpassen, als hätte er sich gerade eben aus dem Bett gewälzt?

»Was war witzig?«, fragte sie.

»Dass ich nicht begriffen habe, dass du es bist. Du hast dich wirklich verändert, ich meine, *wirklich.*« Als das Grinsen länger als zwei Sekunden auf seinem perfekten Mund blieb, stieß Nick Miles tatsächlich einen Ellbogen in die Rippen, worauf sein Lächeln sofort erstarb. Dann fasste Nick Aimee scharf ins Auge.

Mann. Konnte ihr Bruder noch demonstrativer sein? Er hatte ihr während ihrer Fahrt von L.A. hierher bereits ein Ohr abgekaut und Aimee gewarnt, dass sie auf sich aufpassen und sich nicht auf Miles einschießen solle, nur weil er nett zu ihr war. Es war demütigend; Aimee brauchte *keine* Erinnerung daran, dass sie in Miles' Augen eine Null war.

»Ähm, ich meine …«, sagte Miles und fuhr sich mit der anderen Hand durch die Haare. »Es ist lange her.«

»Zwei Jahre und fünf Monate.« Argh. Warum ließ sie

durchblicken, dass sie tatsächlich nachgerechnet hatte? »Aber es ist nicht so, als hätte ich darum gebeten, hierherzukommen.« Sie verschränkte die Arme vor der Brust.

»In dem Fall muss ich zusehen, dass es für dich eine einzige große Party wird – ich meine …« Er sah Nick an. »*Wir* werden das tun. Ähm, also, hast du meine Mum schon gesehen?«

Aimee schüttelte den Kopf. Mrs Carlisle war ziemlich cool, und sie hatte immer witzige Geschichten über das Leben in England und ihre Reisen durch Europa – nach ihrem Highschoolabschluss – auf Lager. Sie musste direkt danach geheiratet haben, denn sie sah niemals alt genug aus, um einen siebzehnjährigen Sohn zu haben. Geschweige denn einen berühmten Sänger als Sohn.

Insgeheim musste Aimee zugeben, dass sie sich darauf freute, *Seconds to Juliet* zu hören. Live und leibhaftig. Ihre Songs waren temperamentvoll und ansteckend, die reinste zuckersüße Popwonne. Trotz ihrer verletzten Gefühle, weil Miles mit Stollenschuhen auf ihrem Herzen herumgetrampelt war, konnte sie nicht anders: Sie liebte ihre Musik, vor allem wenn Miles der Leadsänger war. Seine träumerische Stimme schaffte es immer, Aimee am ganzen Körper eine Gänsehaut zu bescheren. Seine Songs malten die Art von Liebesgeschichte aus, von der sie immer geträumt hatte.

Ätzend war nur, dass Miles in diesen Träumen manchmal die Hauptrolle spielte.

»Lasst sie uns suchen, bevor es zu voll wird«, sagte

Miles. »Ich bin mir sicher, dass Mum genauso begeistert sein wird wie ich, dich hierzuhaben.«

»Nein, Mann.« Nick legte Miles eine Hand auf die Schulter, und für eine Sekunde war es so, als führten die beiden Jungs ein stummes Gespräch. »Ich bin mir sicher, du musst noch dringend irgendwo anders hin, also lass dich von uns nicht aufhalten. Wir finden uns allein zurecht.«

Aimee wollte lachen. Nick hatte in letzter Zeit beinahe den Beschützerinstinkt eines Höhlenmenschen an den Tag gelegt. Vielleicht lag es daran, dass er jetzt auf dem College war, oder vielleicht daran, dass er im letzten Sommer von seinem ersten Studienjahr zurückgekehrt war und Aimee gerade ihren Wachstumsschub gehabt und ihre bunten Jeans und Kätzchenpullover gegen Taylor-Swift-mäßige Kleider eingetauscht hatte, die ihr das Gefühl gaben, sexy und erwachsen zu sein.

Anscheinend zu erwachsen für ihren großen Bruder.

Sobald die drei aus dem Hotel traten, erstarrte Aimee und riss die Augen weit auf. Der ganze hintere Parkplatz war mit Seilen abgesperrt, um Platz für fünf riesige Tourbusse zu machen, die im Halbkreis um den Eingang parkten und eine zusätzliche Barrikade schufen. Der nächststehende Bus war schwarz mit getönten Fenstern und hatte ein Foto auf der Seite. Oh verdammt, war das …

»Yeah.« Miles lachte leise, als Aimee stehen blieb, um zu starren. »Wir, ähm, wussten nichts davon.«

»Alter.« Nick grinste und schlug Miles auf den Rücken. »Das bist du da oben.«

»Ich weiß«, erwiderte Miles.

»Und du bist nackt.«

Miles versetzte ihm einen Stoß. »Nein, bin ich nicht. Ich habe nur kein Hemd an. Und ich bin nicht der Einzige. Die ganze Band ist oben ohne.«

»Und das macht es besser, dass du neben vier Typen ohne Hemden stehst?« Nick lachte jetzt aus vollem Hals.

Aimee versuchte ebenfalls zu lachen, aber der überlebensgroße Anblick eines halb nackten Miles, der so unglaublich hinreißend aussah, ließ ihre Gedanken wild durcheinanderrasen. Sie sollte nicht mehr scharf auf ihn sein. Trotzdem musste sie einfach um den Bus herumgehen, um das Bild besser sehen zu können. Zweimal verdammt ... fünf der heißesten Jungs, die je erschaffen worden waren. Obwohl Miles mit Abstand der heißeste war.

»Aimee, hör auf zu glotzen«, zischte Nick, der plötzlich neben ihr stand. Sie blinzelte und riss den Blick von dem Bild los. Sie kam sich vor wie ein überwältigter, besessener Fan. Obwohl sie auf keinen Fall das erste Mädchen sein konnte, das wegen dieses Busses eine Nackenstarre vom Gaffen bekam.

»Es ist peinlich, ich weiß«, sagte Miles. Seine Wangen waren rosa, aber im Ernst, der Junge hatte nichts, wofür er sich schämen musste. »Mum hasst es.«

»Warum?« Sie musste einfach fragen.

Er schaute verlegen weg. »Ich denke, sie sieht es nicht gern, wenn ihr kleiner Junge so zur Schau gestellt wird.«

»Aber es ist wunderschön.«

36

Miles grinste und zog eine Augenbraue hoch. »Echt?«

Oh, verflucht. Hatte sie das eben wirklich laut ausgesprochen?

»Nein, ich meine, es ist … wirklich gut gemacht – künstlerisch gesehen. Sehr professionell und detailliert.« Sie deutete auf das gut drei Meter große Foto in HD-Qualität. »Man kann die, ähm, Dellen in deinem Sixpack sehen.« Obwohl sie es eigentlich gar nicht wollte, schaute sie von dem Bus zu Miles und ließ ihren Blick auf seine flachen Bauchmuskeln fallen, während sie sich fragte, ob das, was auf dem Bus abgebildet war, genauso aussah wie im echten Leben.

»Künstlerisch, ja.« Miles strich sich mit einer Hand über sein Shirt. Er hatte bemerkt, dass sie ihn beäugte, was in Aimee den Wunsch weckte, irgendwo weit, weit weg zu sein.

Glücklicherweise kam in diesem Augenblick Mrs Carlisle dazu. Sie trug zwei Taschen über der Schulter, die sie fallen ließ, als sie Aimee sah. »Aimee!«

Aimee gestattete sich endlich ein aufrichtiges Lächeln, als Miles' Mutter sie fest an sich drückte. Es war mehr als ein Jahr vergangen, seit sie sich gesehen hatten. Das war damals Teil ihres Plans gewesen; sich von allem fernzuhalten, das mit Miles zu tun hatte. Was ziemlich schwierig war, da Marsha Carlisle und ihre Mom befreundet waren. Es war schon schwer genug, täglich an irgendwelchen Nachrichten über *S2J* vorbeizuzappen, ohne dass seine Mutter noch Infos mitteilte. Oder Nick, was das betraf.

37

»Wie geht es dir, mein Mädchen?«, fragte Marsha.

»Gut«, antwortete Aimee. »Und es ist toll, Sie wieder-zusehen.« Das war nicht ganz die Wahrheit, aber was sonst konnte sie zu der Frau sagen, die sie vor dem Bild ihres halb nackten Sohnes umarmte?

Wenn sie nicht aufhören konnte, so zu denken, sobald sie in seiner Nähe war, und diese Anwandlung nicht ganz tief in sich begrub, würden dies drei lange und sehr einsame Wochen werden.

Miles trat einen Schritt zurück, während seine Mum und Aimee sich rasch auf den neuesten Stand brachten. Aimee war fast genauso groß wie sie, was bedeutete, dass sie fast genauso groß war wie er. Das war ihm schon aufgefallen, als er sie das erste Mal aus der Nähe gesehen hatte.

Verdammt, Aimee Bingham war erwachsen gewor-den. Sie sah aus … ihm fiel einfach kein anderes Wort ein, wie eine *Frau*. Zweimal verdammt. Sie war groß und selbstsicher, ganz und gar nicht wie diese kleine Göre, die er in Erinnerung hatte. Obwohl er sie immer gemocht hatte – auf eine brüderliche Art und Weise.

Nach den Blicken zu urteilen, die Nick ihm immer wieder zuwarf, sollte er diese Gedanken wohl besser mal begraben. Nick war sein bester Kumpel; er würde nie-mals etwas tun, das ihn sauer machte oder ihre Freund-schaft ruinierte. Er würde Aimee einfach als eine Art Schwester betrachten müssen.

Sicher, Kinderspiel.

Aber als sie über etwas lachte, das seine Mum sagte, und ihr langes dunkles Haar zurückwarf, waren seine Gedanken für einen Bruder ziemlich pervers.

»Hey, sind das Roadies?«, erkundigte Nick sich und zeigte auf eine Gruppe von Männern, die einen Lastwagen ausluden.

»Einige von ihnen, ja. Ich glaube, du musst nach Justin Ausschau halten.« Miles entdeckte den Roadie, der das Sagen hatte, und rief ihn herbei. »Das sind Nick und meine Schwester Aimee.« Miles erstarrte. »Ich meine, *seine* Schwester.«

Alle lachten, aber Miles bemerkte das winzige Zucken auf Aimees Gesicht. Warum sollte sein Ausrutscher sie verärgern?

»Schön, dich kennenzulernen«, sagte Aimee zu Justin.

»Lass dich bloß nicht von diesem Kerl einwickeln«, riet Justin ihr. »Sie nennen ihn nicht umsonst ›den Herzensbrecher‹, bei dem alle Herzen höherschlagen.«

Aimees Gesicht wurde rot. »Keine Sorge, das werde ich nicht.« Dann warf sie Miles einen unauffälligen, aber gezielten Blick zu. Es schien, als hätte sie bei Nick Unterricht genommen. »Miles *ist* wie ein Bruder für mich. Ist er immer gewesen. Stimmt's, Miles?«

Sein Mund wurde ganz trocken, als sie das Wort direkt an ihn richtete. Ihre großen braunen Augen waren hypnotisch und auch ein klein wenig feindselig. Daran erinnerte er sich nicht aus ihrer Kindheit. »Natürlich«, antwortete Miles. »Du wirst für mich immer das kleine Mädchen mit den Zöpfen sein.« Aus einem

Impuls heraus beugte er sich vor und zog an einer ihrer Haarsträhnen. Er hatte ihr Haar noch nie zuvor berührt und es sollte eine spielerische, brüderliche Geste sein. Aber ihr Haar war seidig und dick und es war vorn in kleinen Zöpfen nach hinten geflochten. Und es roch wahnsinnig gut. Er hatte große Mühe, es wieder loszulassen.

»Hör auf damit«, sagte Aimee und schlug seine Hand weg.

Justin lachte. »Sieht so aus, als hättest du zwei große Brüder, die dich ärgern. War Miles zu Hause auch schon so?«

»Noch schlimmer.« Aimee verschränkte die Arme vor der Brust. »Es war übel genug, einen einzigen Bruder zu haben, der seine Schuhe und Bücher überall im Haus hat rumliegen lassen oder nie angeklopft hat, bevor er in mein Zimmer gestürmt ist.«

»Wann bin ich je in dein Zimmer gestürmt?«, fragte Miles.

»Dauernd, wenn ihr Jungs das iPad haben wolltet, das *ich* benutzt habe.«

»Okay, ich mag einige Hundert Male wegen des iPads reingeplatzt sein, aber ich dachte, es hätte Nick gehört.«

»Hat es auch«, warf Nick ein.

Aimee verdrehte die Augen. »Ach, komm. Das ist ja genau wie früher und ich bin erst seit fünfzehn Minuten hier.« Sie wandte den Blick ab und murmelte leise vor sich hin. »Das hier ist echt ätzend.«

Ihre Reaktion weckte in Miles den Wunsch zu lachen.

40

Sie wirkte aufrichtig unglücklich darüber, hier zu sein. Und ernsthaft, wie realistisch war *das?* Sie ging mit einer berühmten Band auf Tournee – darüber konnte sie wirklich nicht verärgert sein. Aber wenn es sie so sehr nervte, würde er seine »brüderlichen Neckereien« auf ein Minimum beschränken.

»Sieht so aus, als müsste ich gehen«, bemerkte Nick. »Ich treffe mich mit dem Rest der technischen Crew. Sie lassen mich in der ersten Woche Achtzehn-Stunden-Schichten arbeiten, aber das bedeutet nicht, dass ich nicht mitbekomme, was vor sich geht. Ich sehe alles.« Er warf Miles einen weiteren warnenden Blick zu. »Aimee und ich snapchatten die ganze Zeit, also werde ich wissen, was sie tut.«

»Seit wann snapchatten wir?«, fragte Aimee, aber Nicks Warnung war offensichtlich nicht für sie bestimmt gewesen.

»Wenn du mal einen Moment Zeit hast zu chillen, Alter«, sagte Miles, »melde dich. Mach dir keine Sorgen.«

»Nein, ich mache mir keine Sorgen«, entgegnete Nick. »Und du.« Er wandte sich an Aimee. »Vergiss nicht, was ich im Wagen gesagt habe. Sei nicht die ganze Zeit, du weißt schon, so anhänglich« – er hielt inne und richtete den Blick auf Miles – »was die *Band* angeht. Die haben viel zu tun – das hier ist ihr Job.«

»Als würde ich das machen. Manno. Und wie alt bist du?«

»Lass es einfach«, sagte Nick. Aimee verdrehte die Augen, worauf Nicks harter Gesichtsausdruck schließ-

lich weicher wurde und Miles aufatmete, weil er während des ganzen Gesprächs die Luft angehalten hatte.
»Ich sehe euch später.« Nick verabschiedete sich von Mrs Carlisle, verwuschelte Aimees Haar und ging.

»Ähm, was zum Teufel war das?«, fragte Aimee, während sie Nick hinterherschauten.

»Klang wie eine Warnung … an uns beide.«

»Warum?«

Miles zuckte mit den Schultern. Yup, sein Kumpel meinte es ernst. Aber ehrlich, Nick hatte keinen Grund zur Sorge. Miles würde nichts mit Aimee anfangen. Auf keinen Fall.

Ja, sie war heiß (obwohl es immer noch ein wenig komisch war, so über die kleine Aimee Bingham zu denken), daher würde er einfach zusehen, dass er nie mit ihr allein war. So einfach war das. Dann würde es null Versuchung geben zu …

»Ich muss mich sputen, Liebes«, sagte seine Mum und schaute auf ihre Armbanduhr. »Einige der Betreuer sehen noch mal nach, ob die Snacks vor der Show bereit sind. Du willst deine üblichen Circus Cookies und warme Milch?«

Miles spürte, wie ihm die Röte ins Gesicht schoss. »Mum …«

»Keine Sorge.« Sie tätschelte seine Wange. »Ich weiß, was mein süßer Junge braucht.« *Wunderbar. Danke, Mum.* »Oh, ich habe ganz vergessen, es dir zu sagen, ich habe das Management des Fanklubs übernommen.«

»Was ist mit Stella passiert?«, fragte Miles.

42

Mum presste die Lippen aufeinander. »Lange Geschichte, Schätzchen, und nichts, worüber du dir den Kopf zu zerbrechen brauchst, aber es bedeutet, dass ich nicht so viel Zeit habe, wie ich es gedacht hatte, bis wir einen vernünftigen Ersatz eingestellt haben. Aimee, ich hoffe, du bist so erwachsen und unabhängig, wie deine Eltern es von dir sagen, denn du wirst vielleicht ziemlich oft auf dich selbst gestellt sein.«

»Sie brauchen sich keine Sorgen um mich zu machen, wenn Sie arbeiten müssen, Marsha. Das ist kein Problem. Ich werde schon nicht in Schwierigkeiten geraten.«

»Freut mich, das zu hören, und ich werde dich beim Wort nehmen.« Sie lächelte und berührte Aimee an der Schulter. »Ich bin so froh, dich für eine Weile bei uns zu haben«, fügte sie hinzu, dann sah sie zu Miles hinüber. »Du hast noch etwas Zeit; warum zeigst du ihr nicht alles?«

Miles sah Aimee an und fühlte sich, als hätte er Zement in den Schuhen. »Ähm. Yeah, sicher.« Mum war süßer als Cadbury-Schokolade, aber sie hatte das denkbar schlechteste Timing.

»Tschüs, Marsha.« Aimee winkte.

Seine Mum ging davon, und dann waren sie allein, immer noch vor diesem verdammten Bus mit den halb nackten S2Js. Miles hasste dieses Ding wirklich. Er räusperte sich und hatte keine Ahnung, was er sagen sollte.

»Kekse und Milch?«, fragte Aimee.

Miles hob den Blick und sah, dass sie lächelte.

»Du bist gruseliger als Marilyn Manson.«

43

Miles brach in Gelächter aus und spürte, wie die Anspannung aus seinen Schultern wich. Ein einziges kleines Lächeln von Aimee bewirkte das. »Meine Kehle wird leicht rau, Milch ist gut dafür«, erklärte er. »Um sie zu schützen.«

Aimee zog eine Augenbraue hoch. »Und die Circus Cookies?«

»Hat was mit Streuseln und rosa Zuckerguss zu tun.«

Als Aimee lachte, leuchtete ihr ganzes Gesicht auf, und Miles hatte das Gefühl, ebenfalls aufzuleuchten. »Die hast du oft gegessen, als wir Kinder waren.«

»Ja.« Miles schob die Hände in seine Gesäßtaschen. »Deine Mum hatte bei euch zu Hause immer eine Tüte für mich in petto.«

»Nein, das waren *meine* Tüten«, widersprach sie mit einem Anflug Frechheit, an die er sich von früher her erinnerte. »Du bist zu mir nach Hause gekommen und hast all meine Kekse gegessen.« Sie schnaubte dramatisch. »Ich kann dir gar nicht sagen, wie …«

»Schuldig im Sinne der Anklage«, lachte Miles. Dann verspürte er plötzlich einen überwältigenden Drang, sie zu umarmen, als dämmere ihm jetzt erst, dass sie wirklich alte Freunde waren und dass ihre beiden Leben mehr miteinander verflochten waren, als ihm klar gewesen war.

Aber er konnte sie nicht umarmen. Himmel, er durfte auch ihre Haare nicht noch einmal berühren oder sie abklatschen. Er sollte wahrscheinlich gar nicht mit ihr allein sein, nicht wenn er Nicks Halt-dich-von-meiner-

44

Schwester-fern-*Player*-Gesichtsausdruck richtig interpretiert hatte. Und er wusste, dass er das getan hatte.

»Ich könnte dich rumführen – damit du dich nicht verirrst oder so«, sagte Miles, der einen legitimen Grund brauchte, mit ihr zusammenzubleiben.

»Das musst du nicht tun.«

»Nein, es ist cool, ich habe Zeit.« Er deutete mit dem Kopf auf den zweiten Bus. »*Not Tonight.*«

»Wie bitte?«

»Das ist der Name des Busses. Sie haben alle Namen – frag nicht, warum. Dieser ist wirklich nett. Er hat eingebaute Tische und Arbeitsplätze und jede Menge Stauraum. Mum ist in dem Bus; sie kann dich in ihm herumführen. Er ist für Eltern und Begleiter.«

»Das ist so Rock 'n' Roll, eure Mommies bei euch zu haben.«

Wieder diese freche Seite an ihr. Es machte ihm nichts aus, dass sie ihn aufzog. Es erinnerte ihn daran, wie es zu Hause zwischen ihnen gewesen war. »Trevin ist der Erste von uns, der achtzehn wird, was bedeutet, dass er der Erste sein wird, der keinen Aufpasser mehr haben wird. Nun, abgesehen von Ryder – der hatte nie einen Vormund. Aber was Trev angeht, schließen wir alle schon Wetten darüber ab, wie übel er es krachen lassen wird.«

»Trevin.« Aimee nickte nachdenklich. »Ist das nicht angeblich der Verantwortungsbewusste? So etwas wie der große Bruder bei *Seconds to Juliet*?«

»Ah, du hast also die Klatschpresse über unsere Spitznamen gelesen.«

Sie biss sich auf die Unterlippe, als hätte sie gerade einen schweren Fehler gemacht, aber dann nickte sie.

Es gefiel ihm, dass Aimee die Nachrichten über die Band verfolgte, oder zumindest so etwas Ähnliches wie Nachrichten. »Dieser nächste Bus hier«, sagte er, weil er weitergehen wollte, bevor sie den Kreis schloss und zu *seinem* peinlichen Spitznamen kam, »ist der, in dem du und Nick mitfahren werdet. Er ist für Gäste und Freunde, manchmal für Reporter. Ich wette, Mum hat bereits eine Koje für dich belegt, wahrscheinlich die beste von allen.«

»Ich werde mich auf jeden Fall bei ihr bedanken«, sagte Aimee. »Also, die Busse sind, ähm, gemischt?«

Miles wusste zuerst nicht, was sie meinte, aber dann kapierte er es. »Diese sind es. Sind deine Eltern damit einverstanden?«

»Ja«, antwortete sie und knabberte an ihrer Unterlippe. »Aber nur weil sie denken, dass Nick im selben Bus ist wie ich. Sie wissen nicht, dass er bei den anderen Jungs von der Technik schlafen will. Wir haben auf der Fahrt hierher bereits darüber gesprochen.«

»Denkst du, das wird ein Problem?«

Sie zuckte mit den Schultern. »Nicht, wenn sie es nicht erfahren.«

Er hätte beinahe etwas Lahmes gesagt, wie zum Beispiel, dass sie ihre Eltern nicht belügen dürfe, aber sie hatte bereits einen großen Bruder mit ausgeprägtem Beschützerinstinkt. Es sollte nicht seine Angelegenheit sein, wo Aimee schlafen wollte. »Dieser Bus dort drüben ist für Garderobe, Haare und Make-up.«

»Make-up? Du? Oh, ich kann es wirklich kaum erwarten, das zu sehen.« Aimee brach in Gekicher aus,
aber sobald Miles einstimmte, brach ihr Gelächter ab,
als sei es ein schweres Verbrechen, dabei erwischt zu
werden, Spaß zu haben. »Ähm, und der dort drüben?«

»*Rock You.*«

»Hm?«

»Das ist der Partybus. Die Medienbetreuer, die meisten der Jungs vom Sound, unsere Gesanglehrer und der
Sanitäter. Du wärest überrascht, wie krass die drauf
sind.«

Sie lachte erneut. »Das werde ich mir merken. Was ist
mit dem Roten dort hinten?« Sie zeigte auf einen Bus,
der hinter all den anderen stand.

»Das ist der Einzige, der nicht uns gehört«, erklärte er
und wollte schon die Augen verdrehen und eine Bemerkung über den auf der Hand liegenden Grund für die
Farbe machen, aber er wollte kein Arsch sein. »Er gehört *Cherry*.«

Aimee sah ihn an, dann den Bus, dann wieder ihn.
»Das Schwesternduo? Eure Vorband?«

Er nickte. Hoffentlich würde keine weitere Erklärung
notwendig sein. Nicht dass er hoffte, dass Aimee den
Tratsch kannte, der mit seiner *sehr* kurzlebigen Beziehung mit einer der Schwestern von *Cherry* zusammenhing; ihm war nicht danach zumute, das noch einmal zu
durchleben.

Aimees Aufmerksamkeit war auf den Bus gerichtet,
aber er konnte ihre Miene nicht deuten. Genau in dem

47

Moment öffnete sich die rote Tür und Paige und ihre Schwester Lexie stiegen aus. Ihre glänzenden blonden Haare verbrannten ihm seine Netzhäute.

Sie waren weit genug entfernt, dass er ihnen mühelos ausweichen konnte – wie er es den ganzen Sommer zu tun beabsichtigte. Paige war neuerdings so launisch in seiner Nähe. Man wusste nie, was sie sagen würde, und er war nicht erpicht darauf, es herauszufinden. Aber die Art, wie Aimee sie anstarrte ... was, wenn sie ein Riesenfan von *Cherry* war und darauf brannte, sie kennenzulernen?

Bevor er sich entscheiden konnte, was er tun sollte, drehte Aimee sich wieder zum Bus um und machte einige Schritte in die entgegengesetzte Richtung. »Wie dem auch sei. Und, wo schläfst du?«

Er folgte ihr, fasziniert von ihrem Verhalten. Es war, als wollte auch sie ihnen ausweichen.

»*The One*«, antwortete er und warf einen Blick auf den entsetzlich grässlichen Bus mit dem Bandfoto auf der Seite. Er hatte versucht, sie so weit wie möglich davon wegzuführen, aber Aimee marschierte bereits auf den Bus zu, geradewegs zu dem Foto mit seinem halb nackten Körper.

Kapitel 3

Die bloße Erwähnung dieses Busses – mit dem Meisterwerk auf der Seite – war alles, was Aimees Füße brauchten, um einen eigenen Willen zu entwickeln. Als sie und Miles an den anderen Bussen vorbeigegangen waren, hatte sie in alle hineingeschaut, doch von diesem hatte er sie unverzüglich weggesteuert. Was sie nur neugieriger machte.

»Hängst du da drin herum?« Sie streckte die Hand aus und deutete zwar nicht direkt auf Miles' nackte Brust, aber doch beinah in die Richtung.

»Ja, schon irgendwie.« Er schien sich sehr unbehaglich zu fühlen, so verlegen und schüchtern. Das genaue Gegenteil des selbstbewussten Jungen auf dem riesigen Bild, der mit der größten Arroganz der Welt auf sie herabstarrte. »Der Bus heißt *The One*.«

Aimee legte den Kopf schief. »Wie aus deinem Song? Sie sind alle nach Songs von *S2J* benannt.«

Als Miles grinste, schlug sie sich im Geiste beide Hände auf den Mund. Sie wollte nicht, dass er mitbekam, wie viel sie über sein neues Leben wusste, und über

49

Seconds to Juliet und über so ziemlich alles, was mit Miles Carlisle zusammenhing. Es war ihr peinlich genug gewesen, als sie mit ihrem Ausrutscher verraten hatte, dass sie Trevins Spitznamen kannte. Glücklicherweise hatte sie es wenigstens geschafft, sie von den *Cherry*-Schwestern wegzubringen. Auf keinen Fall wollte sie Miles' dreister blonder Ex begegnen. Kotz.

Aber *The One*. Es war unmöglich, dass Aimee den größten Hit von *S2J* nicht kannte. Ryder Brooks – der Bad Boy der Band – hatte ihn geschrieben, und es war der Song, der sie irrsinnig berühmt gemacht hatte. Jetzt war es der Ort, an dem Miles praktisch lebte.

»Becky würde absolut sterben dafür, das zu sehen.« Aimee konnte sich ein Grinsen nicht verkneifen.

»Becky, deine Freundin von zu Hause?«

»Ja, sie steht total auf Popkultur und das Leben der Promis hinter den Kulissen. Sie schreibt einen Blog darüber und folgt tonnenweise Promis auf Twitter. Ich wette, sie wird eines Tages eine dieser Journalistinnen am roten Teppich sein – superneugierig. Als sie gehört hat, dass Nick mit euch auf Tournee geht, ist sie durchgedreht. Sie wird mich vielleicht ernsthaft umbringen, wenn sie herausfindet, wo ich bin.« Aimee hielt inne und schaute zu dem Bus hoch. »Ist es okay, wenn ich ein Foto mache, um es ihr zu simsen?«

Miles lachte. »Hast du nicht gerade gesagt, dass Becky sauer sein wird?«

»Na ja, aber sie wird es ohnehin herausfinden. Sie ist meine beste Freundin, ich muss es ihr erzählen.«

»Nur zu. Soll ich das Foto machen?« Er griff nach dem Telefon in ihrer Hand, aber Aimee hatte bereits den Arm ausgestreckt und ihr Gesicht so angepeilt, dass es direkt neben dem umwerfenden Foto auf dem Bus war. Das perfekte Selfie.

Yeah, Becky würde vor Eifersucht und Zorn platzen, aber vielleicht würde es sie auch von ihrem Pfeifferschen Drüsenfieber ablenken. Aimee wollte wirklich nicht, dass sie sich noch schlechter fühlte, als sie es ohnehin schon tat. Wenn es eine Möglichkeit gäbe, das hier so lange wie möglich vor Becky geheim zu halten, dann könnte Aimee ihr Erlebnis am Ende einfach herunterspielen. Schließlich war sie nicht aus freien Stücken hier.

Statt das Bild zu simsen oder irgendwo zu posten, schaltete Aimee ihr Telefon aus. »Darf ich hineinschauen?«, sie streckte die Hand nach der Klinke des Busses aus, außerstande, ihre Neugier zu bezähmen.

»Nein, darfst du nicht.«

Die donnernde Stimme ließ sie beide herumwirbeln. Ein vierschrötiger älterer Mann – älter als ihre Eltern – stand hinter ihnen. Wie lange schon? Er hatte einen dicken Bauch und eine ziemlich scheußliche Frisur, mit der er seine kahlen Stellen zu kaschieren versuchte. Aimee erkannte ihn von den Aufnahmen hinter den Kulissen der Realityshow *Rockstars Live*. Er war der Manager von *Seconds to Juliet*, Lester Pearl, aber alle nannten ihn LJ. Er war mit ihnen auf die Bühne gegangen, als sie ihren ersten Preis gewonnen hatten. Aimee hatte an dem Abend am Fernseher geklebt.

Offensichtlich würde nur ein Superfan von *S2J* wissen, wer er war, und sie würde auf keinen Fall zugeben, das zu sein.

»LJ, hey«, sagte Miles.

»Was machst du hier draußen?«, fragte LJ ihn. »Bezahlt dich jemand für eine private Führung?«

»Das ist Aimee, eine Freundin von zu Hause. Nun, nein, sie ist die Schwester meines Freundes, also … nun, ja, sie ist eine Freundin.«

Aimee hätte am liebsten über die unbeholfene Vorstellung gekichert, aber so, wie LJ sie beäugte, war Gekicher wahrscheinlich das Letzte, was ein strenger Mann wie er tolerieren würde.

»Freut mich, dich kennenzulernen«, sagte LJ. »Du lebst hier in San Francisco?«

»Los Angeles«, antwortete Aimee.

»Und du bist wegen der Show den ganzen Weg hier heraufgekommen? Wir haben später zwei Konzerte im Staples Center.«

»Ähm«, murmelte Aimee, nicht sicher, was sie sagen sollte.

»Sie fährt mit uns mit«, sprang Miles ein.

LJ verschränkte die Arme vor der Brust. »Wie das?«

»Ich meine, sie ist mit ihrem Bruder hier. Nick Bingham – du hast ihn bereits kennengelernt. Das ist Aimee Bingham.«

»Ah.« LJ nickte und wirkte schon viel weniger Furcht einflößend. »*Du* bist die kleine Schwester.«

Aimee war sich nicht sicher, ob sie stolz, verlegen oder

sauer darüber sein sollte. »Yup«, erwiderte sie mit einem Lächeln. »Das bin ich.«

»Kapiert.« LJ grinste Miles an, diesmal wirkte es richtig väterlich. »Na schön. Du wolltest ihr gerade erklären, warum sie niemals einen Fuß in *The One* setzen darf. Lass dich von mir nicht abhalten.«

Miles räusperte sich. »Richtig. Weißt du, zu diesem Bus haben nur *S2J* Zutritt.«

»Warum?«, fragte Aimee.

»Es ist der einzige Ort, an dem wir allein sein und entspannen können, nur wir Jungs.«

»Also haben nur Bandmitglieder Zutritt?«

»Das ist richtig«, stimmte LJ zu. »Keine Fans, keine Paparazzi, keine Reporter und auf gar keinen Fall Mädchen.«

Aimee entging sein Ton nicht. Wieder väterlich. Doch Miles schien es nichts auszumachen. Hm. Also, diese Geschichten über Kelly und Paige, die sie versucht hatte *nicht* zu lesen, wo fanden all diese Spielchen statt, wenn nicht an Bord eines privaten Busses? Obwohl – wahrscheinlich hatte Miles einfach all seine Frauen für die mitternächtlichen Rendezvous an seinem Manager vorbeigeschmuggelt. Auch egal.

»Dann ist die Führung hier wohl zu Ende?«, fragte Aimee mit einem Lächeln, das LJ beruhigen sollte. Sie wollte nicht, dass Miles Schwierigkeiten bekam. Aimee befolgte Regeln, wie sie Marsha schon gesagt hatte, obwohl sie an ihrer Neugier über *The One* gerade beinahe erstickte.

»Wir haben demnächst einen Soundcheck«, erklärte LJ. »Hat mich gefreut, dich kennenzulernen, junge Dame. Man sieht sich.« Dann ging er.

»Mich hat es auch gefreut«, antwortete Aimee und drehte sich dann zu Miles um. »Er scheint streng zu sein.«

»Ja, er kann streng sein. Er hat einen übertriebenen Beschützerinstinkt.«

Aimee nickte; dank Nick wusste sie genau, wie das war.

In diesem Moment öffnete sich die Falttür zu *The One* und die restlichen vier Mitglieder von *S2J* kamen heraus. Aimee stand da wie versteinert und riss die Augen auf. Sie fühlte sich klein und ehrfürchtig zugleich. Es war seltsam genug, Miles zu sehen – *den* Miles Carlisle. Wenigstens hatte sie ihn früher schon gesehen, in ihrem eigenen Wohnzimmer und ihrer Küche. Aber diesen Jungs hier gegenüberzustehen – die sie bisher nur im Fernsehen, in Zeitschriften und auf ungezählten Tumblr-Seiten gesehen hatte –, war mehr als unwirklich.

Sie hatte sich gefragt, ob sie in echt genauso fabelhaft sein würden. Und Himmel, ja, das waren sie.

»Yo, Trev, Will, Leute«, sagte Miles. »Wollt ihr jemanden kennen…«

»Hey, hey, wen haben wir denn hier?« Nach allem, was Aimee gelesen hatte – nicht, dass sie, na ja, viel über *S2J* lesen würde –, war Trevin Jacobs Miles' bester Freund in der Band. Wenn ein Mädchen für dunkle Haut und herrliche mandelförmige Augen schwärmte, brauchte sie nicht weiterzusuchen.

»Das ist Aimee«, stellte Miles sie vor. »Eine Freundin von zu Hause.«

»Jede Freundin von Kilo ...« Trevin hielt ihr die Hand hin.

Aimee sah Miles an. »Kilo?«

»Kurz für Kilometer.«

Kilometer statt Miles – Meilen. Clever, dachte Aimee.

»Ich bin dran«, sagte Nathan und stieß Trevin mit dem Ellbogen an. Er sah wirklich aus wie »das Baby« der Band. Er schien ungefähr zwölf zu sein. Kein Wunder, dass er die hohen Töne so gut beherrschte.

Die Jungs schüttelten ihr nacheinander die Hand, als hätte man ihnen das in einem Benimmkurs beigebracht. Sehr wohlerzogen und freundlich, beinahe übertrieben. Als Ryder Brooks tatsächlich etwas murmelte, das wahrscheinlich *Voulez-vous coucher avec moi ce soir* sein sollte, knurrte Miles und schob sie alle zurück. Aimee konnte sich ein Lachen nicht verkneifen.

»Woher kennt ihr zwei euch?«, fragte Trevin.

»Nick ist ihr Bruder«, antwortete Miles. »Wir sind Freunde von früher.«

Aimee legte den Kopf schief. »Das sagst du immer wieder, aber *Freunde* nehmen nicht mein iPad in Beschlag und essen all meine Circus Cookies auf.«

Nathan lachte auf. »Aufgeflogen, Alter, sie weiß von deinem Keksfetisch.«

»Unbedingt.« Aimee grinste, leicht von den Socken davon, wie unwirklich es sich anfühlte, dass sie Miles Carlisle vor seinen berühmten Bandkameraden neckte.

»Das ist kein Fetisch«, warf Miles ein, der wieder ganz rote Wangen hatte. Verdammt, er sah superheiß aus, wenn ihm etwas peinlich war. »Das ist Nervennahrung.«

»Auch wenn wir liebend gern über alte Zeiten plaudern«, warf Trevin ein, »aber wir haben einen Soundcheck.« Er deutete mit dem Kinn auf Miles. »Kommst du?«

»Yeah.« Er sah Aimee an. »Tut mir leid, dass ich das hier abbrechen muss.«

»Schon gut. Mach nur, ich gehe einfach …« Sie deutete auf den Bus, in dem sie während der nächsten drei Wochen wohnen würde. »Ähm, viel Glück heute Abend.«

Miles schaute lächelnd zu Boden, fuhr sich mit der Hand über die Seite seines Kopfes und sah dann auf. »Danke, Aimee«, sagte er und schaute sie mit diesen blauen Augen direkt an.

Oha. Das ist mal ein Herzensbrecher-Lächeln, wenn ich je eines gesehen habe. Bevor ihr das hämmernde Herz aus der Brust fliegen konnte, spannte sie jeden Muskel in ihrem Körper an, nur für den Fall, dass ihre Beine und ihr Bauch beschlossen, sich ganz fanmäßig in Pudding zu verwandeln. Vor Miles durfte sie keinesfalls zu einem sentimentalen Häufchen dahinschmelzen.

Sie war schon früher verletzt worden, aber nicht nur von ihm. Teufel, nein, das würde sie nicht noch einmal zulassen. Sie würde sich einfach von Miles fernhalten und ihm und seinen großen, verführerischen blauen Augen um jeden Preis aus dem Weg gehen müssen.

Während sie ihnen nachschaute, stieß sie erst ein

Stöhnen aus und machte dann einen Schmollmund, als sie sich daran erinnerte, dass sie im Grunde eine Gefangene war.

»Also, spuck's aus. Wer ist die Kleine?«, fragte Trevin.

»Ich habe es euch gesagt, sie ist niemand – nur eine Freundin von früher«, erwiderte Miles, obwohl sein Magen bei den Worten einen Purzelbaum schlug.

»Freundin? Sah so aus, als wolltest du Brooks eine reinhauen.«

Ryder schnaubte und stellte den Kragen seiner Lederjacke auf. »Als würde er jemals versuchen, mir eine zu verpassen.«

»Und du hast noch nie *so* an sie gedacht?«, fügte Trevin hinzu.

Miles tat die Frage mit einem Lachen ab und boxte seinen Freund in die Niere. »Nein, Alter. Ich kenne sie seit einer Ewigkeit.«

Das stimmte. Er hatte immer wahnsinnig gern bei Nicks Familie herumgehangen. Nicks Eltern waren extrem cool und total verständnisvoll, was seine Situation betraf... die verkorksten Probleme, die Miles anfangs gehabt hatte, als sie in die Vereinigten Staaten gezogen waren. Die Probleme mit seinen Wutausbrüchen und seiner Aufmüpfigkeit, den Drogen und der Nacht, in der er verhaftet worden war. Mum hatte nicht gewusst, wie sie allein mit ihm fertigwerden sollte. Wer weiß, wo Miles ohne die Binghams gelandet wäre.

Aber niemals, nicht ein einziges Mal, hatte er in Aimee

57

etwas anderes gesehen als die Schwester seines besten Freundes.

Okay, vielleicht stimmte das nicht so ganz. Obwohl er nie daran gedacht hatte, etwas mit ihr anfangen zu wollen, war sie doch cool gewesen, wenn auch ein klein wenig nervig. Sie war immer da gewesen. Wie ein Schatten. Manchmal – wenn Nick noch nicht zu Hause gewesen war oder vielleicht noch geschlafen hatte –, da hatte er mit Aimee abgehängt, nur sie beide, und sie hatten sich uralte Cartoons auf YouTube angesehen, über die grässliche Mode der Neunziger gelacht und sich um Circus Cookies gezankt. Es war niemals etwas passiert, und er hatte auch nicht gewollt, dass etwas passierte. Er hatte sie einfach nie so gesehen.

Als er sie sich jedoch in diesem knappen gelben Kleid vorstellte, mit ihren braunen Augen und dem mördersüßen Lächeln, wie sie wie ein verdammtes Model ausgesehen hatte, fragte er sich plötzlich, *warum* er sie in der Vergangenheit nie so gesehen hatte.

Aber er konnte darüber nicht weiter nachdenken. Nicks Freundschaft war ihm viel zu wichtig.

»Nie?«, fragte Trev.

Miles schüttelte energisch den Kopf. »Es gibt einen Verhaltenskodex, Mann.«

»Aber für mich gibt es keinen Kodex.« Ryder grinste. »Ich hätte nichts dagegen, mit diesen Beinen mal eine Spritztour zu machen.«

Miles blieb wie angewurzelt stehen und packte Ryder am Ellbogen. »Nein«, sagte er, grub die Finger in Ryders

Arm und riss ihn herum, sodass er abrupt stehen bleiben musste.

Ryder zog herausfordernd eine Augenbraue hoch. »Ach ja?« Nach einem Moment lachte er leise und stieß seine Schulter gegen die von Miles, bevor er davonging.

Es war lange her, dass Miles das letzte Mal den Drang verspürt hatte, so auszuticken. Ein Therapeut hatte ihn einmal mit Bruce Banner verglichen, der den Hulk immer direkt unter der Haut hatte, der nur darauf wartete, in Rage zu geraten und herauszuplatzen. Miles hatte so hart daran gearbeitet zu lernen, sein Temperament und seinen Zorn in weniger selbstzerstörerische Bahnen zu lenken. Aber Ryder Brooks, Mann, der wusste immer, auf welchen Knopf er drücken musste.

Miles ließ den Kopf hängen, biss die Zähne zusammen und atmete langsam aus. *Bleib, wo du bist, Hulk.*

Woher war dieser plötzliche Impuls überhaupt gekommen, Aimee zu beschützen? Nicht dass er einen besonderen Grund gebraucht hätte, um sich über Ryders dreckige Bemerkungen über Mädchen zu ärgern.

»Entspann dich.« Trevin versetzte ihm einen freundschaftlichen Boxhieb gegen den Arm. »Der will dich nur auf die Palme bringen. Er würde es nie zugeben, aber er ist wegen der Show heute Abend wirklich nervös.«

»Ryd wird nicht nervös«, widersprach Miles und starrte weiter zu Boden. »Er ist wie eine Maschine.«

»Das ist nur Fassade.«

»Tja, dann ist es eine verdammt gute. Aber im Ernst, wenn er irgendetwas mit Aimee probiert ...«

»Wird er nicht. Er steht ohnehin nicht auf diesen Typ.«

»Und welcher Typ ist das?«

»Du weißt schon, stilvoll und … sauber, ohne Tattoos und Flittchenröcke.«

Miles grinste über die Beschreibung, die ziemlich ins Schwarze traf.

»Ryder steht nicht auf brave Mädchen. Obwohl *die da* …« Trevin deutete mit dem Kopf zurück in die Richtung, aus der sie gekommen waren. »Für die könnte er eine Ausnahme machen. Die ist megascharf.«

»Findest du?«

»Alter, ich weiß, dass du so blind nicht sein kannst. Sie ist die Art Mädchen, über die Gedichte geschrieben und für die Kriege geführt werden. Die Art Mädchen, für die Königreiche fallen. Was mich an was erinnert.« Er stieß Miles den Ellbogen in die Rippen. »Du hast einige Songs zu schreiben.«

Miles rieb sich den Nacken. »Das haben wir alle.«

Er hatte immer gewusst, dass er singen konnte – die einzige positive Eigenschaft, die Miles von seinem Vater geerbt hatte, dem Mistkerl, der ihn und seine Mum vor zehn Jahren für eine Frau sitzen gelassen hatte, die er im Fitnessstudio kennengelernt hatte. Das Singen fiel ihm leicht, aber erst als Miles Nick begegnet war, hatte er begriffen, dass Musik auch eine Flucht sein konnte, eine Art Therapie, ein Weg hinaus aus der Dunkelheit und dem Zorn.

Das Singen kam von selbst, aber das Schreiben war zu

einer überraschenden Leidenschaft geworden. Als sein Song *Just Lucky* zu ihrem ersten Radiohit geworden war, hatte Miles Feuer gefangen.

Seconds to Juliet machte einen mündlichen Vertrag mit LJ und den anderen Managern, dass ihnen das Recht zusicherte, erst selbst zu versuchen, die ganzen Songs für ihr neues Album zu schreiben. Miles nahm das ernst und hatte jede Absicht, diesen Sommer die freie Zeit im Bus zu nutzen, um zu schreiben. Das Schreiben von *Just Lucky* würde nicht nur ein einmaliger Glücksfall bleiben.

Heute Abend begann *S2Js* erste schlagzeilenwürdige Hallen-Tournee. Und das war eine ziemlich große Sache, größer, als es in *Rockstars Live* zu schaffen, größer, als ihren ersten Plattenvertrag zu bekommen und dann ihr Debütalbum aufzunehmen. Die Band startete ihre Karriere vor den Augen der Öffentlichkeit, also waren ihnen Interviews, Livesendungen und Branchenevents nicht fremd. Aber das Konzert heute Abend war mehr als wichtig, und Miles wusste, dass Ryder nicht der Einzige war, der an Lampenfieber vor der Premiere litt.

Später am Abend, nach einem ungewöhnlich entspannten Soundcheck, drang ausgelassener Lärm aus den Tiefen der Arena, wo sich *S2Js* geräumige Ankleide- und Schminkzimmer befanden, aber es lag auch deutlich Anspannung in der Luft.

Ryder wiederholte Strophen aus *Kiss This* und versuchte, die Melodie richtig hinzubekommen, die sie in der vergangenen Woche geändert hatten. Nate versuchte, mit der Maskenbildnerin zu flirten – was niemals gut ging –, Trevin sprach blitzschnelles Koreanisch mit einem der Techniker, und Will wirbelte in einem Drehstuhl herum und machte laute und unmelodische stimmliche Aufwärmübungen, während er zur Decke emporstarrte.

Sie hatten alle ihre eigenen Methoden, mit Stress umzugehen.

Miles war für gewöhnlich nicht der ruhige Typ. Die Tatsache, dass er still blieb, war wahrscheinlich das größte Anzeichen von Nervosität. Da er unter Druck aufblühte, war er normalerweise derjenige, der hinter den Kulissen umherlief und die anderen Jungs aufpeitschte. Jetzt wischte er sich, während sie ihre Plätze drei Meter unter der Bühne einnahmen und sich auf ihre Positionen stellten, die Handflächen an seiner Jeans ab und dachte an seine Familie, seine Mum, seine Freunde auf der Pali High.

Dann ... dachte er an Aimee und stellte sie sich in einem gelben Kleid am hinteren Ende des Saals vor. Aus dem Nichts überflutete ihn eine riesige Woge von Lampenfieber. Seit wann machte irgendein Mädchen ihn so nervös?

Er schüttelte seine verschwitzten Hände und starrte direkt geradeaus zu den Seilen und Flaschenzügen, den weißen Lichtern, die zwischen den Brettern der Bühne durchschimmerten.

Sobald die Lichter im Saal gedimmt wurden, drehte das Publikum durch. Miles atmete langsam ein und aus, dann drehte er sich um und stellte Blickkontakt zu jedem der Jungs her – eine Tradition, die er vor ihrem allererstens Livegig in Florida eingeführt hatte.

Als das Intro begann – die ersten paar Takte von *Not Tonight* –, atmete er noch einmal tief durch und nahm seinen Platz ein, darauf vorbereitet, wie ein Korken auf die Bühne katapultiert zu werden, der theatralische Auftritt, den sie ein Dutzend Mal geprobt hatten.

Im allerletzten Moment verwandelte sich sein Lampenfieber in weiß glühendes Adrenalin. Genau das, was er brauchte.

»Nervös, Bro?«, rief Trev.

Miles grinste. »Kein bisschen.«

»Lasst uns reinhauen!«

»Retweet!«, stimmte Nate mit ein.

Es gab nichts Vergleichbares wie das Gefühl Sekunden vor der Show. Miles' Haut kribbelte und prickelte und überall bildeten sich Schweißperlen. Es waren pure Glücksgefühle, verdammte Verzückung, und es kam der physischen Leidenschaft, die er mit Mädchen allein im Dunkeln erlebt hatte, noch am nächsten.

Aber nichts war hiermit vergleichbar. Auf die Bühne zu gehen. Premierenabend.

Der Countdown begann, dann *wusch!* Einer nach dem anderen schossen sie auf einem hydraulischen Lift durch ein Loch im Bühnenboden nach oben.

Dunkelheit. Licht. Ekstase.

Kapitel 4

$\mathcal{A}$imee war entschlossen gewesen, sich das Konzert nicht anzusehen, aber als Marsha sie aufspürte, um ihr zu zeigen, wo sie das Ganze hinter den Kulissen mitverfolgen konnte, war sie eingeknickt. Schließlich wollte sie nicht unhöflich zu Miles' Mutter sein, und sich eine einzige Liveshow anzusehen, war nicht so, als würde sie zu den anderen zehn Millionen Fangirls aus dem »Miles High Club« auf den Wagen aufspringen.

Und tatsächlich würde es ihr wahrscheinlich helfen, noch weiter über ihn hinwegzukommen; Miles ungeschönt, ohne Tonhöhenregler oder Photoshop. Vielleicht würde sie, wenn er genug falsche Töne getroffen hatte, gänzlich das Interesse verlieren.

Aber verdammt. Es war, als könnte der Junge gar keinen falschen Ton singen. Keiner von ihnen, mit Ausnahme von Will, »dem Schüchternen«. Er schien extrem nervös zu sein und verpasste hier und da ein paar Tanzschritte. Aber Miles wusste, wo alle sein sollten, und die wenigen Male, als Will die Stimme versagte, lenkte Miles die Aufmerksamkeit auf sich und nahm die Menge mit sich.

Hm. Ziemlich cool. *Sehr* cool, um genau zu sein. Miles sorgte für seine Freunde. War er immer so gewesen? Aufmerksam und selbstlos?

Aimee trat einen Schritt näher und beobachtete die letzten Moves von *Motion in the Ocean*, einem der weniger bekannten *S2J*-Songs und einem, den sie noch nie live gehört hatte. Miles hielt das Mikro in beiden Händen, sein Mund war direkt darüber, und seine Augen waren geschlossen, als liebkose er das Mikro oder als wolle er es gleich küssen. Mehr als einmal musste Aimee sich dazu zwingen, nicht seine Lippen anzustarren, sondern sich auf die Musik zu konzentrieren. Die meiste Zeit konnte sie die samtenen Stimmen der Jungen kaum hören vor lauter Gekreisch von den Mädchen im Publikum. Es war total nervig. Warum mussten die ständig so schreien? Wollten sie nicht lieber *S2J* singen und nicht sich selbst schreien hören?

Außerdem, warum riefen so viele nach Miles? Und warum schien Miles so glücklich darüber zu sein und stachelte sie auch noch an? Nun, er *war* schließlich *S2J*s amtlicher »Aufreißer«. Sein Spitzname, »Herzensbrecher«, musste von irgendwoher kommen. Bei dem Gedanken an Miles, der von Mädchen umringt war – von jedem Mädchen, das er wollte –, hatte Aimee sich antrainiert, die Augen zu verdrehen und an etwas Spitzes zu denken, das sie zu Becky sagen konnte. Aber heute Abend bereitete es ihr Bauchschmerzen.

Becky liebte Konzerte, und Aimee fühlte sich total versucht, hinter den Kulissen ein schnelles Selfie zu

65

machen. Sie würde nicht zu sagen brauchen, welche Band es war, obwohl sie, sobald das Bild auf Instagram erschien, würde gestehen müssen. Nein, einfach nein. Es wäre total gemein, Becky das anzutun, während sie krank war und sich wahrscheinlich elend fühlte. Außerdem war Aimee noch nicht bereit, Becky zu verraten, wo sie war. Sie waren beste Freundinnen, und seit dem Tag, an dem Miles zu Aimees Feind geworden war, betrachtete auch Becky ihn als ihren Staatsfeind Nummer eins.

Die Lichter wurden gedimmt, um die Bühne umzubauen, und bevor Aimees Augen sich an die plötzliche Dunkelheit gewöhnen konnten, wurde sie von jemandem angerempelt, der direkt ihre linke Brust traf. »Au!«, stieß sie halb flüsternd, halb jaulend aus und hielt sich schützend die Hände vors T-Shirt.

»Meine Schuld – ich hab dich nicht gesehen.«

Ihr Herz hämmerte, als sie die Stimme erkannte. Miles war mit ihr zusammengestoßen; er hatte nicht einmal gewusst, dass sie da war. Immer noch die Hände vor ihre Brüste haltend, wirbelte sie herum und sah einen Techniker Miles eine Gitarre um den Rücken schnallen. Miles hatte ein Plektron im Mund und schrammte einige Male über die Saiten, dann nickte er dem Techniker zu. In der nächsten Sekunde sauste er wieder an ihr vorbei, aber Aimee sorgte dafür, dass sie – und jeder ihrer vorstehenden Körperteile – aus dem Weg waren.

In den zehn Sekunden seit dem Erlöschen der Lichter hatten ihre Augen sich endlich genug angepasst, um *S2J*

hinter Standmikrofonen aufgereiht zu sehen, Miles stöp-
selte gerade seine Gitarre ein.

Fünf grelle Scheinwerfer trafen die Bühne. Als Miles
mit der Hand über die Gitarre strich, eskalierte der
Jubel, bis es Aimee in den Ohren klingelte. Sie fragte
sich, wie die Jungs das aushalten konnten, Abend für
Abend. Doch sie grinsten alle, als bemerkten sie nicht,
dass um sie herum ein Lärm war wie im Innern eines
Küchenmixers auf Crack.

Miles spielte jetzt Gitarre, aber nach nur wenigen Tak-
ten brach er ab und beäugte die Menge, bis der Jubel be-
trächtlich abnahm, als hätte er die vollkommene Kontrolle über fünfzigtausend Menschen. Als er wieder zu spielen
begann und jene ersten Worte sang, verspürte Aimee ein
Flattern im Magen, das sie nicht unterdrücken konnte.

Sie war schließlich kein Roboter. Und es war nicht so
bizarr, ein wenig flattrig wegen eines Jungen zu sein, der
so talentiert und heiß war wie Miles Carlisle. Millionen
von Mädchen litten an dem gleichen Gebrechen. Aber wie
viele Mädchen standen hinter der Bühne, nah genug, dass
er sie in der Dunkelheit versehentlich befummeln konnte.

Und wie vielen dieser Mädchen hatte er bereits das
Herz gebrochen?

Der Song verklang und Miles ergriff das Mikrofon.
»Unser nächstes Stück geht an allllll die liebreizenden
Damen da draußen.« Eine weitere Explosion trommel-
fellzerreißenden Geschreis. Also, er widmete den Song
tatsächlich jedem Mädchen im Publikum? Wie überaus
persönlich.

»Ist er nicht brillant?« Marsha trat neben sie und strahlte beim Anblick ihres Sohnes auf der Bühne.

»Ähm, ja«, erwiderte Aimee, obwohl die irrationale Eifersucht auf eine ganze Arena der Steinmauer um ihr Herz herum noch eine Lage hinzufügte und sie davor beschützte, sich noch einmal in Miles zu verlieben. »Ehrlich gesagt gehe ich jetzt vielleicht ins Bett. Es war ein langer Tag.«

»Jetzt schon?« Marsha sah sie an, als hätte sie zwei Köpfe. »Es ist fast zu Ende, und ich dachte, du würdest es toll finden.«

»Oh, das tue ich, es ist bloß …« Sie rieb sich die Schläfen. »Ich habe Kopfschmerzen und es ist ziemlich laut hier drin.«

Marsha lachte und band sich ihr Haar zu einem Pferdeschwanz. Es hatte die gleiche Blondschattierung wie Miles' Haare. »Wir haben uns alle daran gewöhnt.«

»Das mussten Sie auch. Also dann, gute Nacht.«

Marsha umarmte sie herzlich. »Nacht, Liebes. Ich bin so froh, dass du bei uns bist; du gehörst doch zur Familie.«

»Danke.« Aimee schob sich einige Haarsträhnen hinter die Ohren und hatte das Gefühl, sie würde vielleicht gleich in Tränen ausbrechen. Sie hatte wahrscheinlich Heimweh, oder vielleicht vermisste sie ihre Freunde und ihr eigenes Bett und sogar solchen Scheiß wie das Lernen für die SATs, obwohl es keine vierundzwanzig Stunden her war, dass sie ihr Zuhause verlassen hatte.

Sie ging den Flur entlang und versuchte, den Ausgang

zu finden, als sie in das falsche Zimmer stolperte und mit einem Paar zusammenstieß, das an der Tür heftig knutschte. »Oh, Entschuldigung!«

Die beiden lösten sich voneinander. Den Jungen erkannte Aimee nicht, aber das Mädchen war eine von den Maskenbildnerinnen. »Ist schon gut.« Sie lächelte, wischte sich den Sabber von ihrer Unterlippe und stieß den Mann dann praktisch durch die Tür. »Ich hab nicht gedacht, dass irgendjemand hier wäre.«

»Ich wollte gerade gehen«, sagte Aimee, der die Röte in die Wangen geschossen war. »Ich hab's jedenfalls versucht.«

»Warte. Mit wem bist du hier?«

»Mit wem? Mit niemandem«, antwortete sie und verschränkte die Arme über der immer noch empfindlichen Stelle oberhalb ihres Herzens. »Ich meine, ich war früher mal in jemanden verknallt...«

»Nein«, unterbrach das Mädchen sie lachend. »Ich meinte, ich habe dich beim Abendessen im Zelt gesehen. Du warst am Tisch von *Not Tonight* mit den Eltern und so.«

»Mein Bruder war beschäftigt, deshalb hat Marsha mich eingeladen, mit ihr zu essen.«

»Du kennst Marsha Carlisle?«

»Miles und ich sind praktisch zusammen aufgewachsen.«

»Echt?« Das Mädchen hob seine dünnen, nachgezogenen Augenbrauen. »Ich bin Deb. Ich mache das Makeup.«

»Ich weiß. Ich habe dich mit den anderen Modestylis-
ten gesehen.« Deb war wahrscheinlich ungefähr fünf-
undzwanzig, hatte kurzes rotes Haar, das markant
schräg geschnitten war, was ihrem Gesicht wirklich gut
stand. Und als sie sich zum Licht drehte, sah Aimee ein
winziges Diamantpiercing an ihrer Nase. »Wir nennen
uns das Glamour-Kommando.«

Aimee lachte und lehnte sich gegen den Türrahmen.
Sie kam sich vor wie ein Eindringling. »Ich bin mir
sicher, die Jungs lieben das.«

»Oh, sie hassen es total, aber irgendjemand muss verhindern, dass sie allzu eingebildet werden. Also, du
kennst Miles?« Deb ging zu einem Tisch und packte
Make-up-Pinsel in eine Tupperdose.

»Ja, schon. Obwohl *du* ihn wahrscheinlich besser
kennst als ich jetzt. Er ist seit zwei Jahren von zu Hause
weg. Ich weiß nicht, wie *dieser* Miles ist.«

»Wahrscheinlich genau wie vorher. Er scheint wirklich geerdet zu sein, normal, wahrscheinlich weil seine
Mutter hier ist.«

»Ja, vielleicht. Ich bin übrigens Aimee Bingham.«

»Oh, du bist die Schwester dieses Praktikanten. Nick,
richtig? Knackiger Typ.«

Aimee rümpfte die Nase. »So etwas mag ich über
meinen Bruder wirklich nicht denken.«

»Nun, vertrau mir, die Mädchen werfen ihm schon
den ganzen Tag sehnsüchtige Blicke zu. Er wird heute
Nacht definitiv ein heißes Thema in unserem Bus sein. Da
wir gerade davon sprechen, wohnst du in *Hanging On?*«

»Ja.«

»Diese Busse sind wirklich hübsch im Vergleich zu anderen, in denen ich gewesen bin. Ich war vor zwei Jahren im Sommer mit einer gewissen Mädchengruppe unterwegs.« Sie schnitt eine Grimasse. »Ernsthaft, die Busse waren superalt und fielen schon auseinander, und ich schwöre, ich hatte Angst, dass ich mir von den Sitzen irgendwelche Geschlechtskrankheiten holen würde. Hashtag schmierige Schlampen.« Sie lachte. »Wie dem auch sei, die Busse für *S2J* sind so gut wie Hotels, vor allem *The One*.«

Dies entfachte Aimees Interesse. »Du bist in *The One* gewesen?«

Deb schüttelte den Kopf. »Nein, niemand ist drin gewesen, der nicht zur Band gehört. Es gibt da eine Regel und alles. Sie haben private Securityleute – ich bin mir sicher, dass du Beau, ihren obersten Bodyguard, noch kennenlernen wirst. Du kommst keine zwei Schritte die Stufen hoch, bevor er dich rausschmeißt. Wenn wir unterwegs sind und einer der Jungs sich mit einem Tutor oder Arzt treffen oder ein Interview geben muss, passiert das immer in einem anderen Bus. Sie sind wirklich streng, was das betrifft. Aber *The One* ist total gut ausgestattet. Ich habe gehört, dass sie alle einen eigenen Massagesessel haben.«

»Nett.«

»Und drei Sechzig-Zoll-Flachbildfernseher, jedes Spielesystem, das der Menschheit bekannt ist, komplett mit WiFi, damit sie streamen können, wann immer sie wol-

len, selbst mitten in der Wüste. Und jedes ihrer Kojen-
betten hat eine viscoelastische Matratze, geräuschmin-
dernde Kopfhörer, iPads, Laptops und sogar persönliche
Aufzeichnungsgeräte. Das ist alles erste Sahne.«

»Klingt umwerfend«, antwortete Aimee, jetzt noch
neugieriger, den Bus von innen zu sehen. Obwohl das
offensichtlich nie passieren würde, vor allem dann nicht,
wenn es an der Tür einen *S2J*-Cop gab. Außerdem wollte sie Nick keinen Ärger machen.

»Gehst du jetzt zurück zu den Bussen?«, fragte Deb.
»Ich begleite dich.«

»Musst du nicht …?« Aimee machte eine Handbewe-
gung, als pudere sie sich die Stirn. »Während ihrer Pausen
oder so?«

»Dafür gibt es backstage eine eigene Crew, aber ich
habe heute Abend frei. Ich musste sie nur vorher fertig
machen.«

»Oh. Cool. Soll ich irgendetwas tragen helfen?«

»Ich bin nur für die Pinsel, das Gesichtswasser und
den Concealer zuständig.«

»Concealer.« Aimee konnte nicht anders. Sie lachte.

»Die Jungs brauchen nicht viel. Ich habe letztes Silves-
ter bei der Wiedervereinigung einer 80er-Jahre-Band mit
entsprechenden Frisuren gearbeitet.« Sie hielt inne und
stieß einen Pfiff aus. »Ich habe noch *nie* so viel Eyeliner
verbraucht.«

Aimee lachte wieder. »Du hast bestimmt wahnsinnig
viele Geschichten zu erzählen.«

»Hab ich.« Sie stapelte drei Schachteln aufeinander

und balancierte sie auf dem Arm. »Obwohl du mich nie dabei erwischen wirst, wie ich eins dieser Enthüllungsbücher schreibe. Kannst du das glauben?«

Aimee hielt Deb die Tür auf. »Ob ich was glauben kann?«, fragte sie, als sie in die überraschend warme Abendluft von San Francisco hinaustraten.

»Du weißt schon, dieses Buch über Miles?«

Aimee legte nachdenklich die Stirn in Falten. Seit ihrem Raketenstart auf *Rockstar Live* waren tonnenweise Bücher über *S2J* geschrieben worden und jeden Monat tauchte ein weiteres über eins der Mitglieder auf. Miles eingeschlossen. Aimee hatte sich bewusst von diesen Büchern ferngehalten, obwohl Becky gar nicht genug davon bekommen konnte.

»Ich habe keins gelesen. Das ist alles nur Tratsch, nicht wahr?«

»Auf die meisten dieser Bücher trifft das zu, aber das hier war anders. Während der Minitournee letztes Jahr hat eins der Mädchen, die die Haare macht, es eines Abends mit in den Bus gebracht, und wir haben es durchgeblättert. Die Schlampe war echt gemein.«

»Wer hat es geschrieben?«

»Seine Ex. Diese Sängerin, mit der er vor vielleicht anderthalb Jahren zusammen war.«

Aimee wusste genau, wen Deb meinte.

Kelly und Miles waren größer gewesen als Justin Bieber und Selena Gomez oder Blake Shelton und Miranda Lambert oder welches Superpärchen derzeit in der Musikszene aktuell war. Wann immer Aimee zufällig ein Foto von den beiden auf einem Zeitschriftencover sah, ging es ihr hundeelend.

Kelly war so ziemlich das schönste Mädchen auf dem Planeten. Sie waren nicht länger als sechs Monate zusammen gewesen und ihre Trennung hatte mehr Sendezeit bekommen als die königliche Hochzeit. Als Aimee jetzt darüber nachdachte, erinnerte sie sich tatsächlich undeutlich daran, dass Kelly ein Buch geschrieben hatte.

»Was war so schlimm daran?«

»Es war wirklich sehr persönlich. Sie hat darüber geschrieben, wie sie zusammen ihre Jungfräulichkeit verloren haben. Ich meine, genau wo und wann ... *wie*. Wirklich intime Dinge, Details, die nur eine durchgeknallte Psychodiva jemals ausplaudern würde. Und sie hat im Prinzip zugegeben, dass ihre Karriere enormen Auftrieb bekommen hat, weil sie mit ihm zusammen war, beinah so, als hätte sie ihn benutzt, obwohl sie es nicht direkt ausgesprochen hat. Monatelang haben sie Miles in jedem Interview danach gefragt. Er hat versucht, es mit einem Schulterzucken abzutun, aber alle hier wissen, dass es ihm wirklich schlimm zugesetzt hat. Danach war er nicht mehr so viel mit Mädchen zusammen und hasste es, mit der Presse zu reden. Als würde er niemandem mehr trauen.«

Aimee verstand das und konnte ihm keinen Vorwurf daraus machen. Von jemandem verletzt zu werden, von dem man dachte, man könne ihm vertrauen, den man sogar zu lieben glaubte, war ein schreckliches Gefühl. Vielleicht eins der schlimmsten.

»Wie ätzend«, sagte sie. »Ich hatte ja keine Ahnung. Tatsächlich habe ich mir alle Mühe gegeben, mich von diesem Kram fernzuhalten.«

»Das ist erfrischend. Ich bin mir sicher, Miles wünschte, es gäbe mehr Menschen wie dich da draußen. Echte Freunde.«

»Ja.« Das war wie eine Prise Salz in der Wunde. Sie und Miles waren nicht länger wirklich Freunde, oder waren sie je Freunde gewesen? Vielleicht war es naiv von ihr, aber bevor er für das Vorsprechen von zu Hause weggefahren war, hatte sie gedacht, sie wären Freunde. Doch nach dem, was Nick ihr erzählt hatte, kannte sie die Wahrheit.

Weitere Steine wurden rund um ihr Herz herum aufgestapelt. Gut, sie musste aufhören, an ihn zu denken, aufhören, Mitleid mit ihm zu haben. Niemand brauchte mit Miles Carlisle Mitleid zu haben.

»Bist du dir sicher, dass du keine Hilfe brauchst?«, fragte Aimee.

»Ich mache das jeden Abend. Alles unter Kontrolle.«

»Okay, dann sehen wir uns wohl morgen.«

»Dies ist deine erste Nacht im Bus, richtig?«, fragte Deb, woraufhin Aimee nickte. »Ich fand es anfangs wirklich schwer einzuschlafen. Die Busse sind hübsch, aber es sind trotzdem Busse. Wenn du Probleme hast zu schlafen, lass es mich wissen, ich habe Pillen.«

»Danke«, sagte Aimee. »Und entschuldige noch einmal, dass ich bei euch hereingeplatzt bin, bei dir und …« Sie spürte, wie sie erneut errötete.

»Wer? Tom? Er ist einer der Roadies aus meinem Bus.« Sie zwinkerte Aimee zu. »Ich bin mir sicher, wir werden da weitermachen, wo wir aufgehört haben.«

Aimee lächelte. »Ähm, gut. Also, man sieht sich.«

Der Parkplatz hinter der Arena war beleuchtet, und selbst aus dieser Entfernung spürte Aimee immer noch den dröhnenden Bass aus dem Inneren, hörte immer noch die leisen Vibrationen der brüllenden Menge – der »Miles High Club« voll in Fahrt.

Die Ausrede, die sie Marsha aufgetischt hatte, nämlich Kopfschmerzen zu haben, war in dem Moment nicht wahr gewesen, aber jetzt spürte Aimee, wie sich in ihrem Schädel Druck aufbaute. Sie stieg in *Hanging On* ein und war erleichtert, die Einzige im Bus zu sein. Ihre Koje war weiter hinten, die oberste von dreien. Nachdem sie sich zuerst davon überzeugt hatte, dass niemand in dem unteren Bett schlief, stellte sie sich auf dessen Kante und schnappte sich ihre Zahnbürste und ihr Gesichtsreinigungswasser. Das Badezimmer war winzig, aber in Bezug auf Stauraum überraschend ökonomisch gestaltet. Sie wusch sich schnell und putzte sich die Zähne. Zurück im Schlafquartier benutzte sie die erste und zweite Koje als Leiter und kroch dann in ihre eigene Koje, schleuderte ihre Schuhe von sich und zog sich ihr Kleid über den Kopf. Sie griff nach einem Tanktop und Schlafshorts, dann faltete sie ihr Kleid und steckte es mit ihren anderen Sachen zusammen in das kleine Ablagefach, erfreut, dass sie knitterfreie Outfits mitgenommen hatte.

76

Sie zog den schweren Samtvorhang zu, glitt unter die Decken, atmete aus und schaute zu der dunklen Decke über ihrer Koje auf. Sechzig Zentimeter über ihrem Kopf. So viel zu engen Räumen. Sie drehte sich auf die Seite und versuchte, das Dröhnen des Konzerts auszublenden, die schreienden Mädchen, die nach Miles riefen.

Nun, es war kein gar so schrecklicher Tag, dachte sie. *Ich habe fünf total berühmte Popstars kennengelernt, einer davon hat mir in schrecklichem Französisch einen Antrag gemacht, ein anderer hat mich angebaggert, und jemand hat mir Schlaftabletten angeboten – bei denen es sich ebenso gut um Drogen handeln konnte. Nicht allzu schlecht für meinen ersten Tag als unfreiwillige Groupie.*

Kurz danach schlief Aimee bereits tief und fest und regte sich kaum, als die anderen Passagiere von *Hanging On* an Bord kamen und der Bus losfuhr.

Die Stunden nach einer großen Show waren immer wüst. Letzte Nacht war da keine Ausnahme gewesen. Miles war immer noch high vom Adrenalin gewesen, und alle anderen waren total überdreht, auch als sie schon auf den Highway einbogen. Um jegliche Zwischenfälle mit Fans zu vermeiden, stand *The One* immer bereit, um sofort loszufahren, sobald der letzte Ton der Show verklungen war, meist Stunden vor den anderen Bussen.

Das Finale dieses Konzertes bot zusätzliche Herausforderungen. Irgendjemand hatte die *brillante* Idee gehabt, dass sie *Women Every Time* (oder *WET*) spielen sollten, während sie mithilfe einer professionellen Sprinkleranlage von oben mit Wasser übergossen wurden.

Die Idee war theoretisch total cool, aber niemand dachte an die riesigen Pfützen von gefühlten zwanzigtausend Litern Wasser oder daran, wie rutschig die Bühne sein würde. Bei den Proben war Will der Erste gewesen, der sich hinpackte, obwohl es ihnen irgendwann allen passiert war. Ryder erwies sich als der Unkoordinierteste, oder vielleicht tat er es absichtlich und hoffte, dass die Nummer gestrichen werden würde. Er hasste das Tanzen mehr als jeder andere.

Es war eine Erleichterung, dass nicht alle Veranstaltungsorte für den »Regentanz« ausgerüstet sein würden. Der Trick dabei war, dass die Käufer der Eintrittskarten nicht wissen würden, welches Konzert dieses Finale bieten würde. Nach der Show des vergangenen Abends – der ersten, in der sie das vor Publikum gemacht hatten – verstand Miles endlich den Reiz daran, wenn fünf klatschnasse Jungs auf der Bühne vor Mädchen, die bereits in einen Hormonrausch gepeitscht worden waren, die Hüften schwangen. Er hatte sich halb totgelacht, als Trevin sich am Ende auf der Bühne sein nasses Hemd vom Leib geschält hatte, woraufhin die Menge vollkommen ausgetickt war. Vielleicht würde er das beim nächsten Mal auch versuchen.

Als man sie hinausbegleitet hatte, durchnässt bis auf die Knochen, konnte Miles seiner Mum hinter der Bühne schnell Gute Nacht sagen, zum tausendsten Mal dankbar dafür, dass sie von Anfang an mit ihm gereist war. Er hätte das seinen Kumpeln gegenüber niemals ausgesprochen, aber manchmal taten sie ihm leid, weil sie so lange von ihren Familien getrennt waren.

Seconds to Juliet war zu einer Art Ersatzfamilie geworden; seine Bandkameraden standen ihm so nah wie Brüder, und wenn LJ nicht gerade eine Nervensäge war, kam er einer Vaterfigur für ihn noch am nächsten. Aber echte Familie war unersetzlich.

Deshalb war es so fantastisch, Nick dazuhaben, obwohl sie natürlich nicht allzu oft miteinander abhängen konnten. Allein das Wissen, dass er da war, vermittelte Miles das Gefühl, etwas normaler zu sein. Unmittelbar bevor er in den Bus gestiegen war, hatte er seinen Kumpel ein paar Male abklatschen können. Dann hatte er sich dabei erwischt, wie er an Nick vorbeischaute und sich fragte, ob Aimee bei ihm war.

Er wollte sich dafür entschuldigen, dass er sie hinter der Bühne fast umgerannt hatte. Als er zu seiner Gitarre gelaufen war, hatte er sie einfach nicht gesehen, und er hatte kaum genug Zeit gehabt zu registrieren, dass sie es war. Als er es dann doch bemerkte, registrierte er auch, wo genau er sie berührt hatte.

Nun, deswegen konnte Nick nicht sauer auf ihn sein. Sie zu begrapschen war ein totales Versehen gewesen; er hatte ja nicht einmal Zeit gehabt, es zu *genießen*. Obwohl die Erinnerung – vor allem wenn er sie in Zeitlupe ablaufen ließ – verdammt nett war.

Am nächsten Tag spukte das Miles immer noch im Kopf herum, als er Aimee von den Bussen weggehen sah, dorthin, wo im hinteren Teil des Parkplatzes die Cateringzelte für die Crew aufgebaut worden waren. Streng genommen folgte er ihr nicht direkt, er war ohnehin in diese Richtung unterwegs. Obwohl er ihren Anblick von hinten durchaus genoss.

Sie trug wieder ein Kleid. Miles konnte sich nicht daran erinnern, Aimee früher je in einem Kleid gesehen zu haben. Vielleicht hatte sie gerade eine jungenhafte Phase gehabt. Dem Himmel sei Dank, dass sie dem entwachsen war, denn nicht viele Mädchen konnten ein rosafarbenes fließendes Kleid so tragen wie sie.

Die Luft in Portland, Oregon, war kühl. Über ihrem Kleid trug Aimee einen kurzen roten Pullover und dazu braune Stiefel mit Pelzbesatz. Sie sah faszinierend aus, und er genoss es, wie allein die Tatsache, dass er sie beobachtete, seine Atmung verlangsamte. Ja, er war sich total bewusst, dass er nicht so an sie denken sollte, aber es war nur eine flüchtige Beobachtung.

Sie trug ihr Haar in einem Pferdeschwanz, und Miles fragte sich, ob ihr die Dusche in ihrem Bus vielleicht nicht gefiel. Oder vielleicht war sie kaputt und sie konnte sich die Haare nicht waschen. Er überlegte, sie danach zu fragen, ermahnte sich dann aber, die Klappe zu halten. Aimees Dusche und was immer sie dort drin tat, gingen ihn nichts an.

»Guten Morgen«, begrüßte er sie, als er nah genug war, dass sie ihn hören würde. Sie war gerade damit be-

80

schäftigt, ihren Pullover wieder über ihre nackte Schulter zu ziehen, da er heruntergerutscht war. In dem Moment stellte er sie sich nackt unter der Dusche vor. Schlagartig schoss ihm ein Hitzeschwall durch den Körper und landete tief in seinem Bauch, und er spürte, dass er rot wurde. »Also, w-wie hast du geschlafen?«, fragte er, außerstande, ihr in die Augen zu sehen.

Wirklich eine clevere Begrüßung, Volltrottel. Kein Wunder, dass du seit Monaten nicht mehr in der Lage bist, einen Song fertig zu schreiben.

»Es ist ein Uhr mittags«, antwortete sie. »Und ich habe gut geschlafen, danke. Es ist irgendwie cool, an einem neuen Ort aufzuwachen.«

»Ja, das ist es«, bestätigte er, endlich in der Lage, sie anzuschauen. »Aber es kann einem auch alles verschwimmen. Ist wirklich leicht zu vergessen, in welcher Stadt man gerade ist, wenn man nur immer die Hallen von innen sieht.« *Seit wann bist du so weltmännisch drauf? Und wie hast du Nick – oder der Welt! – je weismachen wollen, du wärst ein Player?* »Hast du schon gegessen?« Er zeigte auf die Tische, auf denen Schüsseln mit Essen bereitstanden. Unter den Deckeln quoll Dampf hervor.

»Dafür bin ich hier im Essenszelt.«

Er grinste und schob seine Ärmel hoch. »Ah, richtig.«

»Wohnt ihr denn nie in Hotels?«

»Ein paarmal die Woche, aber nur wenn der Terminplan es zulässt. Wenn wir aufeinanderfolgende Konzerte in einer Stadt haben, geht das. Aber so wie gestern

Abend mussten wir gleich weiterfahren. Ich denke, heute Nacht schlafen wir in einem Hotel.« *Himmel noch mal, du redest aber viel.* »Mehr als zwei oder drei Tage im Bus sind hart – für alle, selbst für die Crew. LJ bemüht sich immer, unsere Zeitpläne nicht zu höllisch zu gestalten.«

»Ich kann mir vorstellen, wie höllisch das sein muss«, versetzte Aimee. »Schön, dass LJ auf euch achtgibt.« Sie stellte sich in die Schlange hinter zwei Mädchen aus der Crew, die sich um die Bühnenoutfits kümmerten, und füllte sich eine Schale mit Früchten. »Willst du nichts essen?«

»Wir haben Essen in unserem Bus.« Er verzog das Gesicht. »Das Zeug, das sie hier servieren, mag ich nicht wirklich. Erinnert mich zu sehr an das, was wir von Ms Fletcher an der Pali High bekommen haben.«

Aimee sah ihn für einen Moment an, dann blinzelte sie.

»Was?«, fragte er.

»Nichts. Ich vergesse nur manchmal, dass wir dieselben Schulen besucht haben.« Sie lächelte, dann rümpfte sie die Nase, als rieche sie Ryders Füße. »Erinnerst du dich an diese Lunchdame an der Pali, diese Assistentin?«

»Ms Styles?«

»Ja!« Aimees Augen leuchteten auf. »Die klatschte einem immer diesen widerlichen gedämpften Spinat auf die Teller, als wäre es ihre Mission im Leben, jemanden in der Schlange dazu zu bringen, sich zu übergeben.«

»Richtig.« Miles lachte und bemerkte, wie Aimees

Haar im Sonnenlicht rötlich schimmerte. Er wünschte, er hätte die Hand ausstrecken und es wieder berühren können, und er erinnerte sich daran, dass es nach Vanille roch. Was würde geschehen, wenn er es täte? Nur einige wenige Strähnen. Würde es zählen, wenn Nick nicht in der Nähe war? »Und ihr zerrissenes Haarnetz, das sie jeden Tag getragen hat?«, fügte er hinzu, bevor er wirklich die Hand ausstreckte und sie berührte.

»Und ihr Muttermal?« Aimee rümpfte erneut ihre niedliche kleine Nase.

»Wie konnte man so jemandem überhaupt erlauben, uns unsere Mahlzeiten zu servieren?«

»Wer weiß!«

Er lächelte sie an, verschränkte die Arme vor der Brust und kämpfte erneut gegen den Drang, sie an sich zu ziehen. »Aber ich hätte das Essen hier nicht mit dem von Ms Styles vergleichen sollen. Es ist nicht so übel. Wir werden im Bus wohl einfach verwöhnt.«

»Du hast bereits zu Mittag gegessen?«

Er zuckte mit den Schultern. »Ja.«

»Na, dann lass dich von mir nicht aufhalten. Du bist bestimmt superbeschäftigt.«

Hörte er schon die Flöhe husten, oder wechselten Aimees Stimmungen wie das Wetter, wenn sie in seiner Nähe war? »Nein, ist alles gut. Willst du ein Sandwich?«

»Ähm.« Sie krallte sich an ihrem Tablett fest und bewegte sich eine Sekunde lang nicht. »Okay.«

Miles belud ihren Teller und zeigte dann auf einen leeren Tisch bei ein paar Bäumen. Es war so spät, dass die meisten bereits gegessen hatten und losgegangen waren, um die Show für den Abend vorzubereiten. Er hatte nicht vorgehabt, hierherzukommen, nur um bei Aimee zu sitzen. Er hatte eigentlich zu tun. Aber sollte er weggehen und sie hier einfach sitzen lassen, wenn sie niemanden kannte und seine Mum mit dem Kram für den Fanklub beschäftigt war?

»Lebst du dich gut ein?«

Sie spießte eine Traube auf. »Bisher ja.«

»Und ist dein Bett, ähm, bequem?«

»Es ist in Ordnung, aber irgendwie beengend. Ich bin immer wieder aufgewacht.«

»Das liegt daran, dass du groß bist und dass deine Beine so lang sind. Oh, ich meine, nicht, dass ich deine langen – deine Beine oder irgendetwas anderes bemerkt hätte.«

Was passierte mit seinem Verstand? Nur weil ihm ein ernsthaft heißes Mädchen in Sonnenlicht gebadet gegenübersaß, dessen Pullover ihm immer wieder von der Schulter rutschte, gab ihm das doch nicht die Berechtigung, sich in einen faselnden Idioten zu verwandeln. »Wie dem auch sei, ja, die Kojen sind ziemlich klein.«

»Nun, es war nett von dir, nach mir zu sehen.«

»Keine Sorge. Alles für Nicks Schwester.« Miles bemerkte, wie ihre Hand auf dem Weg zum Mund erstarrte und wie das Lächeln, das dort gewesen war, erstarb.

Sie verschränkte die Arme vor der Brust und lehnte sich zurück. »Ich bin bloß Nicks kleine Schwester. Danke für die Erinnerung.«

»Was ist los?«, fragte er, als er den frostigen Unterton in ihrer Stimme bemerkte.

»Gar nichts. Mir war nur nicht klar, dass ich selbst hier, unter wildfremden Menschen, dieses Etikett haben würde.«

»Aber du *bist* Nicks kleine ...«

»Ich *weiß*.«

Miles hielt inne, um für eine Sekunde nachzudenken, während er versuchte, nicht die niedliche Art zu bemerken, wie ihre Augen sich ganz zusammenzogen, wenn sie wütend wurde. »Nun, du bist seine Schwester – *warte,* bevor du mich unterbrichst, ich sage es, weil es eine Tatsache ist.«

»Großartig«, murmelte sie.

Er stützte die Ellbogen auf den Tisch. »Nick ist mein bester Freund, und ich würde niemals etwas tun, von dem er mich ausdrücklich gebeten hat, es nicht zu tun, okay?« Sie sah ihn immer noch nicht an. »Und ich würde niemals etwas tun, das ihn sauer macht.« An diesem Punkt wusste er nicht, ob sie ihm noch zuhörte oder nicht. »Aimee.«

Endlich schaute sie auf, obwohl ihr Blick sich auf etwas neben ihm konzentrierte. »Ja?«

»Weißt du, was ich meine?«

Sie zuckte mit den Schultern und schob das Obst an die Seite ihres Tellers.

»Als ich dich gestern im Konferenzraum gesehen habe ...«

Ah, das weckte ihr Interesse. Sie hob den Blick ihrer

85

großen braunen Augen. In den Tiefen dieser Augen sah er tausend Dinge, die er über sie erfahren wollte, aber er sah auch tausend Dinge, die er bereits kannte, Dinge, die ihm bereits gefielen. Dinge, die dazu führten, dass seine Handflächen sich heiß anfühlten, wenn sie ihn ansah. Er musste blinzeln, um sich daran zu erinnern, was er hatte sagen wollen.

»Als ich dich zuerst gesehen habe«, wiederholte er, »hätte ich, wenn ich gewusst hätte, dass du, ich meine, wenn du *nicht* Nicks Schwester wärst, ich weiß, dass ich …«

»Da sind Sie ja, Miles Carlisle – endlich! Ich bin Fatima Robins von *Teen People*.«

Miles und Aimee setzten sich beide schnell zurecht, weg voneinander. Ihm war gar nicht bewusst gewesen, dass sie sich so nah zueinander vorgebeugt hatten. »Hallo, hi«, sagte er zu einer blonden Frau mit Brille und in einem blauen Kostüm.

»Lassen Sie sich bitte nicht bei Ihrem Mittagessen stören«, fügte sie hinzu, als Miles Anstalten machte aufzustehen. »Wir machen ein ausführliches Feature über die Band. Ihr Pressesprecher hat gesagt, dass ich Sie hier finden würde, also sieht es so aus, als wären Sie mein erstes Opfer.«

»Okay. Wollen Sie Platz nehmen?«

Die Reporterin warf sich auf den Stuhl in der Ecke. Miles hasste Interviews nicht so sehr wie die anderen, aber er liebte sie auch nicht. Er wünschte, dass stattdessen seine Musik für ihn hätte sprechen können. Aber er wusste auch, dass es zum Geschäft gehörte, dass endlose Interviews und Fotoshootings und öffentliche Auftritte Teil des Spiels waren.

»Wie ist die Show gestern Abend gelaufen?«, fragte die Reporterin. Wie hieß sie noch gleich? Robins irgendetwas? Es gelang ihm sonst besser, auf Namen zu achten.

»Die Show war große Klasse«, entgegnete Miles. »Ausverkauft.«

»Viele Mädchen im Publikum?«

Miles öffnete den Mund, um zu antworten, schaute dann aber über den Tisch, als Aimee leise prustete.

»Entschuldigung«, sagte die Reporterin und zog ein Notizbuch hervor. »Wir haben uns noch nicht vorgestellt. Sind Sie die neue Freundin?«

Aimees braune Augen weiteten sich, und sie biss die Zähne zusammen, als wäre sie total entsetzt. Nein, nicht entsetzt, beleidigt.

Miles wusste, wie man mit solchen Situationen umging. Er war ihnen in den letzten zwei Jahren zigmal begegnet. »Nein.« Er zuckte beiläufig mit den Schultern. »Wir hängen nur ab. Sie ist eine Freundin von zu Hause.«

»Ich verstehe. Und hat diese Freundin von zu Hause einen Namen?« Sie sah Miles an, während ihre Frage sich tatsächlich an Aimee richtete. Er würde sich nie daran gewöhnen, wie scheinheilig Journalisten sein konnten.

»Kein Name«, antwortete er, bevor Aimee es tun konnte. »Eine Freundin.«

»Yupp, nur eine alte Freundin«, bestätigte Aimee,

deren Stimme plötzlich übertrieben freundlich und trällernd war, als sie die Reporterin strahlend anlächelte – die Reporterin, nicht ihn. Eine weitere Stimmungsschwankung. »Eigentlich nicht einmal das. Mehr eine Freundin eines Freundes.«

Miles wusste nicht, ob er das bestätigen sollte, daher nickte er nur.

Die Reporterin notierte sich etwas. »Und wie ist es dazu gekommen, dass Sie so alte Freunde sind?«

»Wir kennen uns von früher«, erklärte Miles. Er musste dringend die Kontrolle über das Gespräch gewinnen. »Nun, seit wir zwölf Jahre alt waren. Oder vielmehr war ich zwölf und sie war elf.«

»Sie sind zusammen aufgewachsen«, sagte die Reporterin. »Wie war er denn so mit zwölf?«

Miles wollte dieses Interview gerade beenden, als Aimee erklärte: »Er war ein Angeber.« Sie sah ihn an, ein Lächeln auf den Lippen.

Miles konnte sich ein Grinsen nicht verkneifen. »War ich nicht.«

Das brachte sie zum Lachen. »Doch, warst du …«

»Gar nicht.«

Sie verdrehte noch lächelnd die Augen. »Ach, komm.«

Ihm gefiel diese Seite an ihr, ein freches Mädchen, das mit ihm abhängen, ihm Paroli bieten konnte. »Okay, also war ich vielleicht ein wenig eine Rampensau. Das meiste davon hat sich bei dir zu Hause abgespielt, vor deiner Familie.«

»Wir Glückspilze.«

Er liebte ihr Lächeln; er erinnerte sich daran, als blättere er in einem Fotoalbum. Vielleicht hatte sie sich gar nicht so sehr verändert. Sicher, sie war größer und kurviger geworden, und sie trug das Haar jetzt lang. Aber die Aimee, die er gekannt hatte, war klug und schnell und hatte es faustdick hinter den Ohren gehabt. Sie war immer so gewesen – Miles hatte es nur bisher nicht zu schätzen gewusst.

»Erinnerst du dich an das Baumhaus bei euch da irgendwo?«, fragte er. »Wir sind ständig dort hinaufgeklettert, als wäre es unsere Festung.«

»Du und Nick habt das getan. Mich habt ihr nie mitkommen lassen.«

Miles schüttelte den Kopf. Er hatte es anders in Erinnerung. »Das war der coolste Ort überhaupt, beinahe wie ein Jahrbuch. Wenn man verknallt war, schrieb man seine Namen in das Baumhaus, um es offiziell zu machen. Es war wie eine Tradition. Hast du das jemals getan?«

Aimees Lächeln war verschwunden. »Nein.«

»Nie?«

»Aber ich nehme an, Hunderte Mädchen haben dort oben *deinen* Namen hingeschrieben.«

Miles blinzelte. Woher war das jetzt gekommen? »Das bezweifle ich ernsthaft.«

»Genug der Bescheidenheit.«

Die Reporterin begann zu lachen. Er hatte ganz vergessen, dass sie da war. »Sie beide benehmen sich wirklich wie Geschwister. Wie niedlich.«

»Yeah, reizend«, murmelte Aimee leise. Sie warf Miles einen Blick zu und er sah Feindseligkeit dahinter. Er hatte keine Ahnung, was los war, und als sie aufstand, um zu gehen, hielt er sie nicht auf.

»Es war schön, Sie kennenzulernen«, sagte Aimee der Reporterin. »Ich bin mir sicher, Sie haben tausend Fragen an Miles. Fragen Sie ihn nach dem Tag, als er losgerannt ist, um einen Football zu fangen und in die Rosensträucher meiner Mom gefallen ist. Zwanzig Stiche an seinem Hinterteil.«

Nachdem sie gegangen war, saß Miles sprachlos auf seinem Stuhl. Er hatte keine Ahnung, was gerade passiert war. Sie hatten sich ganze fünf Minuten lang gut verstanden, dann hatte sie wieder ihre bissigen Sprüche abgelassen.

Sein Interview dauerte noch einige Minuten länger, bis Ryder vorbeikam, wahrscheinlich auf dem Weg hinter die Busse, um heimlich ein Bier zu trinken. Sobald die Reporterin ihn dazu gebracht hatte, sich zu setzen, ging Miles los und sah sich um, wo Aimee geblieben war, aber sie war verschwunden.

Er wollte ihr folgen und sie fragen, warum sie vor einer Reporterin so demonstrativ schnippisch geworden war. Er wollte sie aufspüren, sie irgendwohin zerren, wo sie ungestört waren, und der Sache auf den Grund gehen. Als »alter Freund« verdiente er doch wenigstens das?

Aber es war keine schlaue Idee, Aimee Bingham allein zu erwischen – solange sie dieses Kleid trug und ihre Schultern zeigte. Er war die wenigen Male viel zu sehr durch den Wind gewesen, als er sie zum Lächeln oder sogar zum Lachen gebracht hatte. Zu bewirken, dass sie glücklich aussah, fühlte sich wie ein großer Erfolg an, den er am liebsten immer wieder erleben wollte. Aber nicht sollte.

Kapitel 5

Aimee ging schnurstracks auf den Bus zu und gab sich während des restlichen Tages Mühe, unsichtbar zu bleiben. Sie hatte einen Haufen Bücher mit, über die sie für ihren Vlog Rezensionen verfassen musste, und da Becky wohl für einige Wochen außer Gefecht gesetzt war, wusste sie, dass sie die Sache in Angriff nehmen sollte – obwohl sie nicht im Traum daran denken würde, etwas über *S2J* auf Beckys »Promi-Tratsch«-Seite zu schreiben. Aber sie hatte jetzt Millionen Stunden Freizeit vor sich, gefangen in der Tourhölle einer Boyband.

Das neue Buch, das sie anfing, konnte sie einige Stunden lang fesseln, bis sie es beiseitewarf und nach ihrem Handy griff. Sie postete ein paar Kommentare auf Tumblr, likte einige Bilder auf Instagram, aber als Twitterfreunde zu fragen begannen, wo sie sei, konnte sie es sich nicht verkneifen, einen winzigen Tweet zu posten: *Kann nicht glauben, wo ich bin. @bexthebabe wird so neidisch sein. #backstagepass #darfüberallhin #heimlichersuperfan #kreisch.* Bevor irgendjemand antworten konnte, grinste Aimee und meldete sich von jeglicher

Social Media ab. Da sie kein Auto hatte und niemanden in Portland kannte, ging sie zur Arena und redete sich ein, dass sie das Konzert nicht wirklich ansehen musste. Sie konnte sich irgendwo eine stille Ecke suchen und noch ein Kapitel lesen. Aber die Hoffnung, irgendwo im Umkreis von fünf Kilometern eine ruhige Ecke zu finden, erfüllte sich nicht. Dieser Veranstaltungsort war größer als der in San Francisco, und bevor Aimee wusste, wie ihr geschah, wanderte sie im Kreis umher. Glücklicherweise lief sie Deb über den Weg.

»Hey, hast du dich wieder verirrt?«

»Mehr oder weniger. Ich war den ganzen Nachmittag im Bus und wollte ein ruhiges Fleckchen finden.«

Deb zog eine Augenbraue hoch. »Und dafür hast du dir die größte Konzertarena in Oregon ausgesucht?«

»Na ja …«

Vielleicht ahnte Deb, dass sie insgeheim die Show verfolgen wollte oder die Teile, die sie am vergangenen Abend versäumt hatte. Nicht, dass Miles der Einzige auf der Bühne war. *Alle* Mitglieder von *S2J* waren wirklich talentiert und gut aussehend und … sie musste ihrem Hirn befehlen, die Klappe zu halten.

»Du weißt, dass du in Wirklichkeit wegen Miles hierhergekommen bist?«, bemerkte Deb.

»Nein, bin ich nicht.«

»Um ihn zu sehen, meine ich. Dieses Konzert ist etwas Besonderes. Die Jungs haben hart gearbeitet. Es ist eine tolle Show und du hast diese großartige Backstage-Verbindung.«

»Ja, aber diese ›Verbindung‹ ist mir so ziemlich aufgezwungen worden.« Aimee seufzte, und die Aufregung, die sie verspürt hatte, als sie ihren Tweet gepostet hatte, war bereits verflogen. »Meine Eltern arbeiten jeden Sommer für Ärzte ohne Grenzen und ich wohne dann immer bei meiner Großmutter. Ihr Zeitplan ist durcheinandergeraten, deshalb haben sie mich hierher verfrachtet.«

»Und das ist schlecht?«

Sie zog an ihrem Pferdeschwanz. »Es ist kompliziert.«

»Deine Beziehung zu Miles?«

Aimee spürte einen warnenden Schauder. Sie wollte nicht zu viel sagen.

»Ich habe euch zwei beim Mittagessen gesehen«, fügte Deb hinzu. »Der Junge hat sich ja praktisch ein Bein ausgerissen. Ich habe noch nie erlebt, dass er sich so sehr ins Zeug gelegt hat.«

»Wobei?«

»Jemanden zum Lachen zu bringen.« Sie packte Make-up-Pinsel in die gleiche Schachtel wie am vergangenen Abend. »Was ist mit euch beiden passiert? Ich verspreche, es bleibt unter uns. Ich bin keine Tratschtante, ich schwöre es.«

»Gar nichts ist passiert. Er ist Nicks Freund, also …«

»Also was?«

Die Sache wurde langsam frustrierend. »Also hat er in mir nie etwas anderes gesehen als die kleine Schwester seines besten Freundes. Davon abgesehen habe ich ihm nie etwas bedeutet.«

»Und du weißt das woher genau?«

Aimee stieß den Atem aus und spürte alberne Tränen aufsteigen, als sie sich nur allzu lebhaft an ihr *erhellendes* Gespräch mit Nick vor zwei Jahren erinnerte. Tja, es hatte auf jeden Fall die kindlichen Hoffnungen, dass Miles ihre Zuneigung jemals erwidern könnte, in ein anderes Licht gesetzt.

»Ich weiß es einfach. Ich habe es von einer sehr verlässlichen Quelle.«

»Aber das macht dich traurig.« Deb legte den Kopf schräg. »Du … hast ihn gemocht?«

»Äh, was sonst. Er ist der verdammte Miles Carlisle.«

Deb begann zu lachen. »Ich wette, das hat sich lange bei dir aufgestaut. Es ist gesund, es herauszulassen. Therapeutisch. Du solltest es ihm sagen.«

»Auf keinen Fall. Es war vor langer Zeit, als er noch zu Hause wohnte, vor *alldem* hier.« Aimee wedelte mit der Hand, als wäre die Tatsache, dass sie sich bei einem Konzert backstage befanden, Erklärung genug. »Mir ist das hier alles völlig egal. Ich mochte ihn … früher.«

Deb lehnte sich mit einer Hüfte an den Tisch. »Das ist so süß. Du bist wie Chris O'Donnels Ehefrau.«

»Warum?«

»Weil sie mit ihm zusammen war, bevor er berühmt wurde. Und sie sind seit einer Ewigkeit zusammen und haben mindestens fünf Kinder.«

Aimee verschränkte die Arme vor der Brust und schaute in den Flur. Sie hasste dieses Gespräch wie die Pest. »Nun, Miles und ich sind nicht zusammen und

werden es auch niemals sein. Er hat Tausende Mädchen
da draußen, die schreien und weinen und ihn *wollen,*
und zu Hause war er mir gegenüber ein totales Arschgesicht.«

»Arschgesicht, hm? Darf ich dich zitieren?«

Aimee fuhr herum und sah die Reporterin vom Mittagessen in ihr Notizbuch kritzeln, ein fettes, selbstgefäl-
liges Grinsen im Gesicht. Aimee wurde ganz flau. Sich so
lautstark und angepisst über Miles zu äußern – sie hätte
keinen schlechteren Moment dafür erwischen können.

»Erzähl mir mehr.«

Aber Aimee schlug sich automatisch eine Hand vor
den Mund und kam damit jeder weiteren Äußerung zuvor.

Miles atmete schwer, ein breites Lächeln auf dem Gesicht, als er die Bühne verließ. Die Show war ohne einen
Patzer verlaufen, mit Regentanz und allem. Nate war
diesmal derjenige gewesen, der sich am Ende das Hemd
vom Leib riss. Er hatte größeren Applaus bekommen als
Trev, und als er es in die Menge geworfen hatte, war der
reine Wahnsinn ausgebrochen. Schön für den kleinen
Bruder.

Nachdem sie ihre nassen Sachen ausgezogen hatten,
mussten sie noch eine schnelle Runde Interviews durchstehen, bevor ihre Arbeit offiziell beendet war. Miles
spürte, wie sein Lächeln noch etwas breiter wurde, als er
sich dem Interviewraum näherte und Aimee sah. Sie trug
Jeans und ein kariertes Top; diesmal kein Kleid, und er

erwischte sich dabei, dass er das bedauerte. Sie hatte wirklich tolle Beine.

Als er näher kam, erstarb sein Lächeln, denn Aimee hatte diesen klassischen Reh-im-Scheinwerferlicht-Gesichtsausdruck. Tatsächlich wirkte sie in die Enge getrieben ... weil sie buchstäblich von dieser Reporterin vom Mittagessen bedrängt wurde.

»Was ist hier los?«, fragte er und löste sich von den Jungs.

Als Aimee ihn sah, erbleichte sie, dann erschienen rote Flecken in ihrem Gesicht. »Nichts.«

»Ah, Miles. Wir haben gerade über Sie gesprochen.« Die Reporterin deutete mit dem Kopf auf Aimee. »Nun, *sie* hat über Sie gesprochen.«

»Ach ja?«

»Nein«, widersprach Aimee. »Ich meine, ich wollte ... nichts sagen.«

»Was hast du denn gesagt?« Miles trat von einem Fuß auf den anderen. Es gefiel ihm nicht, wie besorgt Aimee aussah, aber seit wann war es sein Job, sie vor Reportern zu beschützen?

Und was konnte Aimee Bingham denn schon sagen? Es hatte nie irgendein Drama zwischen ihnen gegeben, nichts Peinliches oder Tragisches, das sie der Welt hätte verraten können.

Oder Moment mal. Vielleicht wusste sie *doch* Bescheid. Vielleicht wusste sie, was vor fünf Jahren passiert war, von all dem Ärger, in dem er gesteckt hatte. Nick schwor, dass er es niemals irgendjemand anderem als seinen Eltern erzählt hatte, und Miles glaubte ihm. Aber Aimee könnte es irgendwie herausgefunden haben. War es das, was sie gerade diesem Bluthund von Zeitschriftentussi erzählt hatte? Hatte ihn ein weiteres Mädchen in seinem Leben verarscht und seine Privatangelegenheiten zu einer Schlagzeile auf *Yahoo!* gemacht?

Ihm wurde flau. Nicht schon wieder.

»Sie hat gesagt, du hättest dich ihr gegenüber wie ein Arschgesicht benommen.«

Moment mal. Was hatte seine Verhaftung damals damit zu tun, das er sich Aimee gegenüber wie ein Arschgesicht benommen hatte? »Ach ja?« Er musterte Aimee, die noch verlegener wirkte. »Wann?«

Sie zuckte zusammen. »Früher.«

»Heute beim Mittagessen?«, fragte er. »Oder gestern Abend?«

»Gestern Abend?« Die Reporterin merkte auf.

»Tut mir leid, Aimee, ich konnte in der Dunkelheit nichts sehen. Hast du meinetwegen einen blauen Fleck auf deinem, ähm …« Er warf einen schnellen Blick direkt auf den fraglichen Bereich, was ihm eine Hitzewelle bescherte. »Oder habe ich dich dort gekratzt …«

»Nein!«, stieß Aimee hervor und verschränkte die Arme vor der Brust. Auf ihren Wangen waren zwei rote Flecken, die sich schnell ausbreiteten.

»Fügen einander im Dunkeln Kratzer zu.« Die Reporterin schrieb grinsend in ihr Notizbuch. »Das macht sich wunderbar. Obwohl ich glaube, dass ihre Arschgesicht-Bemerkung mit etwas in Zusammenhang gestanden hat,

das Sie ihr angetan haben, als Sie noch zu Hause gewohnt haben. Da sie schwört, dass sie Sie seit zwei Jahren nicht gesehen hat.«

»Weil das die Wahrheit ist.« Aimee klang defensiv,
was wiederum Miles defensiv machte.

»Warum war ich dir gegenüber denn ein Arsch?«

»Arsch*gesicht*«, korrigierte Ryder ihn, dann nickte er
Aimee zu. »Gut getroffen, Schätzchen.«

Aimees Gesicht wurde noch röter. »Vergiss es, es war
nichts, lass es einfach gut sein.«

»Ich denke, du solltest es ihm erzählen«, sagte Deb,
eins der Make-up-Mädchen. Miles war gar nicht bewusst gewesen, dass sie so ein großes Publikum hatten.

»Therapeutisch, erinnerst du dich?«

»Was sollst du mir erzählen?«, fragte er Aimee.

Aber sie wollte ihn nicht ansehen. Sie funkelte Deb an
und warf einen verächtlichen Blick auf Ryder, als dieser
lachte. Dann schaute sie auf ihre Schuhe. So würden sie
nicht weiterkommen.

»Komm mit.« Ohne nachzudenken, ergriff er Aimees
Hand und zog sie weg. Er musste heftiger ziehen, als er
erwartet hatte, denn sie schien nicht mit ihm gehen zu
wollen. Es war ihm egal, er musste all diesen Fragen auf
den Grund gehen.

Als er an LJ vorbeieilte, sagte er: »Diese Reporterin
da drüben« – Miles deutete mit dem Kopf hinter sich –,
»sorg dafür, dass sie weiß, dass alles, was Aimee sagt,
unter uns bleibt.« Er wartete nicht auf LJs Antwort; sein
Manager würde sich um die Sache kümmern.

Aimees Hand fest in seiner, zog er sie um eine Ecke und versuchte, nicht zu bemerken, dass sie für einen Moment aufhörte, gegen ihn anzukämpfen, und ihre Finger um seine legte. Er registrierte jeden dieser Finger einzeln und spürte, wie ihr Daumen über seinen Handrücken glitt und seine eigene Hand vor Hitze kribbeln ließ.

»Wohin bringst du mich?«, fragte sie.

Aber er würde kein Wort sagen, bis er wusste, dass sie allein waren. Als er einen leeren Umkleideraum am Ende eines Flures fand, waren sie endlich allein. Er knipste mit dem Ellbogen das Licht an, trat die Tür hinter ihnen zu, ließ Aimees Hände los und verschränkte die Arme vor der Brust. »Und?«

Aimee starrte ihn einen Herzschlag lang an, dann verschränkte sie ihrerseits die Arme. »Und was?«

»Wirst du mir erzählen, was zum Teufel los ist?«

»Ich habe keine Ahnung, was du meinst.«

Miles seufzte. »Hör auf, Theater zu spielen, Aimee.«

»Du meinst das Theater, dass ich angepisst bin, weil ich gegen meinen Willen hier bin?«

Er schaute zu der geschlossenen Tür hinüber. »Ich lasse dich raus, wenn wir hier fertig sind.«

»Ich meine nicht *diesen Raum*. Ich will nicht *hier* sein. Ist das nicht offensichtlich?« Als ihre Stimme von den Wänden widerhallte, schloss sie den Mund und sah aus, als bereue sie das Gesagte.

Bevor er antwortete, nahm Miles sich Zeit, um nachzudenken und sich daran zu erinnern, was seine Mum darüber gesagt hatte, warum Aimee sie auf der Tournee begleiten würde. Ihre Eltern mussten in letzter Minute ins Ausland fahren oder so etwas. Er hatte sich damals nicht viel dabei gedacht und angenommen, dass jeder begeistert sein würde, mit ihnen reisen zu dürfen. Denn das war supergeiler, kranker Scheiß.

Aber … vielleicht empfand Aimee nicht so.

»Deine Eltern haben dich hierhergeschickt?«

Sie starrte die Wand an, biss die Zähne zusammen und nickte.

»Du wolltest nicht hierherkommen?« Als sie die Augen verdrehte, fügte er hinzu: »Offensichtlich nicht.« Aber er wusste immer noch nicht, warum. Und warum war sie dabei sauer auf ihn? Als wäre es etwas Persönliches? Als wäre er – persönlich – der Grund, warum sie es hasste, hier zu sein.

»Ich weiß, es ist ätzend, irgendwo zu sein, wo man nicht sein will«, sagte er. »Glaub mir. Aber es ist nur für ein paar Wochen und *du* zumindest darfst dann in ein normales Leben zurückkehren.« Er bemerkte die Verbitterung in seiner Stimme. Auch er vermisste sein Zuhause, selbst den Alltagstrott von Schule und Bandproben, Ms Styles' ranziges Haarnetz. Manchmal überrumpelte ihn das Heimweh. Hätten die Jungs ihn nicht unterstützt, wäre er wahrscheinlich auch am Boden zerstört.

»Es ist nicht nur das«, antwortete Aimee. »Es ist … nichts – vergiss es.« Sie wirkte wieder nervös, als hätte sie beinahe versehentlich eine Sünde gebeichtet.

101

Miles stemmte die Hände in die Hüften. »Was hat Deb gemeint, als sie sagte, du solltest es mir erzählen? Mir was erzählen?«

Ihr Hals wurde wieder ganz fleckig und rosa. »Nichts.«

Aber Miles wusste, dass es nicht nichts war. Irgendetwas ging ihr definitiv im Kopf herum. »Wir kennen einander lange genug, um ehrlich zu sein, meinst du nicht auch?«

Sie schnaubte. »Was auch immer.«

»Und *das* ist der Grund, warum ich dich weggeschleppt habe. Du benimmst dich wie so 'n kleiner Rotzlöffel.« Er trat vor und positionierte sich so, dass er ihr den Ausgang vollkommen versperrte, und er gestattete es sich nur für eine Sekunde, zu bemerken, dass er ihr leichtes Parfüm riechen konnte und mehr von diesem Vanilleshampoo. Der Duft war mädchenhaft und sexy. Genau wie sie. »Du wirst nirgendwohin gehen, bis du mir erzählt hast, was wirklich los ist. Die Wahrheit, Aimee. Wann genau habe ich mich dir gegenüber wie ein Arschgesicht benommen?«

Ihr harter, leerer Blick veränderte sich. »Es war vor zwei Jahren, Miles. Direkt nachdem du fortgegangen warst.«

»Aber wir haben seitdem gar nicht mehr miteinander gesprochen, bis gestern. Wie könnte ich irgendetwas getan haben, um dich zu verärgern, wenn wir nicht …« Der Rest des Satzes erstarb. »Bist du deswegen sauer? Dass ich von zu Hause weggegangen bin? Aimee, ich war seit dem Vorsprechen damals unentwegt auf Achse.«

»Das ist es nicht. Natürlich bist du beschäftigt. Ich bin keine Idiotin.«

»Ich schwöre, wir verlassen diesen Raum nicht, bis du mir erzählt hast ...«

»Na schön.« Sie stieß hörbar den Atem aus und starrte zur Decke empor. »Nick hat mir erzählt, was du gesagt hast, was du über mich gedacht hast, als wir Kinder waren, was du *immer* über mich gedacht hast. Okay? Das ist es. Du hast damals gewusst, dass ich bis über beide Ohren in dich verknallt war, Miles. Du hast es gewusst, und Nick hat es gewusst, und er hat mir erzählt, dass du dich darüber lustig gemacht hast. Dass du dich über *mich* lustig gemacht hast.«

Alles Blut wich aus Miles' Gesicht. »Was?«

»Tu nicht so geschockt.« Sie verschränkte erneut die Arme vor der Brust. »Ich bin mir sicher, dass ich damals aufdringlich war. Selbst mein Dad hat mir erzählt, wie ich euch Jungs auf Schritt und Tritt gefolgt bin. Aber ich war zwölf, und du warst nett zu mir und so süß, aber das ist keine Entschuldigung dafür, hinter meinem Rücken gemein zu sein. Hattest du das Gefühl, bei deinen Freunden uncool zu sein, weil so ein magerer kleiner *Niemand* in dich verknallt war? Was du getan hast, war gemein, und du hast meine Gefühle verletzt, schlimm verletzt. Also ja, das ist der Grund, warum du ein riesiges Arschgesicht bist und warum ich nicht hier sein will oder überhaupt irgendwo, wo du bist.«

Die Anklage machte ihn sprachlos; er hatte sich noch nie so überrumpelt gefühlt. Nick war sein bester Freund,

und da Aimee Nicks Schwester war, hatte er sich auch ihr immer nah gefühlt. Aber das, was sie gerade gesagt hatte, war ihm vollkommen neu.

»Aimee, ich …« Er fuhr sich mit einer Hand durchs Haar, das immer noch feucht war von dem Finale. »Nichts davon ist wirklich passiert.«

»Na klar.« Ihr Ton war eher verletzt als sauer.

»Ich wusste nicht, dass du in mich verknallt warst. Du warst immer, du weißt schon, *da*. Aber ich habe dich nie so gesehen.«

Sie rieb sich die Nase und wandte den Blick ab. »Wow, danke.«

»Es tut mir leid, aber du warst *zwölf*. Hab ich einfach nicht. Und ich habe nicht gewusst, was du für mich empfunden hast.« Waren irgendwelche von diesen Gefühlen noch da? Nicht dass es eine Rolle spielte, aber er stellte sich die Frage trotzdem. »Es tut mir leid, dass ich es nicht gewusst habe, *wirklich* leid.« Er spürte die Aufrichtigkeit seiner Worte. Was wäre geschehen, wenn er es damals gewusst *hätte?* Endlich schaute sie blinzelnd zu ihm auf. »Wenn ich es gewusst hätte, wäre ich … vorsichtiger gewesen. Verknalltsein kann ätzend sein.«

»Oh.« Sie neigte den Kopf. »Ja, das kann es. Und, was war mit Nick?«

»Ich kann mich nicht daran erinnern, dass Nick und ich jemals über dich gesprochen haben. Aber ich schwöre, ich habe mich nie über dich lustig gemacht.«

»Warum sollte er dann so etwas sagen?«

Miles schüttelte den Kopf, aber er hatte so eine Ah-

nung, dass es wahrscheinlich mit seinem Ruf zusammenhing – selbst wenn dieser auf epische Weise übertrieben
wurde. »Ich bin mir nicht sicher«, antwortete er. »Denkst
du, es könnte ein Missverständnis gewesen sein?«

»Unwahrscheinlich. Es war, als hätte er absichtlich
versucht, mich davon abzubringen, dich zu mögen.«

Miles zog eine Augenbraue hoch. »Hat es funktioniert?«

»Und wie.«

Er war nicht gerade erfreut über diese Antwort oder
darüber, wie schnell Aimee reagiert hatte. Wenn sie früher einmal Gefühle für ihn gehabt hatte, waren sie jetzt
mit Sicherheit verschwunden. »Nun, das ist eine Erleichterung, es gibt da einen Verhaltenskodex, weißt du?«

»Einen Verhaltenskodex?«

»Hinsichtlich bester Freunde und Schwestern.«

»Als würde das eine Rolle spielen. Es braucht keinen
Verhaltenskodex, weil nichts zwischen uns war.« Sie
blinzelte zu ihm hoch und ihre braunen Augen wurden
zum ersten Mal weicher. »Richtig?«

»Ähm, richtig. Natürlich. Nichts.« Er schaute auf
seine Schuhe hinab, als sich peinliches Schweigen in dem
Raum ausbreitete, den sie ebenfalls mit ihrem Parfüm
erfüllte, was es ihm schwer machte, sich auf diesen Verhaltenskodex zu konzentrieren. »Gut, also noch einmal,
ich hoffe, du weißt, dass ich dich niemals absichtlich
verletzt habe. So bin ich nicht.«

»Ich habe auch nicht gedacht, dass du so wärst,
Miles«, sagte sie leise.

Bei ihren Worten erfüllte eine unerwartete Erregung seine Brust und breitete sich von dort aus. Und als sie den Blick ihrer großen braunen Augen hob, wurde diese Erregung heftiger und bewegte sich geradewegs nach Süden, was ihn veranlasste, auf ihren Mund zu starren.

»Danke«, zwang er sich mit einem Lächeln zu sagen. Als Aimee Bingham das Lächeln erwiderte, hatte er das Gefühl, einen Grammy gewonnen zu haben. »Also … du findest mich süß?«

»Was?«

»Du hast gesagt, dass du mich, als du in mich verknallt warst, süß gefunden hast.«

»*Habe*«, sagte sie. »Betonung auf der Vergangenheitsform des Verbs. Wie in *Vergangenheit*.«

Er konnte sich ein kleines Grinsen nicht verkneifen. »Ah, also findest du mich jetzt nicht mehr süß? Nicht mal ein ganz klein wenig?« Er schenkte ihr ein Lächeln, das gleiche Lächeln, das seine Fangirls während einer Show zum Kreischen brachte.

Aber Aimee kreischte nicht. »Du hast ein Riesen-Ego«, stellte sie fest, obwohl ihre Stimme spielerisch klang.

»Das sagen mir alle.«

»Wenigstens *das* hat sich nicht geändert.«

Er lachte wieder und genoss das Geplänkel. Es fühlte sich so vertraut an und gleichzeitig wie ein Hauch frischer Luft in einem Leben, von dem er noch gar nicht begriffen hatte, dass es langsam schal wurde. »Ich glaube wirklich, dass es ein paar coole Wochen werden könnten, mit dir hier bei mir – mit der Band, meine ich. Wir alle, auf Tour.«

Aimee lachte leise und schob sich das Haar hinter ein Ohr. »Glaubst du?«

»*Ich* glaube natürlich, dass es eine total abgefahrene Party ist. Und die meisten, zumindest die Crew, die uns altersmäßig näher ist, scheint sich gut zu amüsieren. Du musst einfach lockerer werden.«

Sie stemmte die Hände in die Hüften. »Ich bin locker.«

»Yeah, klar.«

»Wirklich. Siehst du?« Sie wackelte mit den Armen, als wären ihre Knochen aus Gelee.

»Ah, sehr locker. Mein Fehler.« Er grinste. »Ich sehe jetzt, warum es dir bisher keinen Spaß gemacht hat. Du kennst drei Leute hier: Nick, Mum und mich. Nick ist rund um die Uhr beschäftigt, also wirst du mit ihm nie wirklich abhängen können. Und ich bin mir sicher, dass du nicht mit Mum rumchillen willst, selbst wenn sie gerade nicht damit beschäftigt ist, den Fanklub zu leiten.«

Aimee zuckte mit den Schultern. »Deine Mom ist klasse, aber ja, wahrscheinlich nicht.«

»Ich schätze, da bleibe nur ich übrig.«

»Du?«

»Klar. Wir können Spaß haben, weißt du. Zusammen.«

»Was ist mit Nick?«

Ja, genau. Was war mit Nick? Himmel, es war nicht so, als würde Miles sich an Aimee ranmachen. Und es war auch nicht so, als hätte er die Absicht, sich mit irgendjemandem in eine Beziehung zu stürzen. Auf kei-

107

nen Fall, nicht mit den Desastern mit Kelly und Paige noch frisch in seinem Gedächtnis.

»Ich meine nicht *zusammen* zusammen«, verdeutlichte er seine Worte. »Ich meine, als Freunde.«

»Nun …«

»Es wäre anders, wenn du immer noch in mich verknallt wärst – was du nicht bist.«

»Nein, bin ich nicht.« Der Protest klang so defensiv, dass er beinahe lachte.

»Also, was sagst du? Freunde?«

Sie kniff skeptisch die Augen zusammen. »Was bedeutet es, mit Miles Carlisle auf einer Tour befreundet zu sein?«

»Vollen Zugang zu mir, Tag und Nacht.« Er öffnete die Arme weit und fragte sich, was er tun würde, wenn sie sich direkt hineinfallen ließ. Aber Aimee machte einen winzigen Schritt rückwärts, daher ließ er die Arme wieder sinken. »War nur ein Scherz. Du kannst überall hingehen, wo ich hingehe, mit mir rumhängen und *S2J* persönlich und aus der Nähe kennenlernen.«

»*So* ein Ego.«

Er lachte jedes Mal, wenn sie ihn so aufzog. »Natürlich kannst du auch dein eigenes Ding machen, aber wenn du dich langweilst, such nach mir, und wir können chillen. Wir haben durchaus Freizeit.«

»So wie jetzt?«

»Eigentlich sollte ich bei einer kurzen After-Show-Presseveranstaltung sein.« Er deutete mit dem Kopf auf die Tür. »Interview, erinnerst du dich?«

»Ach herrje. Da habe ich dich einfach komplett von weggezogen. Sorry!«

»Mach dir keine Sorgen.« Er lachte und öffnete die Tür, dann sah er Aimee an, als sie den Flur entlanggingen. Wie kam es, dass er sich in ihrer Nähe so wohlfühlte? Als könne er ihr alles erzählen – diesem interessanten, atemberaubenden, schnippischen Mädchen mit dem hochgebundenen Haar, das besser roch als ein englischer Garten. Es war ein verdammtes Glück, dass er total darüber hinweg war, Frauen sein Privatleben anzuvertrauen oder sein Herz. Und noch besser war es, dass sie Nicks Schwester war. Selbst wenn er wünschte, sie wäre es nicht.

Kapitel 6

Nachdem Aimee sich am Eingang des Saals, in dem das Interview stattfand, von Miles verabschiedet hatte, suchte sie sich einen Platz weit hinten. Sie war neugierig zuzuhören, wollte aber niemandem in die Quere kommen. Es war eine Veranstaltung für Magazine, daher gab es keine Kameras, nur Leute mit Fragen an die Band.

Miles sah so süß aus, auf einer Couch eingekeilt zwischen Will und Trevin. Er war auch höflich, ein Gentleman. Ein verdammt heißer Gentleman mit den Armen eines Harvard-Ruderers und einem Lächeln, das ihr Herz ernsthaft höherschlagen ließ.

Eine der Reporterinnen fragte, ob die Jungs neue Lieder komponierten. Sie alle bejahten. Interessant. Aimee hatte das noch nicht gewusst, aber es gefiel ihr, es wirkte so erwachsen, dass sie alle Songwriter waren.

»Sieht aus, als wäre es gut gelaufen.«

Aimee drehte sich zu Deb um. »Wie meinst du das?«, flüsterte sie.

Deb nickte zur Band hinüber. »Euer kleines Gespräch.«

»Warum denkst du, dass es gut gelaufen ist?«

110

»Weil *du* endlich lächelst.« Sie deutete auf Miles. »Und dieser Junge da grinst wie ein Honigkuchenpferd.«

Aimee hörte verlegen auf zu lächeln.

»Hey, keine Sorge.« Deb stieß sie mit der Schulter an. »Ich verrate niemandem dein kleines Geheimnis.«

»Welches Geheimnis?«

»Ich habe doch gesagt, mach dir keine Sorgen.« Sie zwinkerte Aimee zu und ging.

Die nächste Frage drehte sich um die Tournee und dass sie noch über den ganzen Sommer ging. LJ redete jetzt und erklärte, dass sie irgendwann im Herbst ihr neues Album aufnehmen würden, und zu dessen Vermarktung würde es wahrscheinlich eine weitere Tour geben.

Verdammt. Nach ihren drei Wochen hier würde sie Miles wahrscheinlich nie wiedersehen. Also, wirklich nie wieder. Diese Erkenntnis brachte den winzigen Teil ihres Herzens, der begonnen hatte, ihn hereinzulassen, dazu, eine neue Schicht Steine aufzustapeln.

Sie war so dumm. Es war totale Zeitverschwendung, irgendein Irgendwas mit ihm in Betracht zu ziehen. Aimee war schon früher verletzt worden, und sie war nicht bereit, das noch einmal durchzumachen. Bevor das Interview vorüber war, drängelte sie sich zum Ausgang durch.

Am nächsten Morgen, nachdem sie sich emotional ganz altmodisch neu sortiert hatte, und nach einer wunderbaren Nacht in einem richtigen Bett, wanderte Aimee in die Hotellobby, bereit, Miles ohne irgendwelche Gefühle gegenüberzutreten.

Es sah aus, als beende *Seconds to Juliet* gerade ein weiteres Interview, umringt von Fans, die auf Autogramme warteten. Die armen Jungs, hatten sie denn nie eine Pause?

Trevin winkte ihr zu, und Miles löste sich von der Gruppe, nachdem er das Zeitschriftencover irgendeines Mädchens signiert hatte. Als er näher kam, fragte Aimee sich, ob er sie jetzt irgendwie anders ansah, wo all dieser Blödsinn mit dem Verknalltsein auf dem Tisch lag.

»Hey, Aimee«, begrüßte er sie.

Sobald er sprach, blieb Aimee das Herz stehen, dann begann es wie verrückt zu hämmern. *Nein, Herz, nein. Das sollte nicht passieren.* Miles schob die Ärmel seines blauen Hemds hoch, und sie versuchte, die wohldefinierten Muskeln an seinen Unterarmen nicht zu bemerken.

»Hi«, sagte sie, überrascht, dass sie imstande war, die eine Silbe mit ihrer verknoteten Zunge aus ihrem trockenen Mund herauszubringen. In dem Bemühen, seine Arme nicht zur Kenntnis zu nehmen, betrachtete sie sein Hemd und bemerkte definitiv nicht, dass es weit genug offen stand, um sein Schlüsselbein zu zeigen. Ihr Herz machte einen weiteren Satz.

Himmel, beruhig dich, Herz.

»Du siehst schön aus.« Er deutete auf ihr Kleid.

Sie dankte ihm und rief sich ins Gedächtnis, dass sie dieses Kleid nicht trug, weil sie gesehen hatte, wie er neulich ihre Beine begutachtet hatte. Nein, es war einfach das Erstbeste gewesen, das ihr in die Finger gekommen war, als sie sich angezogen hatte.

»Wirst du bei der Show heute Abend backstage sein? Am gleichen Platz?«, fragte er und schenkte ihr eines seiner Herzensbrecher-Lächeln. »Nur damit ich dich nicht wieder so umrenne.« Waren seine Blicke gerade … dorthin geschossen? *Himmel.* Und jetzt war ihr Gesicht wahrscheinlich knallrot.

»Tut mir leid«, entgegnete sie. »Niemand hatte mir gesagt, dass du da rauskommen würdest.«

»War nur ein Scherz. Es ist cool, wenn du backstage bist. Ich habe mich gefreut, dich da zu sehen.«

Froh darüber, dass Miles glücklich war, weil sie irgendwo in seiner Nähe war, versuchte sie, sich das Lächeln zu verkneifen, das sich auf ihrem Gesicht ausbreiten wollte. *Total bescheuert.* »Ja?«

»Es ist immer schön, ein freundliches Gesicht zu sehen.« Er stieß mit seiner Schulter gegen ihre. »Freund.«

So wie er das sagte, mit seinen aufblitzenden, ohnehin schon viel zu leuchtend blauen Augen, fühlte Aimee sich ebenfalls aufleuchtend. »Ähm, okay. Ich werde da sein. Nicht, dass ich irgendwas anderes vorhätte. Wohin wolltest du gerade?«

»Kollektives Schreibtreffen, wir alle zusammen, mit einem professionellen Schreibcoach.«

»Wie eine Gemeinschaftsproduktion?«

»Ja. Es ist kein geheimes Treffen oder so, komm doch mit, falls du gerade frei bist.«

Er schob die Hände in die Vordertaschen seiner schwarzen Jeans, die aussah, als wäre sie aus Wolle gemacht, weil sich ein dicker, weißer Faden durch das Garn fädelte. Nein, sie waren kariert, schwarz, braun und grau. Er trug keinen Gürtel und seine Hose hatte drei Knöpfe. Und einen Reißverschluss …

Aimee riss sich zusammen, bevor sie zu lange auf diese Region seines, ähm, Outfits starrte. »Macht es den anderen nichts aus, wenn ich dabei bin?«, fragte sie mit dem unangenehmen Gefühl, als müsste sie ihr Gesicht dringend in eine Tiefkühltruhe halten.

Miles zuckte mit den Schultern. »Keine Ahnung. Wüsste nicht, warum sie was dagegen haben sollten.«

Sie sollte Nein sagen und in ihr Zimmer zurückgehen, um ihr Buch zu Ende zu lesen oder im Bett zu liegen oder die Decke anzustarren und sich ins Gedächtnis zu rufen, warum sie ihn nicht mögen oder nicht bemerken sollte, wie ihr beim bloßen Gedanken an seine Muskeln oder sein Lächeln oder seinen *Hosenschlitz* der Schweiß ausbrach.

»Okay«, sagte sie stattdessen. »Klingt super.«

»Wir treffen uns in dem großen Raum beim Ausgang. Ich gehe mich jetzt schnell umziehen. Treffe ich dich hier wieder?«

Aimee machte sich nicht die Mühe, ihr Lächeln zu verbergen. »Okay.«

Während sie wartete, spielte sie auf ihrem Telefon herum und checkte Reddit und Insta, um zu sehen, was in der Welt vor sich ging. Ihr Tweet von gestern Abend hatte über fünfzig Antworten bekommen. Sie las keine davon.

Doch es gab auch keine Anrufe von Becky, was eigenartig war. Sie musste wirklich krank sein, um gar nicht online zu gehen. Oder vielleicht hatte sie den Tweet gelesen und war total sauer auf sie.

Aimees Magen krampfte sich zusammen, und sie wollte Becky gerade eine SMS schicken, als Miles erschien. Er hatte seine schickeren Klamotten gegen dunkle Jeans und ein schlichtes weißes T-Shirt eingetauscht. Wiederum lief ihr natürlich absolut gar nicht das Wasser im Mund zusammen, als sie bemerkte, wie das Shirt sich an seine perfekte Brust schmiegte oder seine Jeans an seinem perfekten Hintern saß.

»Bist du so weit?« Er hielt ein Notizbuch in der Hand.

Immer noch leicht eingeschüchtert von ihrer Umgebung setzte Aimee sich ganz weit nach hinten in dem Raum, so weit wie möglich von der Band entfernt. Es waren zwei weitere Männer bei ihnen, die Schreibcoaches. Der Reihe nach stellten die Jungs vor, woran sie gearbeitet hatten. Es waren Songtexte oder eine Melodie oder nur ein paar Zeilen oder eine Idee.

Vielleicht war Aimee voreingenommen, aber Miles hatte die besten Ideen. Seine Texte waren optimistisch und süß mit cleveren Reimen. Wenn sie mal etwas zu süß wurden, griff Ryder mit einer Zeile ein, die dem Song eine andere Richtung gab, eine sexy Note, aber subtil genug, dass man wirklich auf das Wortspiel achten musste.

Die beide würden wahrscheinlich ein gutes Schreibteam abgeben.

Nach ein paar Stunden trennten sie sich, um jeder für sich weiterzuarbeiten. Miles stand auf und streckte sich, schnappte sich eine Gitarre und sein Notizbuch und ging zur Tür.

Es war offensichtlich, dass er vergessen hatte, dass sie da war. Aimees dummes Herz wurde ihr schwer, während sie sich tiefer in ihre Ecke drückte und sich überflüssig und abgehängt fühlte – was sie hätte erwarten sollen, wenn sie sich auf einen Typen wie Miles verließ oder überhaupt auf irgendeinen Jungen. Nachdem er Trevin ein Blatt Papier gegeben hatte, kam Miles jedoch direkt auf sie zu.

»Hey.« Sein Haar stand hinten hoch. Er sah ausgelaugt und hinreißend aus. »Tut mir leid, wenn das langweilig war.«

Wie schaffte er es nur, dass ihre Stimmung innerhalb von zwei Sekunden von unterirdisch zu quietschvergnügt wechseln konnte? »Ich habe mich überhaupt nicht gelangweilt«, erwiderte sie. »Es war total spannend. Die Art, wie ihr euch gegenseitig weiterbringt.«

»Wir haben eine gute Methode entwickelt. Es macht Spaß, ist aber verdammt anstrengend.«

»Kann ich mir vorstellen.« Sie wollte die Hand ausstrecken und ihm das Haar aus den Augen streichen. »Tja, ich weiß, du musst noch arbeiten, also ...«

»Du brauchst nicht zu gehen. Ich wollte gerade nach einem Platz suchen, den noch niemand in Beschlag genommen hat, und da weiter rumbasteln. Ich habe ein paar Ideen, die ich den anderen noch nicht gezeigt habe, und du kannst mir sagen, ob sie vollkommen bescheuert sind oder nicht.« Er deutete auf den Flur. »Kommst du mit?«

Natürlich ging sie mit.

Sie fanden einen Raum in der Nähe. Miles setzte sich an einen kleinen Tisch, das Notizbuch geöffnet, direkt vor ein Fenster, durch das man den klaren blauen Himmel sah.

Aimee stand an der Tür und zögerte. »Wohin soll ich? Willst du mich aus dem Weg haben oder …«

»Nein. Ich will dich sehen. Direkt vor mir, bitte.«

Sie presste die Lippen aufeinander und gab sich große Mühe, nicht übertrieben begeistert zu sein oder irgendetwas hineinzuinterpretieren, das nicht da war. »Okay.« Sie zog einen Stuhl auf die andere Seite des Tisches. Miles hatte seine Gitarre vor sich und ließ seine langen Finger über die Saiten gleiten.

»An dem hier arbeite ich gerade.« Ihn singen und spielen zu hören war magisch. Er war so gut, so brillant. Seit sie ihn kannte, hatte er gesungen, aber er war so viel besser geworden. Was sie nicht hätte überraschen sollen – er gehörte zu der beliebtesten Band in der Szene. Natürlich war er tierisch gut.

»Was denkst du?«, fragte er.

»Das ist wirklich gut. Du hast das geschrieben?«

Er kritzelte etwas in sein Notizbuch, dann strich er es wieder durch. »Ich habe das schon eine Weile im Kopf, aber ich bekomme es nicht richtig hin.« Er sang die erste Strophe, sah Aimee an und notierte dann wieder etwas.

»Wie wäre es damit?« Er sang die Strophe noch einmal, aber der Text hatte sich leicht verändert, war wärmer geworden. Er löste bei Aimee von Kopf bis Fuß ein köstliches Kribbeln aus.

»Es gefällt mir.«

Als Nächstes sang er den Refrain, änderte den Text, optimierte ihn fortwährend und hielt immer wieder inne, um etwas zu notieren. Aimee war wie gebannt und beobachtete, wie er einige Minuten schweigend schrieb, seinen sexy konzentrierten Gesichtsausdruck.

Nein, nicht sexy. Überhaupt nicht sexy.

»In Ordnung«, sagte Miles schließlich, und sie schreckte auf. »Ich gehe den ersten Teil noch mal durch. Der Song ist immer noch nicht fertig, aber es ist immerhin etwas.«

Aimee stieß leise den Atem aus und versuchte, ihr Herz zu beruhigen, während sie lauschte. Der Song war fröhlich und sonnig und er hatte die perfekte romantische Hookline. Und dann die Art, wie Miles sie ansah, während er sang, wie er ihr so intensiv und verträumt in die Augen schaute ... sie wusste, dass er nur etwas an ihr ausprobierte, aber sie konnte die Schmetterlinge nicht verscheuchen, die in ihrem Magen herumflatterten, wann immer ihre Blicke sich trafen.

»Und?«, fragte er am Ende.

»Es ist einfach nur umwerfend.«

Er lehnte sich zurück und wischte sich über die Stirn, als wäre er sich vorher unsicher gewesen. »Findest du?«

»Total.« Sie beugte sich vor, die Ellbogen auf dem Tisch zwischen ihnen, und fragte sich, wie es wohl wäre, seine Hände zu berühren, diese perfekten Musikerhände. »Es ist so typisch … du.«

Er sah sie einen Moment lang an, dann lachte er und blickte auf seine Notizen.

»Was ist los?«, hakte sie nach und fragte sich, ob sie etwas Falsches gesagt hatte.

»Nichts, nichts.« Er rieb sich das Kinn. »Ich hatte eine ganze Zeit lang Schwierigkeiten, etwas zu schreiben. Deshalb habe ich das hier vorhin nicht den Jungs gezeigt. Es war nicht fertig, es ist immer noch nicht fertig. Es sind zwei Verse und ein Refrain ohne Bridge oder ein Ende, aber zumindest schreibe ich wieder. So hier zu sein« – er hielt inne und nickte ihr zu – »hat es beinahe leicht gemacht.«

Die Art, wie er sie ansah – wie eben, als er gesungen hatte –, machte sie schwindlig.

»Aber ich denke, auf dem Klavier wäre es besser«, fügte er hinzu.

»Das kann ich mir auch vorstellen. Weicher und gefühlvoller.«

»Schade, dass ich nicht Klavier spiele.« Er bewegte seine Finger auf der Gitarre und zupfte das Intro von *Purple Rain.* »Ich hätte vielleicht mehr Glück, wenn ich vielseitiger wäre. Das Klavier würde helfen.«

»Du könntest es lernen«, schlug Aimee vor.

»Eines Tages vielleicht.« Er lachte leise und klimperte weiter. »Prince kann jedes Instrument spielen, das der Menschheit bekannt ist. Er schreibt, produziert und arrangiert all seine Stücke. Verdammt irre.«

»Du hast in der Schulkapelle Trompete gespielt. Das ist vielseitig.«

»Ja, wahrscheinlich, aber das ist lange her.«

Sie konnte nicht umhin, seinen Mund und seine Lippen zu betrachten und sich vorzustellen, wie geschickt sie vom Trompetenspielen sein mussten. Als ihr Kopf sich anfühlte, als würde er von ihrem Körper wegschweben, fragte sie: »Ist Prince immer noch dein Lieblingssänger?«

»Immer noch?«

Sie schlug unterm Tisch die Beine übereinander. »Du und Nick, ihr habt unentwegt seine Musik gehört. Ich hatte keine Ahnung, wer er war, aber Mom und Dad wussten es.«

»Ich wünschte, ich könnte mich dafür schämen, aber der Mann ist ein musikalisches Genie. Sein Album vom letzten Jahr kann es jederzeit mit dem ganzen anderen Retrozeug aufnehmen. Verflucht unglaublich. Wenn ich schreiben könnte wie er...« Er schüttelte den Kopf. »Wie dem auch sei, das war eine produktive Sitzung. Das brauchte ich wirklich. Danke.« Er stand auf und sammelte seine Notizen ein, bereit zu gehen.

Aber Aimee war noch nicht bereit. Sie war wahnsinnig gern so mit ihm zusammen, sah diese Seite von ihm. Nicht der beste Freund ihres Bruders, nicht der Junge, in den sie verknallt gewesen war, bevor sie gewusst hatte, was es bedeutete, jemanden wirklich zu mögen. Er war nicht der Junge im Fernsehen oder das Gesicht in den Zeitschriften oder die Stimme im Radio.

Er war ein Musiker. Wenn sie nicht aufpasste, würde sie sich auch in diesen Typen verlieben, und dann würde sie erneut am Boden zerstört sein.

»Danke, dass du mich hast daran teilhaben lassen.«

»Jederzeit«, sagte er. »Ich meine es ernst. Du warst heute meine Muse. Ohne dich hätte ich es nicht geschafft.«

Miles konnte es gar nicht erwarten, in den Bus zu kommen, seine Notizen zu überarbeiten und diesen Bruchteil von einem Song zu Papier zu bringen, bevor er wieder verschwinden konnte. Er hatte sich seit Monaten nicht mehr so inspiriert gefühlt.

Sobald er im leeren Bus war, ging er direkt nach hinten – in das improvisierte Aufnahmestudio. Während der nächsten Stunde verfasste er fieberhaft eine schnelle Demo-Aufnahme, weil er nicht wollte, dass sein Kreativitätsschub verschwand, bevor sein iPhone ihn aufzeichnen konnte. Als er fertig war, schaute er auf seine Notizen. Ihm war nicht bewusst gewesen, dass er Aimees Namen in die Ecke gekritzelt hatte.

»Was läuft, Kilo«, begrüßte Trevin ihn, als Miles wieder nach vorne kam. »Hast du was aufgenommen?«

»Ja.« Miles warf Notizbuch und Telefon in seine Koje. »Etwas Neues. Ich habe es nach der Gruppensitzung geschrieben.«

»Als du mit Aimee zusammen warst?«

Er hielt über seinem Gitarrenkasten inne. »Sie war bei mir, ja, aber …«

Trevin lachte. »Hey, ich erlaube mir hier gar kein Urteil. Es ist wahrscheinlich normal für dich, dass du Liebeslieder über sie schreibst.«

»Wir sind nur Freunde.« Die Worte klangen wie eine kaputte Schallplatte, denn er hatte sie wieder und wieder in seinem Kopf wiederholt. »Sie war nur zufällig im Zimmer, als die Inspiration kam. Es war cool, jemanden dazuhaben, für den ich spielen konnte, der mir spontan sagen konnte, wie er es findet.«

»Und was war ihre spontane Reaktion, Alter?«

Miles musste daran denken, wie sie ihn angesehen hatte, als er den Song das letzte Mal gesungen hatte. Das breite Lächeln auf ihrem Gesicht, das ihm das Gefühl gab … lebendig zu sein. »Es hat ihr wirklich gefallen.«

»Das möchte ich wetten.«

»Halt die Klappe, Mann.« Sein winziger Durchbruch hatte nichts mit Aimee zu tun. Okay, vielleicht hatte er sich inspiriert gefühlt, über ein Mädchen mit braunen Haaren und braunen Augen zu schreiben, aber das traf auf die Hälfte der weiblichen Bevölkerung auf diesem Planeten zu. Er hatte nicht über Aimee geschrieben. Oder ihre Augen.

Das Konzert des Abends war nicht anders als die anderen, aber Miles war dennoch besonders aufgeregt und voller Energie. Er redete sich ein, dass es nicht daran lag, dass er Aimee in den Kulissen entdeckt hatte, genau dort, wo sie beim letzten Mal gewesen war.

Nach der Show fuhren sie über Nacht wieder direkt zur nächsten Stadt weiter. Miles war es bereits auf dem

Weg zum Bus leid, tropfnass zu sein, aber er war froh, dass er Zeit hatte, sich wieder dem Schreiben zu widmen. Er war immer noch aufgekratzt und wusste, dass weitere Songs in ihm steckten.

Aber sobald er allein in seiner Koje lag, mit einem aufgeklappten Notizbuch, war sein Kopf leer.

Doch eigentlich war das nicht die ganze Wahrheit. Was in seinem Kopf herumspukte, war ein Mädchen mit braunem Haar, braunen Augen und einem Lächeln, das so viel Power hatte, dass man damit eine Rakete hätte antreiben können, und das geradezu danach schrie, in einem Liebeslied besungen zu werden.

Er schüttelte den Kopf und versuchte, das Bild loszuwerden. Während der nächsten Stunde tat er nichts anderes, als auf eine leere Seite zu starren. Wie kam es, dass er vorhin so inspiriert gewesen war und jetzt rein gar nichts mehr zustande brachte? Nach einer Weile schlenderte er in den vorderen Teil des Busses, um sich zu Trevin vor die PlayStation zu setzen. Wenn sonst nichts half, würde das Töten von menschenfressenden Alien-Zombies seine Gedanken von dem Thema ablenken, an das er nicht denken sollte.

Kapitel 7

*A*imee saß noch lange im Frühstücksraum, nachdem sie mit dem Essen fertig war. Natürlich nicht um Miles zu sehen, aber wann immer die Tür sich öffnete und es jemand anderes war, wurde ihr dummes Herz schwer. Es hatte nichts damit zu tun, wie wahnsinnsmäßig hammergeil er am vergangenen Abend auf der Bühne ausgesehen hatte, auch nichts damit, dass er sechsmal Blickkontakt zu ihr hergestellt hatte, nicht dass sie mitgezählt hätte, oder damit, wie sexy er während des Finales in diesem nassen T-Shirt ausgesehen hatte.

Verdammter Mist, er sah einfach irre gut aus.

Nein! Natürlich nicht *so*. Aber okay, sie wollte tatsächlich mit ihm herumhängen, denn es war wirklich cool gewesen – interessant und lehrreich –, ihm gestern beim Schreiben zuzusehen.

Gerade als sie beschlossen hatte, allein loszuziehen, zurück in ihr Hotelzimmer, oder zu schauen, ob Deb Hilfe beim Make-up brauchte, kam Miles hereingeschlendert. Und ihr albernes Herz machte einen albernen Rückwärtssalto.

»Hey.« Sein blondes Haar war zerzaust und er trug ein leuchtend blaues T-Shirt mit dem Superman-Logo auf der Brust. Sie wimmerte beinahe, so süß war er.

»Hi.« Warum war sie plötzlich ganz wacklig vor lauter Nervosität? Es war doch nur Miles. Ihr *Freund* Miles.

»Hast du schon gegessen?«

»Yup«, antwortete sie. »Bin fertig. Ich wollte gerade zurück in unser Zimmer – ich meine, *mein* Zimmer.« *Halt die Klappe, Aimee.*

Miles lächelte, fuhr sich mit einer Hand durch sein Haar und verstrubbelte es noch mehr. »Also bist du nicht gerade episch gelangweilt oder so?«

»Ganz und gar nicht.« Sie stellte sich den virtuellen Stapel von Büchern vor, den sie lesen und für ihren Vlog besprechen sollte, ganz zu schweigen von dem anderen Stapel, den sie für den Englischkurs im *Advanced Placement*-Programm nächstes Jahr lesen musste.

»Oh.« Er zupfte am Halsausschnitt seines T-Shirts. »Ich hatte gehofft, du würdest dich langweilen, damit ich dich retten kann.«

Verdammt, warum ist er so heiß? »Was schwebt dir denn so vor?«

Nicht, dass sie etwas dagegen gehabt hätte, mit ihm herumzuhängen, rein freundschaftlich natürlich. Und wie irre niedlich sah ihr *Freund* denn bitte sogar am Morgen aus?

»Ich würde vielleicht noch ein wenig schreiben. Aber wenn das langweilig ist ...«

Langweilig? Als ob. »Äh, nein, das ist cool.« *Und versuch bitte mal, nicht so zu wirken, als wärst du total aus dem Häuschen, Aimee.* »Willst du zuerst etwas essen?« Sie deutete auf die Tabletts mit den Frühstückssachen.

»Ich habe bereits gegessen. Ich bin nur hierhergekommen, um dich zu suchen.«

Sie gab sich wirklich Mühe, nicht in die totale Euphorie zu verfallen, als sie gemeinsam schweigend durch die Tür gingen. Statt wie gestern den Konferenzraum anzusteuern, folgte Aimee ihm nach draußen zu seinem Bus.

»Ich muss meine Gitarre holen. Bin gleich wieder da.«

Sie beobachtete, wie er die Stufen von *The One* hinaufstieg. Dieser perfekte, süße Hintern. Sie war immer noch neugierig, wie es an Bord dieses Busses aussah. Hightech-Gaming und so. Vielleicht konnte sie, wenn sie sich auf die Zehenspitzen stellte und … bevor sie auch nur einen winzigen Blick riskieren konnte, kam Miles die Stufen hinunter, den Gitarrenkasten in einer Hand, das Notizbuch in der anderen.

»Es ist warm draußen«, bemerkte er und blinzelte in die Sonne. »In letzter Zeit habe ich wie ein Vampir gelebt, macht es dir etwas aus, wenn wir hier draußen bleiben?«

»Gute Idee.«

Also wollte er nicht wie gestern ganz allein mit ihr sein. Spürte er, wie aufgeregt sie gewesen war, sodass er jetzt versuchte, erst gar keine Gefühle aufkommen zu lassen? Immerhin, früher hatte er gar nicht mitgekriegt, dass sie in ihn verliebt gewesen war, und vielleicht war er jetzt einfach hypersensibel, damit er ihre Gefühle nicht noch einmal verletzte.

Das war nett von ihm, obwohl sie keine Gefühle *hatte*. *Klappe, hämmerndes Herz.*

Sie gingen an den Bussen vorbei, quer über den Parkplatz zu einem Picknickplatz unter einem Baum. Umgeben von Sattelschleppern, konnte sie keine Fans sehen, obwohl sie ab und zu Schreie hörte, die sie daran erinnerten, dass sie da waren. Miles schien nichts davon zu bemerken, als er sich ihr gegenüber ins Gras sinken ließ und sich mit seiner Gitarre in den Schneidersitz setzte.

»Ich habe diesen Song gestern aufgenommen, gleich nachdem wir fertig waren.«

»Denkst du, er kommt auf euer neues Album?«

Er hatte das Plek zwischen den Lippen und drehte an den Wirbeln der Gitarre. »Keine Ahnung. Er gefällt mir wirklich – na ja, soweit es ihn eben gibt, aber das bedeutet noch lange nicht, dass er auch dem Rest der Welt gefallen wird.«

»Wenn du ihn für weibliche Wesen spielen willst, glaub mir, dann ist er ein Treffer.«

Miles hörte auf, seine Gitarre zu stimmen, und sah Aimee an. »Glaubst du?«

»Ich *weiß* es.«

Er lächelte und stützte die Arme auf die Gitarre. »Ich habe gestern Nacht nach der Show noch versucht zu schreiben, aber es war total ätzend, ich konnte einfach nicht. Meine Gedanken gingen immer wieder zurück zu …« Er hielt vielsagend inne und setzte sich anders hin.

»Zurück zu was?«

Er schaute auf das Gras, durch das der Wind wehte. »Nichts. Egal, ich konnte nicht schreiben und hab deshalb mit den Jungs rumgehangen, zu viel Grand Theft Auto gespielt und viel zu viele Pop-Tarts gegessen.«

»Ist das euer heimliches Rock-'n'-Roll-Partyessen im Privatbus?«

Er lachte, dann blätterte er eine Seite in seinem Notizbuch auf. »*Sehr* geheim.«

»Was für einen Song willst du heute schreiben?«

»Ich bin mir nicht sicher. Ich habe an etwas Trauriges gedacht, einen Trennungssong.«

»Die sind wohl notwendig. Man kann ja nicht nur glückliche Songs auf einem Album haben.«

»Yup, man braucht Abwechslung.«

»Schreibst du aus persönlichen Erfahrungen heraus?«

»Ich versuche es. Es ist dann einfacher, die Gefühle nicht vorzutäuschen. Obwohl mir nicht wirklich danach zumute ist, einen auf T-Swizzle zu machen und persönliche Erfahrungen anzuzapfen, um einen traurigen Song zu schreiben.« Er stimmte den Refrain eines weiteren Songs von Prince an, *Raspberry Beret*. »Ich hab eine Idee: Erzähl du mir doch eine tragische Geschichte von gebrochenen Herzen.« Er lachte. »Sei noch einmal meine Muse.«

Aimees Mund wurde erst trocken, dann schmeckte er säuerlich. »Nein danke, damit habe ich zu viel Erfahrung.«

Miles hörte auf zu spielen. »Oh, tut mir leid. Ich meinte nicht über mich.«

128

Sie lachte und warf eine Handvoll Gras nach ihm.
»Ich meinte auch nicht über dich, Miles. Versuch mal,
dein Ego etwas in Schach zu halten.«

»Entschuldige.« Er schaute zu Boden und lächelte.
»Aber ... du hast andere Erfahrungen? Eine schlimme
Trennung?«

Sie wollte wirklich nicht darüber reden, aber sie hatte
ins Wespennest gestochen. »Mein Freund letztes Jahr. Er
war der erste Junge, den ich wirklich, wirklich mochte –
oh, ich meine, außer ...« Sie konnte Miles nur zunicken,
zu beschämt, um die Worte auszusprechen. Aber er erwiderte ihr Nicken und ließ sie fortfahren. »Er war ein
Austauschschüler.«

»Wo kam er her?«

»Aus Frankreich.«

»Typisch. Der Kerl war ein richtiger Romeo, hm?«

»Romeo kam aus Italien. Zwingen deine Privatlehrer
dich nie, Shakespeare zu lesen?«

Miles lachte. »Verdammt, Mädchen.«

»Ach, egal. Also, ich war wirklich glücklich mit ihm.«
Und glücklich, endlich über dich hinweg zu sein, hätte
sie am liebsten gesagt. »Er war süß und witzig und wirklich toll ...«

»Und nun zu der Trennung«, unterbrach Miles sie.

Aimee strich ihre Haare zurück. »Jean-Luc musste die
Pali High am Ende des Semesters verlassen, im Dezem-
ber, aber er wollte zurückkommen. Er hat geschworen,
dass er es versuchen würde, hat es mir versprochen und
mir gesagt, er liebe mich, und ...« Sie hielt inne, um ihre

Atmung zu beruhigen. »Ich habe ihm geglaubt, aber er ist nicht zurückgekommen.«

»Dafür könnte es jede Menge Gründe gegeben haben. Vielleicht hatte er keine andere Wahl.«

»Warum hat er es mir dann versprochen? Ich weiß, wie die Welt funktioniert, und wenn man fünfzehn ist, kann man seinen Eltern nicht einfach *die Ansage machen,* dass man in ein anderes Land zieht. Aber ich habe ihm geglaubt, und ich war so voller Hoffnung … und so hirnlos, ihm zu glauben.«

»Aimee, das ist dem Typen gegenüber nicht wirklich fair.«

»Ich bin noch nicht fertig mit der Geschichte. Wie dem auch sei, einige Tage bevor wir nach den Weihnachtsferien wieder in die Schule mussten, hat Becky mich angerufen und war total so: Hast du schon auf Instagram geguckt? Und dann war da alles voll mit Fotos von ihm und einem anderen Mädchen. Das war seine Freundin in Paris. Sie hatten sich überhaupt nicht getrennt, während wir zusammen waren. Verdammter Betrüger, und er hatte mich die ganze Zeit über angelogen.«

»Wichser.«

»Ja, das war er. Und ich war so aufgeregt, weil endlich jemand, den ich mochte, auch mich mochte. Egal, es hat mich eine Menge über mich selbst gelehrt, dass ich unsicher bin zum Beispiel.«

Er schnaubte leise. »Nein, bist du nicht.«

»Warum sagst du das?«

»Ich weiß nicht, wie du unsicher sein könntest, obwohl du so schön bist.«

Aimees Atem stockte, und sie wusste nicht, was sie erwidern sollte. Miles fand sie schön.

Er begann wieder ohne Melodie auf seiner Gitarre zu klimpern, kein Prince mehr. »Ich meine, weshalb solltest du unsicher sein?«

»Wie wärs mit: wegen allem? Wie wärs mit: weil ich Fehler mache und mich in die falschen Jungs verliebe und ihnen vertraue, obwohl mein Bauchgefühl mir sagt, dass ich das nicht tun sollte? Das hat nichts damit zu tun, wie ich aussehe.«

»Okay, okay. Ich kapiere, was du da sagst. Was hast du sonst noch über dich selbst gelernt?«

Sie seufzte tief. »Ich werde mich nicht wieder in den falschen Jungen verlieben. Wenn es Warnzeichen oder Alarmglocken gibt, dann war's das und tschüs. Nur weil Liebe nicht immer für die Ewigkeit gedacht ist, heißt das nicht, dass ich mich absichtlich verletzen lassen sollte. Es war zu hart, und ich war zu lange zu traurig, und ich will nicht, dass mir je wieder das Herz so gebrochen wird.«

»Woher weißt du, ob du dich in den falschen Jungen verliebst?«

»Nun, zum einen will ich, dass er tatsächlich in der gleichen Stadt lebt wie ich, erst recht im gleichen Land.« Sie schaute auf, als Miles aufhörte zu spielen. »Was?«

»Nichts. Es ist nur … ich kann dir da wohl keinen Vorwurf machen, dass du das willst. Vor allem nachdem dieser Junge dich belogen und dir wehgetan hat und zehntausend Meilen weit weggegangen ist.«

»Ja. Also, glaubst du, das ist genug Stoff für einen traurigen Song?«

»Definitiv. Aber ich bringe es gar nicht über mich, darüber zu schreiben.«

»Keine traurigen Liebesgeschichten mehr«, fügte Miles hinzu, als Aimee mit ihrem Bericht fertig war. Ernsthaft, was für ein Arsch war dieser Franzose, einem Mädchen wie ihr absichtlich wehzutun? Und *Jean-Luc*? Ein Name für einen Vollhonk. Der Ausdruck in ihren Augen, als sie ihm ihre Geschichte erzählt hatte – sie war immer noch geknickt, obwohl das alles letztes Jahr passiert war. Es hatte offensichtlich so wehgetan, dass es sie heute noch mitnahm.

Miles kapierte das. Mann, seine Trennung von Kelly lag noch länger zurück, aber sie beeinflusste noch immer seine Entscheidungen, ob er jemandem vertraute oder nicht.

»Aber ohne traurige Liebesgeschichten – wie kannst du da deprimiert genug sein, um einen Trennungssong zu schreiben?«, fragte Aimee mit einem Lächeln.

Er grinste und strich über die Seiten seiner Gitarre. »Oh, ich kenne jede Menge deprimierende Geschichten.«

Aimee schnaubte – ein entzückendes Schnauben. »Zum Beispiel?«

»Okay, wie wäre es mit der Weihnachtsaufführung der Highschool, als ich das erste Mal vor einem Publikum aufgetreten bin, das größer war als das im Wohnzimmer meiner Mum. Ich dachte, ich wäre der krasseste Checker überhaupt, und dann wurde es ein Epic Fail.«

»Das ist nicht wahr.«

»Also, die erste Hälfte war schrecklich. Und wie willst du das überhaupt wissen? Du warst noch in der Mittelschule, also warst du nicht einmal da.«

Aimee senkte den Kopf und zupfte an einer Haarsträhne. »Doch, war ich. Ich hatte Mom angefleht, mich an dem Tag aus dem Unterricht zu nehmen, damit ich mitgehen konnte. Am Abend vorher hatte ich dich und Nick darüber reden hören.« Sie zuckte mit den Schultern und fuhr mit der Hand über das Gras. »Ich wusste, dass du supernervös warst, also dachte ich, du könntest etwas … freundschaftliche Unterstützung gebrauchen. Ich habe sogar so Schilder gemacht und die herumgereicht.« Sie schüttelte den Kopf. »Total bescheuert. Du hast sie nicht mal gesehen.«

»Doch, habe ich«, widersprach Miles und richtete sich auf. »Sie waren ganz hinten. Warum hast du das getan?«

»Ich dachte, wenn du wüsstest, dass du Fans da draußen hattest, Menschen, die dich liebten, dann wärst du weniger nervös.«

»Aimee, ich …« Er zögerte und spürte etwas Heißes und Schweres gegen sein Herz drücken und alles verlangsamen. »Es hat geholfen – sehr sogar.« Er rieb sich das Kinn. »Ich erinnere mich daran, auf die Menge geschaut zu haben, und alle redeten oder sahen auf ihre

Telefone. Aber dann habe ich hinten ungefähr zehn Schilder mit meinem Namen gesehen. *Go Miles Go! Wir lieben dich, Miles!* Ich dachte, man hätte vielleicht den Kunstkurs dazu gezwungen. Aber es war ...«

Für eine Sekunde konnte er nicht weitersprechen. Eine Flut von Erinnerungen schlug über ihm zusammen. Wie er unter einem einzelnen Scheinwerfer auf dieser Bühne gestanden hatte. Seine ganze großmäulige Coolness war verschwunden gewesen. Er hatte sich noch nie so entblößt oder schlecht oder allein gefühlt. Auf halbem Weg durch seine Amateurwiedergabe von Prince' *1999*, hatte er diese Schilder entdeckt. Und plötzlich hatte er sich respektiert und nicht mehr ganz so allein gefühlt.

»Das warst du?«, fragte er.

Aimee nickte, gerade als eine Brise durch ihr Haar fuhr und es ihr um die Schultern wehte, was Miles komplett den Atem verschlug. Diese glitzrigen Schilder hinten in der Schulaula zu sehen, hatte die Dynamik seines Auftritts damals total verändert. Es hatte ihm Selbstvertrauen gegeben und ihn ermutigt. Es hatte in ihm den Wunsch geweckt, für den Rest seines Lebens Sänger zu sein.

Und es war Aimee gewesen.

»Ich weiß nicht, was ich sagen soll.« Aber er wusste, was er tun wollte. Er wollte Aimee Bingham in die Arme nehmen und sie küssen.

Sie brachte ein halbes Lächeln zustande. »Ist schon gut.«

Zu viele Worte tummelten sich in Miles' Gehirn, Worte

der Dankbarkeit und des Erstaunens, die sich mit einem Verlangen mischten, das er nicht unterdrücken konnte. »Danke«, brachte er schließlich hervor. Das war schwach und lächerlich unzulänglich, aber es war alles, was er hatte. Er starrte auf ihr Gesicht, ihren Mund, und kämpfte gegen einen überwältigenden Impuls an. Denn es durfte nicht sein.

Plötzlich nahm ihm diese schmerzhafte Erkenntnis erneut den Atem.

Aimee brachte nun ein richtiges Lächeln zustande. »Gern geschehen.«

Sie verfielen in Schweigen. Er versuchte zu schreiben und notierte sich einige Zeilen und Verse, die einprägsam klangen, dann strich er sie wieder durch, weil sie tödlich lahm waren. Das Aufflackern der Inspiration von gestern war wieder erloschen. Wie konnte er es zurückbekommen?

Als er aufschaute, lag Aimee barfuß im Gras auf dem Bauch und strich alle paar Sekunden über den Bildschirm ihres Telefons und las mit ihrer Kindle-App ihr Buch. Er beobachtete sie eine Weile, vollkommen fasziniert von der Art, wie der Wind durch ihr Haar wehte, wie sie an ihrer Unterlippe kaute, wie der Saum ihres Kleides über die Rückseiten ihrer Oberschenkel strich, wenn sie sich streckte.

In der Hoffnung, sein Verlangen umlenken zu können, blätterte Miles eine Seite in seinem Notizbuch um und begann zu schreiben. Worte sprudelten hervor, beinahe schneller, als er sie aufschreiben konnte. Nachdem er drei Seiten mit Bildern und Versen und einigen nicht jugendfreien Beschreibungen gefüllt hatte, die seine Begierden veranschaulichten, atmete er aus und wischte sich die Hände an seiner Jeans ab. Sein Herz schlug so heftig in seiner Brust, als hätte er einen Sprint hinter sich oder als hätte er an einer anderen körperlich anstrengenden Übung teilgenommen. Mit Aimee zusammen.

Verdammt. Diesmal hatte er seinen Gedanken wirklich gestattet, zu weit zu gehen.

»Hast du was Gutes?« Sie rollte sich auf die Seite, den Kopf auf den Ellbogen gestützt. Ihr dunkles Haar fiel ihr über den Rücken.

Miles schluckte und hatte sofort das Bild von dem im Kopf, was er sich gerade vorgestellt hatte. »Ja, ich …« Er schaute auf sein Notizbuch. Aimees Name stand zwar nicht auf den Seiten, aber sie war definitiv überall darin.

Sie setzte sich auf und strich ihr Kleid über ihren langen Beinen glatt. Ihre Zehennägel waren rosa lackiert. Er sollte ihre Beine nicht ansehen, nicht nach dem, was er sich gerade vorgestellt hatte.

»Irgendetwas, das du schon spielen kannst? Ich würde es total gern hören.«

»Ähm, nein, noch nicht.« Wie kam es, dass er die letzte Stunde damit verbracht hatte, einen Song nur über Aimee zu schreiben? Das eine Mädchen, das ihn nicht anregen sollte.

»Ich habe nachgedacht«, erklärte sie.

»Worüber?«

»Was du über Prince und seine Vielseitigkeit gesagt

hast. Ich glaube, du solltest einen Song auf dem Klavier schreiben, experimentieren, deine Fühler ausstrecken.«

Aber das einzige Ausstrecken, an das Miles denken konnte, war Aimee auf dem Gras und was genau er dort mit ihr machen wollte. Er schluckte erneut und wischte sich über die Stirn. Warum war es draußen plötzlich so elend heiß? Verdammte globale Erderwärmung. »Ja, vielleicht.«

»Ich meine es ernst. Ich weiß, du spielst kein Klavier, aber du bist musikalisch und supertalentiert. Ernsthaft, Prince mag dein Idol sein, aber er hat dir nichts voraus.«

Er konnte sich ein Grinsen angesichts des Kompliments nicht verkneifen, so irrsinnig es auch war. »Wirklich?«

»Absolut. Es ist ein Klavier, du wirst schon dahinterkommen, wie das geht. Und es wird mindestens eine gute Übung sein, richtig? Beziehungsweise …« Sie richtete sich auf. »Schreib den Song für mich.«

Er legte automatisch einen Arm über sein Notizbuch. »Was?«

»Wenn du eine Motivation brauchst.« Sie warf sich das Haar über die Schultern. »Sieh es als eine Aufgabe für den musiktheoretischen Kurs im *Advanced Placement*-Programm. Versprich mir, Miles Anthony Carlisle, dass du mir, bevor meine drei Wochen hier um sind, einen Song auf dem Klavier schreibst.«

Miles hätte sagen können, dass er den zusätzlichen Druck, ein neues Instrument zu lernen und einen Song zu komponieren, nicht gebrauchen konnte. Er war kein

137

dressierter Affe. Aber das Zusammensein mit Aimee weckte etwas in ihm. Genau wie die Schilder, die sie in der Schule gemacht hatte, gab sie ihm Selbstbewusstsein und das Verlangen, mehr zu schaffen. Sie erreichte, dass er besser werden wollte.

Er war noch nie zuvor von einem Mädchen inspiriert worden, einem realen Mädchen, mit dem er auch zusammen war. Aber jetzt war er es eindeutig. Er spürte, wie seine Lippen sich zu einem Lächeln verzogen. »Und was habe ich von dem Deal?«

»Hm?«

»Na, du willst, dass ich einen Song für dich schreibe – du *befiehlst* es mir geradezu, wenn ich das gerade richtig gehört habe.« Er verschränkte die Hände über seiner Gitarre. »Was bekomme ich? Was ist der Lohn?«

»Abgesehen davon, dass du einen Song komponierst, der möglicherweise dein nächster Nummer-eins-Hit werden könnte?«

Er nickte.

»Ich weiß es nicht.« Sie biss sich auf die Lippen. »Was habe ich, das du willst?«

Kapitel 8

Aimee wusste, dass sie mit dem Feuer spielte, aber solange sie sich immer wieder ins Gedächtnis rief, dass Miles nicht der Junge war, in den sie sich verlieben sollte, dass sie einfach Freunde waren, war alles in Ordnung. Also war es total okay, wenn sie Zeit miteinander verbrachten. Aber wann immer sie sich vorstellte, wie er sie angelächelt hatte, als sie ihn gefragt hatte, was sein Lohn sein würde, war das Letzte auf der Welt, was sie sich wünschte, nur befreundet zu sein.

Am nächsten Morgen, noch nicht ganz bereit, ihren *Freund* wiederzusehen, ließ sie das Frühstück sausen und hatte bis zum Mittagessen einen Bärenhunger. Sie wollte sich schnell etwas aus dem Hotelrestaurant schnappen, deshalb nahm Aimee den Aufzug hinunter in die Lobby. Dort war es gerammelt voll mit Fans, die Schilder, glänzende Fotos und Zeitschriften hochhielten.

Woher wussten die denn schon, wo *S2J* war? Sie schlängelte sich durch die Menge und musste mehr als eine Stunde auf einen Kaffee und ein abgepacktes Truthahn-Wrap warten. Auf dem Weg zum Aufzug traf sie Nick in der Lobby.

»Hey«, er umarmte sie flüchtig, zog ihre Schulter an seine Brust und küsste sie auf den Kopf. »Ist das dein Mittagessen? Warum hast du nicht mit der Gruppe gegessen?«

Aimee wollte keinesfalls über die ganze Sache von wegen Freundschaft und Mit-dem-Feuer-Spielen reden. »Ich habe lange geschlafen«, antwortete sie. »Und du?«

»Ich komme gerade erst nach Hause.« Er hielt sich eine Hand vor den Mund und gähnte. »War die ganze Nacht mit den Roadies auf, um ein Problem mit der ausfahrbaren Bühne zu lösen.«

»Kein Wunder, dass du so fertig aussiehst. Gehst du jetzt auch in dein Zimmer?«

Nick nickte. »Aber hey, wie läuft es denn so? Wir sollten Mom und Dad zumindest den Eindruck vermitteln, als würde ich dich nicht komplett unbeaufsichtigt herumlaufen lassen.«

»Es ist alles gut.« Sie zuckte mit den Schultern. »Meistens hänge ich allein rum. Marsha ist wirklich sehr beschäftigt damit, den Fanklub zu leiten, aber sie schaut ab und zu nach mir. Miles tut das auch.«

Nicks Augenbrauen zogen sich zu einem V in die Höhe. Er öffnete den Mund, schloss ihn dann aber wieder und atmete durch die Nase aus. »Du solltest dich nicht mit ihm einlassen, Aimee, und ich sage das als dein Bruder. Er spielt in einer ganz anderen Liga als du.«

»Ernsthaft?« Aimee verschränkte die Arme vor der

Brust und hätte beinahe gelacht. Beinahe. »Du hast den Nerv, das zu sagen, obwohl du mich so angelogen hast.«

»Worüber habe ich gelogen?«

»Ähm, darüber, dass Miles gewusst hat, dass ich früher in ihn verliebt war.«

Nick wurde blass und schaute sich kurz um. »Du hast ihn danach gefragt?«

»Ja, Nick. Und er hat geschworen, dass es nicht wahr sei – er wusste nichts, und er hat auch nie diese ganzen gemeinen Dinge über mich gesagt. Warum hast du mir das erzählt?«

Nick verlagerte sein Gewicht und schaute weg. Schließlich sah er Aimee an und antwortete: »Komm mit, lass uns reden.«

Aimee verdrehte die Augen, folgte ihrem Bruder jedoch durch die Lobby und hinaus zum Pool. Da *S2J* das ganze Hotel gemietet hatte, waren die einzigen Schwimmer einige Ehefrauen und Kinder der Crew. Nick rückte zwei Plastikstühle unter einen Sonnenschirm.

»Also, ihr zwei habt zusammen abgehängt?«, fragte er.

»Eigentlich nicht. Diese ganze Tourgeschichte ist wie ein Leben in einer Kleinstadt. Ich sehe ihn ständig. Aber du kannst aufhören, mich vor ihm zu warnen; er ist nicht der verführerische *Player*, für den du ihn hältst.«

Nick stieß ein Schnauben aus. »Doch, ist er, aber das ist nicht der Punkt.«

»Na, bei mir ist er nicht so, also was *ist* der Punkt?« Sie beugte sich vor und redete leiser. »Weißt du was, es

141

ist mir egal. Du bist mein Bruder, nicht mein Vater oder Vormund oder Gefängniswärter. Ich kann tun, was immer ich will.«

»Hör mal, es gibt wirklich einen Grund, warum ich dir gesagt habe, dass Miles wusste, dass du in ihn verliebt warst, und dass ich am liebsten jemandem an die Gurgel gegangen wäre, lag nicht nur daran, dass du ihn so angehimmelt hast.«

»Das war vor einer Ewigkeit«, murmelte Aimee.

»Miles und ich sind schon lange befreundet, waren es schon, bevor du ihn überhaupt kennengelernt hast, bevor ich ihn mit nach Hause gebracht habe. Du weißt nicht *alles*.«

»Na und? Hat er eine geheime Vergangenheit als Bösewicht oder was?«, fragte sie mit einem Lachen. Aber als Nick nicht in ihr Gelächter einstimmte, erstarb ihr Lächeln.

»Nicht als Bösewicht. Als ich ihn kennengelernt habe, eigentlich noch bevor wir uns kennengelernt haben, war er ziemlich fertig.«

Aimee presste die Lippen zusammen, als zwei Moms ihre Kinder in Badehandtücher hüllten und gingen. »Inwiefern fertig?«

»Es war gleich, nachdem er von England hierhergezogen war. Er war in irgendwelche Schwierigkeiten geraten. Der Richter sagte, er spiele verrückt.«

»Richter?«

»Ja. Er war während der ersten sechs Monate in den USA immer mal wieder vor dem Jugendgericht.«

142

»Er war zwölf Jahre alt. In was für Schwierigkeiten kann er da schon gesteckt haben?«

Nick seufzte und sah blinzelnd in den Himmel. »Er ist ein paarmal von zu Hause weggelaufen, hat die Schule geschwänzt, Ladendiebstähle begangen. Er hing mit älteren Jungs herum, die in schlimmere Sachen verwickelt waren. Er wurde noch vor der siebten Klasse aus der regulären staatlichen Schule rausgenommen. Da habe ich ihn kennengelernt.«

Vor Aimees Augen drehte sich alles. »Wo?«

»Im Big-Brothers-Programm. Als ich in der achten Klasse war, ist meine Klasse einmal die Woche an seine Schule gegangen, eine Art Integrationsprogramm oder so etwas in der Art. Ich habe Miles an meinem ersten Tag da kennengelernt. Er wollte nicht mit mir reden, war ein absoluter Einzelgänger, total sauer auf alles und jeden, und das ohne irgendeinen Grund, den ich erkennen konnte. Und es war nicht so, als wäre ich ein ausgebildeter Therapeut gewesen oder so was. Ich wusste nicht, was ich tat. Er hing bei den CDs im Gemeinschaftsraum herum, und keine Ahnung, wir haben uns wohl über die Musik angefreundet. Obwohl er in England aufgewachsen war, mochten wir die gleichen Sachen. Er steht total auf Künstler der alten Schule wie Prince.«

»Ich weiß«, sagte Aimee.

»Nach einer Weile begannen wir nach der Schule miteinander abzuhängen. Mein Lehrer hat tatsächlich eine E-Mail an Mom und Dad geschickt und ihnen erklärt, was los war, hat von Miles und den Schwierigkeiten erzählt, in denen er gesteckt hatte.« Er lachte leise. »Wollte sie wahrscheinlich verschrecken. Aber du kennst ja unsere Eltern.«

Aimee lachte nun selbst auf. »Ja. Sie haben ihn unter ihre Fittiche genommen.«

»Total.« Nick nickte. »Haben ihn wie ein Familienmitglied behandelt, ohne Fragen zu stellen. Das war die Zeit, in der Mom und Marsha Freundinnen wurden. Miles war sauer auf seine Eltern, weil sie sich getrennt hatten, weil sein Dad seine Mom betrogen hatte und seine Mom anschließend hierhergezogen war. Er war wahrscheinlich depressiv, obwohl wir nie darüber gesprochen haben. Ich wusste nicht mal, was eine Depression war. Er war klug und leidenschaftlich und wütend und wusste nicht, wohin mit seiner Energie. Damals sind wir dann beide zur Musik gekommen. Miles ist in die Schulband gegangen und ich habe mich dem Chor angeschlossen.«

»*Du* warst im Chor?«, fragte Aimee mit einem Kichern. »Daran erinnere ich mich gar nicht.«

»Das war auch eine ziemlich kurzlebige Sache, aber es hat mein Interesse für die technische Seite der Musik geweckt. Ich habe meinen Chorleiter unaufhörlich genervt, weil ich unbedingt das Soundsystem für die Schulkonzerte übernehmen wollte. Als Miles auf die Pali High kam, leitete ich bereits das AV-Medien-Team, und er war Profi an der Trompete. Er hat sich im gleichen Jahr selbst das Gitarrespielen beigebracht und war nach ein

paar Monaten in der Lage, wie ein Irrer zu shredden.«
Nick schüttelte den Kopf und spielte mit seinem Uhren-
armband. »Der Junge war absurd talentiert, das hab sogar ich gesehen. Ich hätte ihn beinahe dafür gehasst,
aber du weißt ja, es ist Miles, und es ist fast unmöglich,
ihn zu hassen.«

Aimee lächelte. Sie hatte Erinnerungen an einen
zwölfjährigen Miles mit zerzaustem Haar, der zum ersten
Mal zu ihnen nach Hause gekommen war. Er war still
gewesen, aber als er mit diesem süßen Akzent gesprochen hatte, war Aimee sofort hin und weg gewesen. Sie
hatte gedacht, dass er geradezu krankhaft schüchtern
war, als sie sich kennengelernt hatten, aber jetzt ergab
das einen Sinn. Er war nicht schüchtern, er war in
Schwierigkeiten gewesen und einsam und wahrscheinlich verängstigt.

»Ja.« Sie schaute lächelnd zu Boden. »Es ist unmöglich, ihn zu hassen.«

»Ames«, sagte Nick, beugte sich vor und stützte die
Ellbogen auf die Knie. »Vielleicht hat er einige Dinge in
seinem Leben verändert, aber viele Sachen, sein Temperament und seine Wutausbrüche zum Beispiel, sind
immer noch ein Problem – das weiß ich sehr genau. Ich
habe öfter, als ich zählen kann, erlebt, wie er ausgetickt
ist. Ich habe ihn in seinen schlimmsten Zeiten erlebt,
was bedeutet, dass ich natürlich niemals wollte, dass er
mit meiner Schwester abhängt. Er ist daran gewöhnt zu
bekommen, was immer er will – welches Mädchen auch
immer er will. *Das* hat sich nicht verändert, glaub mir.

Himmel, er wird nicht ohne Grund der *Herzensbrecher* genannt.«

»Hör auf damit, Nick.« Aimee erhob sich und wollte kein Wort mehr hören. Gleichzeitig wusste sie nicht, was sie glauben sollte.

Nick schob seinen Stuhl zurück und fuhr sich mit den Fingern durchs Haar. »Du kannst ihn mögen, so viel du willst, das kann ich nicht verhindern, aber ich habe ihm gesagt, dass er die Hände – und alles andere – von dir lassen soll.«

Ihre Wangen röteten sich, als sie an Miles' Hände dachte und an ihre versehentliche Kollision hinter der Bühne in der Nacht des ersten Konzerts.

»Zwing mich nicht, den Jungen deinetwegen zu verprügeln. Er ist mein bester Freund.« Nick fasste sie an den Schultern und starrte ihr in die Augen, was in ihr den Wunsch weckte, zu blinzeln und den Blick abzuwenden. »Versprich es mir. Versprich es mir, Aimee.«

»Na schön. Ich verspreche es«, erwiderte sie, größtenteils um ihn von dem Thema abzubringen. Sie kreuzte hinter dem Rücken die Finger und dachte daran, wie Miles ihre Hand gehalten und sie durch den Flur gezogen hatte, wie sie von Kopf bis Fuß eine Gänsehaut bekommen hatte.

»Gut.« Nick atmete auf und ließ sie los. »Ich muss ein paar Stunden schlafen. Die halten mich hier wirklich auf Trab, aber sobald ich frei bin, sollten wir uns treffen.«

Aimee zwang sich zu einem Lächeln. »Ist gebongt, Bruder.«

Nick drückte ihren Arm und ging.

Sie streifte ihre Schuhe von den Füßen und tauchte die Zehen in den Pool, wiederholte im Geiste alles, was Nick gerade gesagt hatte. Aimees Herz schmerzte, als sie daran dachte, wie verletzt Miles gewesen war ... nur ein kleiner Junge, allein und verängstigt und in derartigen Schwierigkeiten.

Wer weiß, wie viel schlimmer es noch geworden wäre, wenn Nick und er nicht Freunde geworden wären. Sie wusste nichts über diesen gequälten, wütenden kleinen Jungen, aber es war kein Wunder, dass er immer noch Probleme mit seinem Zorn hatte, obwohl Aimee nie irgendwelche Anzeichen davon gesehen hatte, wenn sie zusammen waren.

Jetzt verstand Aimee irgendwie, warum Nick damals nicht gewollt hatte, dass sie mit Miles etwas anfing. Aber selbst wenn ihr Bruder es nicht sah, wusste Aimee, dass Miles so nicht mehr war; sie spürte es. Er war geduldig und süß, selbst wenn sie sich ihm gegenüber wie eine verwöhnte, freche Göre benommen hatte. Er war stark und selbstbewusst und sich in allen Dingen sicher. Miles Carlisle war jemand, der ihr Herz mit nur einem einzigen Lächeln quer durch einen überfüllten Raum zum Schmelzen brachte.

Wenn Nick ihr all diese Dinge gesagt hatte, damit sie Miles weniger mochte, dann war der Schuss total nach hinten losgegangen.

Sie erwischte einen leeren Aufzug und fuhr zu ihrem Zimmer hinauf. Die Band war im neunten Stock untergebracht und ihre Finger schwebten tatsächlich über diesem Knopf. Aber dann verdrehte sie die Augen und drückte auf Nummer vier.

Sobald sie in ihrem Zimmer war, klappte sie ihr iPad auf, aber sie bekam keine WLAN-Verbindung, also ging sie in den Flur, wo das Signal stärker war. Einige Leute vom Team liefen herum, also setzte Aimee sich auf den Boden neben die Snack-Automaten.

Als sie sich einloggte, piepte ihr FaceTime-Icon. Becky war dran. Aimees Magen krampfte sich für eine Sekunde zusammen. Verdammt, dank dieses kryptischen Tweets hatte sie ihrer ABF so viel zu erklären. Also holte sie tief Luft, tippte auf ihr Tablet, und Beckys Gesicht füllte den Bildschirm.

»Hey, du hässliche Schlampe!« Becky sah ausgezehrt aus und ernsthaft winterhalbjahrsblass, klang aber nicht so, als stünde sie auf der Schwelle des Todes. »Wo bist du während der letzten hundert Jahre gewesen?«

»Hey«, sagte Aimee und setzte ein breites Lächeln auf. Hatte Becky den Tweet nicht gesehen? »Wie geht es dir? Und du bist selbst die hässliche Schlampe. Ich kann nicht glauben, dass du Pfeiffersches Drüsenfieber hast. Bitte sag mir nicht, dass du dich wieder mit Joey eingelassen hast.«

»Vielleicht«, erwiderte Becky mit einem Kichern, das sich in einen dreißigsekündigen Hustenanfall verwandelte. Sie klang jetzt tatsächlich beschissen, und Aimee sah, wie verschwollen ihre Augen waren. »Tut mir leid, dass unsere Pläne zum Teufel gegangen sind.«

»Beck, mach dir keinen Stress. Du bist diejenige, die krank ist.«

»Erinnere mich nicht daran.« Sie hielt inne, um sich mit zehn verschiedenen Papiertüchern die Nase zu putzen. »Es ist schlimm genug, dass ich mich wie aufgewärmte Scheiße fühle, aber Mom treibt mich in den Wahnsinn. Hey, wo bist du? Ich erkenne die Tapete hinter dir nicht.«

Aimee erstarrte. Sie hatte irgendwie vergessen, dass Becky in der Lage sein würde, ihre Umgebung zu sehen. »Ähm … Hotel.«

»Krass geil. Deine Eltern lassen dich allein in einem Hotel wohnen, obwohl du noch keine achtzehn bist?«

»Mmmh – nicht direkt. Ich nehme an, du warst noch nicht auf Twitter?«

Becky putzte sich wieder die Nase und warf das Papiertaschentuch über ihre Schulter. »Nein, ich war zu alle. Das hier ist das Erste, das ich tue außer schlafen. Warum?«

»Nichts. Vergiss es.« Sie zupfte an ihrem Haar. »Ich bin irgendwie mit Nick unterwegs.«

Beckys Bild erstarrte mitten im Husten. »Ich dachte, Nick wäre den ganzen Sommer mit den ekelhaften *S2J* unterwegs.«

»Ähm, ja. Das ist er.«

»Aber …« Langsam veränderte sich Beckys Gesichtsausdruck. »Du verarschst mich. Du bist mit *ihm* unterwegs?«

Aimee brauchte nicht zu fragen, von welchem »ihm«

Becky redete. Ihre beste Freundin wusste von ihrer damaligen Schwärmerei für Miles und von ihrem geheimen Blog. Tatsächlich war Becky diejenige, die den Blog beendet hatte, ihn aus dem Internet gelöscht hatte, als Miles zum Feind geworden war.

Aber all das hatte sich verändert. Nick hatte ihr gestanden, dass Miles damals gar keine gemeinen Sachen über sie gesagt hatte. Aimee war sich nicht sicher, wie viel sie Becky in diesem Moment erzählen sollte. Sie waren beste Freundinnen und erzählten einander alles – na ja, bis auf, dass Becky sich wieder auf Drüsenfieber-Joey eingelassen hatte. Eklig! Bei all dem Husten und dem miesen teigig weißen Teint fühlte Becky sich offensichtlich nicht besonders toll, und wäre es nicht megagemein, ihr das alles jetzt unter die Nase zu reiben?

Also verdrehte Aimee die Augen, seufzte dramatisch und machte sich die vielen Hundert Lästersitzungen zunutze, die sie wegen Miles gehabt hatten. »Ja, ich bin bei der Band, und es ist total langweilig.«

»Wie ist das denn passiert?«

Aimee holte tief Luft und erklärte Becky alles. »Also, ich sitze hier jetzt noch zwei Wochen fest.«

»Musst du so ... äh ... ihn ständig sehen?«

Aimee stellte sich sofort Miles' Gesicht vor, wie heiß er vorhin ausgesehen hatte, als sie auf dem Feld hinter dem Hotel gewesen waren. Dann malte sie ihn sich in seinem nassen T-Shirt aus. Dann dachte sie daran, wie er am Tag zuvor ausgesehen hatte, wie verwirrt er gewesen war, als er ihr erzählt hatte, dass er niemals irgendeine dieser Sachen zu Nick gesagt habe. Er schien vollkommen aufrichtig gewesen zu sein.

Nein, es war kein Getue gewesen. Er *war* aufrichtig gewesen.

Aimees Herz begann heftig zu schlagen, als sie sich erneut sein Gesicht vor Augen rief, wie er sie über seine Gitarre hinweg ansah. Aber sie konnte es nicht zugeben, nicht einmal ihrer besten Freundin gegenüber. Noch nicht.

»Ja. Ich habe ihn gesehen.« Sie verdrehte ein weiteres Mal oscarverdächtig die Augen und ihr Mund funktionierte auf Autopilot. »Und rate mal, er hat sich überhaupt nicht verändert. Er ist immer noch total von sich selbst eingenommen, als sei er Gottes Geschenk an jedes Mädchen auf der Welt. So eingebildet, und er hat kaum das Talent, um das zu rechtfertigen.«

Becky kicherte und putzte sich die Nase. »Ein Glück, dass er so gut aussieht.«

»*Er* hält sich für gut aussehend. Du solltest die Make-up-Ausrüstung sehen, die seine Leute mit sich rumschleppen. Ich schwöre, er hat fünf Kartons mit Zeugs nur für sein Haar! Ein Witz.«

Genau in dem Moment hörte Aimee ein Geräusch und sah jemanden hinter der Ecke auftauchen. Ihr Rückgrat versteifte sich. »Beck, ich muss gehen. Ich ruf dich heute Abend an.« Bevor Beck sich auch nur zu Ende verabschieden oder husten konnte, schaltete Aimee ihr Tablet aus und reckte das Kinn vor, um zu LJ emporzustarren.

Miles hielt Ausschau nach Aimee, konnte sie aber nirgendwo finden. Sie war gestern nach ihrem letzten Schreibtreffen davongegangen und seither hatte er sie nicht mehr gesehen. Später am Abend hatte *S2J* einen Auftritt mit Presseveranstaltung, wo sie vor einem kleinen Publikum in einem örtlichen Radiosender spielen würden.

Es war ein ruhiger Tag gewesen, und nachdem er bis weit übers Frühstück hinaus mit der Band herumgehangen hatte, waren sie alle ihrer Wege gegangen.

Schreibzeit. Die Roadies statteten mehrere Räume im Hotel mit Keyboards und Tischen aus, perfekt, um sich davonzustehlen und zu arbeiten. Miles hoffte, dass Aimee wieder mitkommen würde, aber da er sie nicht finden konnte, würde er allein sein.

»Hey«, sagte Trevin, der durch den gleichen Flur ging. »Gehst du schreiben?«

»Ja.« Miles schaute sich um.

»Suchst du nach jemandem?«

»Nein.« Was für eine Lüge.

»Willst du dir ein Zimmer mit mir teilen? Ich habe ein paar Ideen, die ich an jemandem ausprobieren will, aber nicht an der ganzen Gruppe. Du weißt ja, was für ein Sack Ryder sein kann.«

Miles verdrehte die Augen. »Ja, ich weiß. Klar.« Er deutete mit dem Kopf auf einen leeren Raum. »Schnappen wir uns den hier, bevor jemand anderer es tut.«

Ein braunes Klavier stand in der Mitte des Raums und sah riesig und einschüchternd aus. Miles hatte Angst, sich ihm zu nähern. Hatte Prince sich mit siebzehn so gefühlt, als er in Minneapolis gelebt hatte und dabei war, sein Handwerk zu lernen? Wohl kaum.

Plötzlich bereute Miles es, diesen Deal mit Aimee gemacht zu haben. Er hatte es als Scherz gemeint, aber als sie ihn dann rundheraus gefragt hatte, was er als Gegenleistung von ihr wolle, war es zu einfach gewesen. Es war zu einfach gewesen, um das Einzige zu bitten, was er in dem Moment gewollt hatte.

Als Gegenleistung für einen Song, den er für das Klavier schrieb, hatte Aimee einem Date zugestimmt.

Was – wie sie beide sich einig gewesen waren – lachhaft unrealistisch war, da fast jeder Tag gerammelt voll war mit Konzerten und anderen öffentlichen Events. Aber Miles konnte nicht anders, es war einfach so passiert. Er hatte sich so wohl mit ihr gefühlt. Wäre er einfach ein gewöhnlicher Junge gewesen, der solche Gefühle für sie hatte, dann hätte er sie auch um ein Date gebeten. Das war normal.

Zu dem Date würde es ohnehin nie kommen und er wusste es. Ein Date mit Aimee brachte nicht nur die Gefahr mit sich, seinen besten Freund in den Wahnsinn zu treiben, er würde auch niemals in der Lage sein, seinen Teil des Handels einzuhalten. Sicher, er konnte einige Noten spielen und ein paar Akkorde finden, aber er spielte definitiv nicht gut genug Klavier, um tatsächlich einen Song darauf zu komponieren.

Miles setzte sich sogar, nachdem er und Trevin den Raum betreten hatten, so weit wie möglich von dem einschüchternden Instrument weg.

153

Trevin zog ein Notizbuch und seine Gitarre hervor, dann spielte er ein paar einzelne Takte eines Songs. Miles half ihm, einige der Zeilen etwas auszukleiden, aber das hier war definitiv Trevins Baby; Miles war nur dazu da, zuzuhören und zu ermutigen.

Während er zuhörte, versuchte Miles, seine Gedanken nicht allzu weit in eine Richtung abschweifen zu lassen, die sie nicht nehmen sollten. Wie würde es sein, Aimee zu einem richtigen Date auszuführen? Was wäre, wenn seine Terminplanung ihm die Freiheit dazu ließe? Je nachdem, in welcher Stadt sie waren, konnten sie wahrscheinlich nicht in ein Restaurant gehen wie ein normales Paar, aber er würde sich schon etwas überlegen.

Verdammt, nein – Nick würde ihm bei lebendigem Leib die Haut abziehen. Bruder vor Luder und so. Nur weil Aimee das coolste Mädchen war, mit dem er seit wirklich langer Zeit abgehängt hatte, bedeutete das nicht, dass er seine Freundschaft mit Nick vermasseln würde.

Aber was war das damals gewesen, als sie mit einem Stapel Fanpostern bei seiner Schulveranstaltung aufgetaucht war, weil sie gewusst hatte, dass er nervös sein würde? Ernsthaft, Aimee Bingham war unbeschreiblich, erstaunlich, eine Klasse für sich …

»Und?«

Miles blinzelte und schaute zu Trevin hinüber. »Ähm, tut mir leid. Was?«

»Ich habe gefragt, was du von dem Refrain hältst.« Trevin lehnte sich zurück. »Ich habe dich zweimal gefragt und du hast nur dagesessen und lächelnd aus dem Fenster gesehen. Was ist los mit dir?«

Miles kratzte sich am Kinn. »Nichts, ich habe nur … nachgedacht.«

»Ziemlich tiefschürfende Gedanken, Bruder. Hast du Lust, darüber zu reden?« Er strich über die Seiten seiner Gitarre. »Oder vielleicht solltest du einen Song daraus machen. Schreib zur Abwechslung einmal etwas über *dich*.«

»Was meinst du?«

»Weißt du, wir wissen, dass du ein guter Songwriter bist, und du bist wirklich kreativ. Aber es ist, als wäre das manchmal zu weit hergeholt, zu erfunden. Denkst du nicht, ein Song würde mehr bedeuten, wenn du tief gräbst und über etwas schreibst, das du gerade jetzt durchmachst?«

Miles erwog den Vorschlag für eine Sekunde, aber auf keinen Fall. Was er gerade jetzt durchmachte, was er gerade jetzt fühlte, konnte er nicht in einen Song packen. »Ich verstehe, was du meinst. Ich werde darüber nachdenken«, sagte er dennoch.

Trevin lachte und schüttelte sich das glatte schwarze Haar aus den Augen. »Noch mehr nachdenken. Okay.« Er schaute auf Miles' Notizbuch. »Versuch mal, davon etwas zu Papier zu bringen.«

»Das werde ich.« Miles atmete aus. »Spiel mir diesen letzten Teil noch mal vor, Alter. Ich will ihn noch mal hören.«

Sie arbeiteten noch eine Stunde lang, dann ließ Trevin Miles allein.

Aber er war nicht allein. Dieses Klavier war da wie ein verdammtes Loch im Boden, über das er nicht springen konnte. Wann immer er eine coole Hookline gefunden hatte, konnte er nicht anders, als sich zu fragen, wie sie auf den Elfenbeintasten klingen würde.

Zu guter Letzt stand er auf und näherte sich dem Ding vorsichtig, wie ein Löwenbändiger dem König des Dschungels. Er strich mit der Hand über den Deckel, klimperte auf einigen Tasten herum und dachte dann an Aimee, wie sie ihn dazu gedrängt hatte, als Musiker seine Fühler auszustrecken.

Woher hatte sie gewusst, dass es genau das war, was er brauchte?

Plötzlich kam ihm eine Idee – die Inspiration schlug wieder zu, in der Gestalt eines Mädchens mit braunen Augen. Er griff sich sein Notizbuch und begann zu schreiben, und während der ganzen Zeit grinste er.

Ha! Und Trevin behauptete, Miles schreibe nie aus dem echten Leben ...

Kapitel 9

*A*imee war den ganzen Morgen über panisch. LJ hatte kein Wort zu ihr gesagt, obwohl total offensichtlich gewesen war, dass er mit angehört hatte, was sie in der Hitze des Augenblicks zu Becky gesagt hatte. Er hatte sie nur angestarrt, etwas Unverständliches gebrummt und war dann weitergegangen. Es war irgendwie richtig unheimlich gewesen. Wenn LJ Miles erzählte, was sie gesagt hatte, argh – sie würde sterben.

Seconds to Juliet hatte einen Auftritt bei einem Radiosender, aber Aimee war absichtlich nicht mitgegangen. Ihr war nicht danach zumute, Miles total glücklich und aufgeregt zu sehen, weil ein Haufen verrückter, schreiender Fans da war, der über ihn herfiel. Nicht, dass sie eifersüchtig gewesen wäre oder so, aber trotzdem. Vor nicht allzu langer Zeit war sie selbst einer der verrückten, schreienden Fans gewesen … zumindest innerlich.

Und sie war schon viel länger ein Fan von Miles als irgendeins dieser anderen Mädchen, die ihn nicht einmal kannten oder wussten, was sein Lieblingsessen war oder wie süß er zu seiner Mom war oder wie er morgens aussah.

Aber wenn sie sich nicht in ihrem Hotelzimmer einschließen wollte, hatte sie keine andere Wahl, als nach unten zu gehen. Falls LJ dort war, würde sie mit ihm reden und dafür sorgen, dass er wusste, dass sie gescherzt hatte, obwohl es wahrscheinlich nicht wie ein Scherz geklungen hatte.

Bevor sie es in den Konferenzraum schaffte, packte sie eine Hand und zog sie um eine Ecke.

»Pst.«

Aimee vergaß vollkommen zu atmen, als der schönste Junge der Welt nur zwei Zentimeter von ihrem Gesicht entfernt war und sich einen Finger auf die Lippen legte.

»Miles!« Es war halb ein Zischen, halb ein Flüstern, während sie versuchte, ihr Herz neu zu starten, nachdem es zu Tode erschreckt worden war. Weil Miles absolut umwerfend aussah und so nah vor ihr stand und wie die Hotelseife roch und nach einem leckeren Aftershave. »Was machst du hier? Solltest du nicht bei dem Interview sein?«

»Vorher ist noch ein wenig Zeit und ich wollte dir etwas zeigen.«

Bei seinem Grinsen wurde ihr ganz schwindelig, aber es war ihr auch sehr suspekt. »Wovon redest du? Und schleich dich nicht so an Leute heran. Mir wäre fast das Herz stehen geblieben.«

»Ich wollte dich nicht erschrecken, aber ich konnte nicht warten.« Er ergriff ihre Hand und zog daran, woraufhin Aimees Herz wieder einen Satz tat. »Komm mit.«

Wenn sie in einer ruhigeren Gemütsverfassung gewesen wäre, hätte sie gefragt, wohin sie gingen. Aber stattdessen ließ sie sich durch den Flur und um eine weitere Ecke ziehen, während Miles' starke Hand ihre festhielt und die Hitze ihre Handfläche versengte und sich in ihren Fingern ausbreitete.

Freunde konnten doch sicher in Hotelfluren zusammen sein, oder?

»Hier drin.« Er zeigte auf einen leeren Saal. Der Raum war wahrscheinlich für besondere Events oder private Partys gedacht, denn statt der normalen Hoteleinrichtung war er mit eleganten Tapeten und Kronleuchtern an der Decke ausgestattet. Es brannte kein Licht, aber durch die Fensterfront, die in einen Innenhof hinausführte, wurde der Raum von reichlich Sonnenlicht geflutet.

»Es ist wunderschön«, sagte Aimee. »Aber was machen wir hier?«

»Ich bin fertig.«

»Fertig womit?«

»Mit dem Song.« Er grinste und deutete mit dem Kopf zum anderen Ende des Saals, wo ein glänzender schwarzer Flügel stand. Mit weit geöffnetem Deckel.

»Ist das dein Ernst? Du hast innerhalb von einem einzigen Tag einen ganzen Song geschrieben?«

»Eigentlich ging es noch viel schneller«, antwortete er, schob die Hände in seine Gesäßtaschen und schlenderte auf das Klavier zu. »Als ich einmal die Idee im Kopf hatte, konnte ich nicht mehr aufhören. Es sprudelte einfach heraus.«

»Funktioniert es denn sonst nicht so?«

»Nicht bei mir. Ich habe dir doch erzählt, wie blockiert ich in letzter Zeit war.« Er fuhr sich mit einer Hand durch sein verstrubbeltes, perfektes Boyband-Haar. »Aber das hier war ein riesiger Durchbruch.«

Aimee konnte nicht umhin, sich geschmeichelt zu fühlen, obwohl es wahrscheinlich gar nichts mit ihr zu tun hatte. Miles war ein Songwriter, und er hätte irgendwann sowieso wieder damit angefangen, sie hatte ihm nur einen kleinen Schubs versetzt.

»Willst du den Song hören?«

»Natürlich!«, platzte sie heraus, und ihre aufgeregte Stimme hallte von den Wänden des Saals wider.

Er deutete auf einen einzelnen Stuhl, der direkt vor dem Flügel stand. Sie würde einen Platz in der ersten Reihe haben.

Sie konnte nicht verhindern, dass ihr Herz einen kleinen Freudentanz aufführte. Hier saß sie nun, allein mit Miles Carlisle, dem Jungen, in den sie so lange verliebt gewesen war. Es war ziemlich unmöglich, sich jetzt nicht an diese Gefühle zu erinnern.

»Bevor ich anfange … weißt du, ich habe mir deine Worte zu Herzen genommen. Du hattest recht, ich musste meine Fühler ausstrecken, wachsen, ein Risiko eingehen, ein vielseitigerer Musiker sein.«

Aimee beantwortete die Ansprache mit einem Lachen. »Ich habe nichts davon gesagt.«

»Ah, aber du hast es gemeint.« Er zwinkerte ihr zu und in Aimees Magen flatterten Schmetterlinge. »Wie dem auch sei, es ist eine Weile her, seit ich etwas Neues ausprobiert habe, aber da du gefragt hast und dabei so ´fordernd warst...« Er zwinkerte erneut, dann stand er da, mit dem Rücken zum Flügel, als bereite er sich auf eine Gesangseinlage vor. »Und das ist dabei herausgekommen. Bitte, warte mit deinem Applaus bis zum Ende.«

»Ich werde es versuchen.« Sie lachte abermals.

Nach einer Sekunde atmete Miles tief durch, ließ die Knöchel knacken, schüttelte die Hände aus und sah nervös und unglaublich hinreißend aus. »Oh, das muss ich erst noch in Ordnung bringen.« Er drehte sich um und ging zu dem Flügel, klappte den Stab des offenen Deckels ein und klappte ihn zu. Dann benutzte er, statt sich vor die Tasten zu setzen, wie sie es erwartet hatte, die Bank als Treppe, kletterte oben auf den Flügel und setzte sich im Schneidersitz auf den geschlossenen Deckel.

»Warte, noch etwas.« Er lehnte sich zurück, um etwas vom Boden hinter sich aufzuheben, und tauchte mit seiner Gitarre wieder auf. »Okay...« Er stimmte einige Akkorde an. »Hier ist der Song, den ich für dich geschrieben habe, Aimee. Er heißt *Auf dem Klavier*.« Er sah ihr in die Augen und schaute dann auf die Fläche, auf der er saß.

Aimee klappte der Unterkiefer herunter, und sie wollte gerade in Gelächter ausbrechen, zügelte sich aber in der Sekunde, als Miles zu singen begann.

161

You requested this, so here I am,
suspended above reality
The air is thin, in my weakened grasp
I might fall off the bench and ivory keys
Your eyes are miles away, holding in an endless gaze
and you've got me running through time and tempo
Just to come up short on a promised strain
for you, a song written on this old piano ...

Die Melodie war süß und launisch, und sie hatte eine super Hookline, alles über ein hartnäckiges Mädchen, das ihn bat, einen Song *auf* dem Klavier zu schreiben ... was Miles getan hatte.

Der Spinner.

Es war nicht direkt ein Liebeslied, aber da der Text speziell von ihr handelte, schwoll Aimees Herz auf das Zehnfache seiner Normalgröße an, und das breite Lächeln auf ihrem Gesicht würde vielleicht nie wieder weggehen. Nach seinem letzten Akkord war sie auf den Beinen und applaudierte. »Oh mein Gott, Miles. Das war so großartig! Obwohl du weißt, dass du *total* gemogelt hast.«

Miles grinste und sprang vom Klavier. »Ich erinnere mich nicht daran, dass du dich konkret geäußert hättest. Du hast mich nur gebeten, einen Song auf dem Klavier zu schreiben.« Er deutete mit dem Kopf auf das Instrument. »Im Prinzip habe ich das getan.«

Sie schlug nach seinem Arm. »Du weißt, was ich gemeint habe.«

»Hat der Song dir nicht gefallen?«

»Ernsthaft? Ich finde ihn supergut.« Sie legte sich eine Hand aufs Herz, das immer noch raste, weil Miles Carlisle einen Song über sie geschrieben hatte. »Die Melodie ist so einprägsam, obwohl ich bezweifle, dass so etwas Innovatives und Persönliches es ins Radio schaffen wird.«

»Wahrscheinlich nicht, aber im Ernst, ich war seit Monaten nicht mehr in der Lage, einen ganzen Song fertigzubekommen; du hast meine Schreibblockade aufgelöst, wenn auch nur mit etwas Witz.« Er legte ihr eine Hand auf den Arm. Er verströmte die gleiche sengende Hitze wie neulich seine Hand, als er ihre gehalten hatte, und Aimee hatte alle Mühe, den Blickkontakt mit ihm zu halten. »Also, noch mal danke.«

Ungefähr zum hundertsten Mal innerhalb von zehn Minuten musste sie sich darauf konzentrieren, ihr Herz neu zu starten. »Ha-hat mich gefreut, dass ich dir helfen konnte.«

Sie sahen einander an und keiner von ihnen sprach. Aimee war sich mit allen Sinnen bewusst, dass er die Hand nicht von ihrem Arm genommen hatte. Die Berührung veranlasste andere Teile ihres Körpers, warm zu werden und zu kribbeln, während sie sich vorstellte, wie es wäre, wenn er sie dort berühren würde. Überall.

Sie sprangen auseinander, als sich hinter ihnen jemand lautstark räusperte. »Miles«, sagte LJ. »Ich habe nach dir gesucht. Die Pressekonferenz fängt gleich an.«

Miles sah so abwesend und durcheinander aus, wie

163

sie sich fühlte, aber er nickte LJ zu und warf ihr dann einen Blick zu, den sie nicht deuten konnte. »Die Pflicht ruft.«

»Natürlich.« Sie trat zurück und hatte Angst, LJ anzusehen. Sie hoffte, dass er Miles nicht erzählen würde, was er mit angehört hatte.

»Sehe ich dich da drin?«, fragte Miles.

Aimee schaute langsam zu LJ hinüber, aber er ging bereits weg. »Ähm, ja. Ich werde da sein.«

»Gut. Und noch mal danke für …« Seine Stimme verlor sich, aber er nickte erneut zum Klavier hinüber.

Sie lächelte. »Gern geschehen.«

Miles joggte davon und ließ sie allein in dem großen, stillen Raum zurück. Aimee stand ganz ruhig da und wartete darauf, dass ihre Gedanken und ihr Herz wieder normal wurden, dass sie zu dem zurückkehrten, was sie eine Woche vor dem Wiedersehen mit Miles gefühlt hatte.

Aber das taten sie nicht. Oder wollten es nicht.

Sie legte sich beide Hände auf ihr hämmerndes Herz, atmete tief durch und ließ sich auf einen Stuhl sinken. Scheibenkleister. Was jetzt?

Auf keinen Fall durfte sie sich wieder in Miles verlieben. Welche Art von Beziehung sollte das denn werden, wenn sie in L.A. war und er durch die ganze Welt reiste und nie zu Hause war? Wenn sie daran dachte, wie schlimm es gewesen war, von Jean-Luc verlassen zu werden, diesem Loser, wie viel schlimmer würde es dann sein, wenn sie sich mit Miles einließ? Auf keinen Fall.

Also stieß sie einen Seufzer aus, strich sich ihr Kleid glatt, marschierte in den Konferenzsaal und stand mit dem Rest der Fans hinten. Und versuchte, sich dazu zu zwingen, Miles Carlisle anzusehen und daran zu denken, wie traurig sie gewesen war, dass sie morgens nicht hatte aufstehen oder mit Becky reden wollen, und wie sie sich schließlich vorgenommen hatte, sich nie, *nie* wieder zu verlieben. Sie konnte das. Sie hatte es während der vergangenen zwei Jahre jeden Tag gemeistert.

Miles konnte sich ein Grinsen nicht verkneifen, als er den schockierten Ausdruck auf Aimees Gesicht sah, während der Mob von Fans im hinteren Teil des Konferenzsaals die Bühne stürmte und Aimee wie in einer Welle mit sich forttrug, bis sie vorne direkt an den Absperrseilen stand.

Er genoss es, dass sie bei dem Interview dabei war, so nah jetzt. Er genoss es, dass sie errötete, sobald ihre Blicke sich trafen.

Ja, ja, er wusste, dass er das nicht genießen sollte, dass er es nicht einmal bemerken sollte, aber er konnte nicht die ganze Zeit gegen alles ankämpfen, vor allem, wenn ihre Blicke sich trafen und aneinander hängen blieben und ihm das Herz dabei aus der Brust fliegen und er sie am liebsten packen wollte.

Ihre Reaktion auf *Auf dem Klavier* hätte perfekter nicht sein können. Das liebte er so an ihr, sie verstand einen Spaß. Und es machte Spaß, mit ihr zusammen zu sein, und die Art, wir ihr das dunkle Haar manchmal über die Augen fiel, wie ein seidiger Vorhang …

Miles riss sich zusammen, als er bemerkte, dass er wahrscheinlich grinste wie ein Idiot. Also beugte er sich vor und konzentrierte sich auf die Fragen, die gestellt wurden. Trev und Nate besorgten den größten Teil des Redens. Das war gut für Nate. Als Jüngster in der Gruppe äußerte er sich nicht immer so lautstark wie die anderen. Der Junge war nicht introvertiert, aber mit fünf riesigen, gesunden Egos in der Nähe musste manchmal jeder für sich allein kämpfen.

Ryder wurde nach ihrem neuen Album gefragt und zur Abwechslung gab er mal keine oberschlaue Antwort. Er wirkte geistesabwesend. Verglichen mit den anderen Jungen in der Band standen er und Ryder sich nicht sehr nah, aber vielleicht würde er ihn später fragen, ob bei ihm alles in Ordnung war.

Nach ungefähr zwanzig Minuten war der Hauptteil des Interviews vorbei und die Fans durften Fragen stellen. Miles wusste, dass nun all die persönlichen Themen zur Sprache kommen würden. Es war immer furchtbar lästig, sich neue und clevere Antworten darauf auszudenken, was seine Lieblingsfarbe war oder wie er sich sein ideales erstes Date vorstellte.

»Meine Frage ist für Miles.« Das kam von einem Mädchen mit einem blonden Pferdeschwanz, das wie zwölf aussah. Sie trug ein »Miles High Club«-T-Shirt.

»Hi«, sagte er und zog das Mikro zu sich heran. »Wie heißt du?«

Sie kicherte. »Maggie.«

»Hi, Maggie.« Er ließ ein Lächeln aufblitzen. »Das ist ein wunderschöner Name. Nur zu, du kannst mich alles fragen, absolut alles, Liebes.« Das war sein Standardtext für die Fragestunden der Fans. Er konnte praktisch hören, wie Ryder die Augen verdrehte.

»Ähm, nun, ich weiß, dass du im Moment keine feste Freundin hast …«

Als sie nicht weitersprach, lachte er leise, dann fuhr er mit der Antwort fort, die LJ ihnen eine Million Mal eingetrichtert hatte. »Nein, ich habe keine feste Freundin, aber ich bin immer auf der Suche. Kennst du jemanden, der mir gefallen könnte?«

Diese Antwort erzielte immer die gleiche Reaktion: Gekreisch und Geschrei und Namen, die gerufen wurden, gefolgt von noch mehr Geschrei. Jetzt war Miles derjenige, der am liebsten die Augen verdreht hätte. Aber er tat es nicht. Er machte seinen Job, und er wusste, welches Glück er hatte. Er lebte seinen Traum, wenn er also lächelte und dumme Fragen beantwortete, um seinen Fans zu gefallen, und das das Schlimmste war, was er tun musste, kam er damit klar.

Maggies Hand, mit der sie das Mikro hielt, zitterte. »Also, obwohl du keine feste Freundin hast, habe ich mich gefragt, ob es jemanden gibt, den du im Moment magst, ich meine, jemanden, den du *wirklich* magst.«

LJ hatte ihnen auch auf diese Frage eine Antwort gegeben, aber irgendwie konnte Miles' Gehirn sich nicht daran erinnern. Stattdessen ertappte er sich dabei, dass sein Blick zu Aimee wanderte und dort hängen blieb.

Er wusste, dass er grinste, er wusste, dass sie grinste, und plötzlich fühlte es sich so an, als wäre niemand außer ihnen beiden in diesem riesigen, überfüllten Raum.

Gab es jemanden, den er im Moment mochte, jemanden, den er *wirklich* mochte?

Himmel, ja.

Glücklicherweise wurde sein Verstand wach, bevor irgendjemand etwas bemerkte, und er richtete den Blick wieder auf die Menge. »Nun, wir sind wahnsinnig beschäftigt, Maggie«, sagte er und suchte Zuflucht zu den einstudierten, sicheren Antworten. »Aber das bedeutet nicht, dass ich es nicht bemerke, wenn ein hübsches Mädchen im Raum ist. Und genau das bemerke ich gerade jetzt.«

Dies erzielte die erwartete Reaktion von Gelächter und Geschrei und aufgeregtem Schluchzen und der Rest der Pressekonferenz verlief wie gewohnt. Nachdem die Jungen allen für ihr Kommen gedankt hatten, schob Miles seinen Stuhl zurück und stand auf, erleichtert, dass die Sache vorbei war.

»Raus in den Bus, Jungs«, befahl LJ. »Die Techniker haben Probleme mit dieser Halle, also findet in dreißig Minuten ein früher Soundcheck statt.«

»Minecraft ist auf Pause«, sagte Trevin, »und ich bin gerade dabei, ins nächste Level zu kommen. Habt ihr Lust, euch auf dem Weg noch kurz die Zeit zu vertreiben?«

»Nur zu«, antwortete Miles mit einem Grinsen. Er folgte Trev aus dem Raum, als er Nick an der Tür entdeckte. Und meine Herren, sah der sauer aus. »Ähm, besser gesagt, ich treffe euch dort.«

»Okay«, sagte Trevin und ging dann mit den anderen vor.

»Alter, endlich!« Miles hob zur Begrüßung eine Faust, aber Nick erwiderte die Geste nicht. »Ich habe dich seit Tagen nicht gesehen. Halten sie dich auf Trab?«

»Ich habe das gesehen«, erklärte Nick.

»Was hast du gesehen?« Obwohl Miles genau wusste, was er meinte.

»Ich habe gesehen, wie du meine Schwester angeschaut hast.«

Er schob die Hände in seine Taschen. »Da waren jede Menge Leute. Aimee war auch da, ja, aber …«

Nick fiel ihm ins Wort. »Alter, stell dich nicht blöd. Ich habe es gesehen und das war nicht einfach ein *Blick*. Dieses Fangirl hat dich gefragt, ob du auf jemanden stehst, und du hast direkt meine Schwester angesehen.«

»Ich schwöre, du tickst wegen nichts und wieder nichts aus. Ich mag in ihre Richtung geschaut haben oder was auch immer, aber es hatte nichts zu bedeuten.«

»Habt ihr zwei euch getroffen?«

Miles wollte seinen besten Freund nicht verärgern, aber er hatte nicht vor, eine ausgewachsene Lüge zu erzählen. »Manchmal.« Er zuckte mit den Schultern. »Ich habe sie immer mal wieder gesehen, und es ist ja nicht so, als wären wir Fremde. Ich kenne sie schon ewig.«

Nick verschränkte die Arme vor der Brust. »Und das bedeutet?«

»Das bedeutet gar nichts. Wir sind Freunde.«

»Seit wann?«

»Keine Ahnung. Seit jetzt. Man kann gut mit ihr reden.«

Nick zog eine Augenbraue hoch. »Also *redest* du mit ihr? Du baggerst meine Schwester an, als wäre sie eins deiner Miles-High-Groupies, so als wärst du darauf aus, *das Ding klarzumachen*?«

»So ist das nicht.«

»Ich habe dir gesagt – wortwörtlich –, dass du dich von ihr fernhalten sollst.«

»Okay, ich höre dich«, antwortete Miles. »Aber glaub mir, ich baggere sie nicht an und ich bin definitiv nicht darauf aus, das Ding klarzumachen.« Da es die Wahrheit war, dass nichts zwischen ihnen vorgefallen war und Miles auch nicht *geplant* hatte, dass etwas passierte, war er zu hundert Prozent ehrlich.

Im Prinzip.

»Wenn ich sie angesehen habe, dann war es nur das – ein Blick.«

»Da läuft also nichts?«

Miles hob beide Hände. »Nichts, ich schwöre es.«

Nick atmete auf, wirkte aber immer noch nicht ganz überzeugt. Miles schätzte seine Freundschaft mit Nick beinahe mehr als alles andere. Selbst wenn mit Aimee nichts lief, bedeutete das nicht, dass Miles nicht darüber nachgedacht hatte.

Aber nachdenken und handeln waren zwei verschiedene Paar Schuhe.

»Okay«, sagte Nick. »Tut mir leid, dass ich dich so angefahren hab.«

»Ich hab dir noch nicht die Security auf den Hals gehetzt.«

Sie lachten beide, und er entspannte sich ... ungefähr zehn Sekunden lang. Während sie auf dem Weg hinaus plauderten, konnte Miles sich kaum vorstellen, wie es sein würde, wenn er Nick beibringen musste, dass er im Begriff war, sich in seine Schwester zu verlieben.

Aber irgendwie wusste er, dass es unausweichlich war.

Es war schon schwach, dass Miles sich von Nick sagen lassen musste, er solle sich von Aimee fernhalten, aber dann noch von seinem Manager einen Vortrag zu hören ... der verdammte Lester erwischte ihn in dem Moment, als er zur Tür hinausging, und erinnerte Miles daran, dass sein professionelles Image – und das aller Jungs von *S2J* – darin bestand, dass sie mit niemandem zusammen waren.

Single, Single, Single.

Den gleichen Vortrag hatte er gehört, als er angefangen hatte, mit Kelly auszugehen, und dann wieder mit Paige. Ja, wahrscheinlich hätte er damals zuhören sollen.

Aber Aimee war anders. Wenn sie früher in ihn verliebt gewesen war, dann nicht wegen seines gewaltigen Ruhms oder auch nur, weil er ein klein wenig berühmt war. Nein, die Art, wie sie gelächelt hatte, als er ihr den

Klaviersong vorgespielt hatte, wie warm ihre Haut gewesen war, als er ihre Hand gehalten hatte, während er sie durch den Flur führte, und dann, wie sie ihn bei der Pressekonferenz angeblickt hatte …

Sie war nicht wie die anderen. Und das liebte Miles an ihr.

»Bist du so weit?«, fragte Trev.

»Aber hallo.« Nate grinste.

Selbst Ryder war mit von der Partie. »Machen wir den Pisser fertig!«

Es war das Ritual, das sie vor jeder Show unter der Bühne abhielten. Will war völlig überdreht; Nate musste ihn die ganze Zeit über beruhigen. Das war für gewöhnlich Miles' Job, und Miles war unendlich dankbar, dass er sich damit heute Abend nicht zu beschäftigen brauchte. Seine Gedanken waren anderswo … bei den dunkelbraunen Augen des hübschesten Mädchens, das er je gesehen hatte. Eines Mädchens, von dem er das Gefühl hatte, sie seit Ewigkeiten zu kennen.

Er verpasste beinah das Stichwort, bevor er in die Luft schoss. Showtime.

Der Energielevel war hoch und die Menge ging total mit. Nach dem dritten Song, als die Bühnenlichter zum ersten Mal erloschen, schaute Miles in die Kulissen.

Da war sie und sah aus wie ein Engel, so wie das Licht sie anstrahlte. Sein bereits rasendes Herz schlug noch schneller. Er ergriff sein Mikro und stellte sich neben die Jungs in die Reihe. Wie gewöhnlich brachten die ersten Takte von *Hanging On* die Menge wirklich in Rage, aber wenn sie zu singen begannen, kehrte – jedes Mal – sofort Stille ein.

Es war einfach einer dieser Songs... glücklich und kitschig und mit zu vielen Liebesklischees darin, was wahrscheinlich der Grund war, warum sich jeder damit identifizieren konnte. Obwohl Miles ehrlich gesagt nie einen Bezug dazu bekommen hatte.

Er dachte daran, was Trevin gesagt hatte, dass er etwas schreiben solle, das wirklich von Herzen käme, mit einem Text, der ihm etwas bedeute. Als er sein Solo zu singen begann, schaute er erneut in die Kulissen. Aimee winkte und plötzlich fuhr ihm jede rührselige Zeile dieses kitschigen Liebessongs direkt ins Herz und fühlte sich wahr an.

Zum allerersten Mal.

Kapitel 10

Normalerweise wäre es keine schwierige Aufgabe für Aimee gewesen, Miles nach dem Konzert aus dem Weg zu gehen, wie Nick es von ihr erwartete. Sobald *S2J* auf der Bühne fertig war, sollten sie alle direkt zu ihrem privaten Bus laufen, der an der Hintertür wartete, und davonfahren, entweder zu einem Hotel oder zur nächsten Stadt, die der Tourplan vorsah.

Heute Abend hatten sie zum dritten Mal ihr supergeheimes Finale mit dem Regen gemacht.

Oh mein Gott, war das scharf. Nachdem die Saalbeleuchtung anging und sie lange genug gewartet hatte, damit die Jungs bereits im Bus waren, folgte sie der Wasserspur durch die Flure. Ein zerknülltes, durchweichtes schwarzes T-Shirt lag mitten auf dem Boden. Es gehörte wahrscheinlich Ryder.

Behielt Miles sein nasses T-Shirt den ganzen Weg zum Bus über an, oder zog er es aus, wie die anderen es manchmal taten? Bei dem Gedanken wurde Aimee ein wenig schwindlig.

Bis sie die Tropfenfährte bis zur Hintertür verfolgt

hatte, war *The One* natürlich bereits fort, zusammen mit den fünf Jungs. Mist. Mit langsameren, schwereren Schritten ging sie zu ihrem Bus und die Stufen hinauf, bereit, sich in ihre Koje zu hauen, bevor irgendjemand sonst kam.

»Hey.«

Halluzinierte sie? Hatte sie sich das Bild von Miles in einem feuchten T-Shirt, das ihm wie eine zweite Haut am Leib klebte, so lebhaft vorgestellt, dass sie es tatsächlich heraufbeschworen hatte? Er hob eine Hand und winkte. Nein. Er war es wirklich. In ihrem Bus, in der hinteren Sitzreihe.

So viel dazu, ihm aus dem Weg zu gehen. »Hey«, antwortete sie, erwachte aus ihrer Schockstarre und ging den Gang hinunter auf ihn zu. »Bist du nicht im falschen Bus?«

»Das sind alles meine Busse.«

»Ich meine, solltest du nicht in *The One* sein?«

»Doch, aber es spielt eigentlich keine Rolle, in welchem Bus ich bin, solange niemand davon weiß. Diese Fenster sind getönt, niemand kann hineinschauen.«

»Aber du hinterlässt Pfützen.« Sie zeigte auf den Boden. »Ich denke, die könnte jemand bemerken.«

Er schaute nach unten und trat einen Schritt zurück, hielt den Saum seines durchweichten T-Shirts fest. Aimee erhaschte einen Blick auf seinen nackten Bauch, der ebenfalls nass war. Tatsächlich tropfte Miles von Kopf bis Fuß.

»Wo sind deine trockenen Klamotten?«

»In *The One*. Ich habe das nicht im Voraus geplant. Als wir zum Bus liefen, habe ich Trevin gesagt, dass ich hierhergehe. Also wird mich niemand vermissen.«

»Miles, so kannst du nicht bleiben. Du wirst erfrieren.«

Er zuckte mit den Schultern. »Es war eine spontane Eingebung.«

»Okay, bleib hier.« Sie lief zu einer der Kojen, die einem Mann von der Technik gehörte, der ungefähr die gleiche Größe hatte wie Miles, und schnappte sich irgendwelche Anziehsachen. »Das Badezimmer ist gleich dort drüben und da findest du auch Handtücher«, sagte sie und hielt ihm die Kleider hin. »Aber, ähm, die da solltest du besser zuerst ausziehen.«

Miles sah ihr in die Augen und Wassertropfen hafteten an seinen Wimpern. Sie ließ die Klamotten sofort auf einen Sitz fallen, wich zurück und drehte sich dann um, weg von Miles.

»Danke«, murmelte er.

Sie drehte ihm weiter den Rücken zu, während sie hörte, wie Kleider ausgezogen und ein Reißverschluss geöffnet wurde. Ihre Haut brannte, und sie kämpfte darum, weiter geradeaus zu schauen und ja nicht zur Seite zu spähen, vielleicht einen Blick auf sein Spiegelbild im Fenster zu erhaschen. Miles … der sich hinter ihr nackt auszog. Was zum Teufel sollte sie davon halten?

Endlich schloss sich die Badezimmertür.

Sie stieß einen Seufzer aus und drehte sich langsam um. Ja, auf dem Boden lag ein Haufen nasser Klamotten. Alles, was er angehabt hatte. War ausgezogen worden.

Und Aimee verging an Ort und Stelle. Sie war vollkommen hinüber.

Sie hielt die Luft an, stieß sie wieder aus. Um bei Bewusstsein zu bleiben, schob sie seine Kleider mit dem Fuß in eine Ecke und versuchte, sie nicht genau genug zu betrachten, um zu unterscheiden, ob es Boxershorts oder ein Slip war. *Definitiv Boxershorts.*

Einige Minuten später wurde die Badezimmertür geöffnet und Miles kam heraus. Er hatte sich das Haar mit einem Handtuch abgetrocknet, sodass es wild abstand; die Kleider, die sie blind gegriffen hatte, waren zumindest trocken, passten aber nicht perfekt. Das blaue T-Shirt war zu klein und der Stoff spannte sich über seiner Brust und seinem Bizeps. Aimee fühlte sich einer Ohnmacht nah, wie direkt aus einem Jane-Austen-Roman.

»Noch mal danke«, sagte Miles. Er war barfuß.

»Ähm, du bist wahrscheinlich erledigt«, erwiderte sie und versuchte, ihr Gehirn wieder in Gang zu kriegen.

»Eigentlich fühle ich mich großartig. Ich brauche immer eine Weile, um nach einer Show wieder runterzukommen.«

»Willst du ein Glas Wasser?«

»Ja, danke.«

Er trat zur Seite, damit sie vorbeigehen konnte. Als ihre Schultern sich berührten, schoss ihr ein Hitzeschwall durch den Körper, auch während sie den Kühlschrank öffnete und die kühle Luft ihr entgegenwehte. Es war immer noch ein Schock, ihn hier zu finden, mit ihm allein zu sein, und sei es auch nur für einige wenige Minuten, bis der Bus sich füllen würde.

»Und, warum bist du nicht in *The One* mitgefahren?«, fragte sie und entschied sich für bedeutungslosen Small Talk, damit sie sich nicht versucht fühlte, sein enges T-Shirt anzustarren.

»Ich wollte dich sehen.«

Seine Antwort war kurz und simpel und brauchte eine viel gründlichere Erklärung – er wollte sie sehen, warum? Weil er einsam war? Sich langweilte? Einen Tapetenwechsel brauchte? Aber wie auch immer, bei seinen Worten wurde ihr Mund trocken. Sie leckte sich die Lippen und starrte in den Kühlschrank. »Oh«, murmelte sie.

»Ist das okay?«

Sie nickte ungefähr zehnmal, dann schloss sie den Kühlschrank. »Bitte schön.« Sie reichte ihm eine Wasserflasche.

Er schraubte den Deckel auf und nahm einen langen Schluck. Aimee biss sich auf die Unterlippe, fuhr sich mit einer Hand über den Nacken und beobachtete, wie die Muskeln seiner Kehle sich bewegten, als er schluckte. Ihr Blick wanderte über seinen Körper, während sie sich vorstellte, wohin das Wasser ging. Dann wanderte ihr Blick noch tiefer.

»Oh Mann.« Als sie wieder aufschaute, hatte Miles die Flasche beiseitegestellt und starrte sie an.

»Was?«

»Ich muss vielleicht noch mal zurück unter die Regenschläuche.«

»Ist dir immer noch heiß von deinem Auftritt?«

Er nickte. »Aber nicht von dem Auftritt, Aimee.«

Als er ihren Blick festhielt, waren es keine Schmetterlinge in ihrem Bauch, sondern ein ganzer Gänseschwarm, der mit den Flügeln schlug, um in den Süden zu fliegen.

Sie schaute zu Boden, gehemmt und nervös, und sie hatte keine Ahnung, was als Nächstes kommen würde. »Hast du Hunger?«

»Nein.«

»Nun …« Sie war sich nicht sicher, was sie sagen oder tun sollte. Schließlich war dies nicht ihr Zuhause und sie konnte ihn nicht darin herumführen. Es war ein Bus – *sein* Bus, den er wahrscheinlich ein Dutzend Mal gesehen hatte.

»Wo hängst du gern abends ab?«, fragte er.

Aimee war dankbar, dass er die Führung übernahm. »In meiner Koje.«

»Echt?« Er zog eine Augenbraue hoch und grinste.

Aber sie hatte nicht die Absicht, Miles Carlisle in ihre Koje einzuladen. Hinter dem Fenster konnte sie einen Teil des öffentlichen Parkplatzes jenseits der Barrikaden sehen. Er füllte sich mit Konzertbesuchern, die zu ihren Autos gingen. Aimee zupfte an ihren Haarspitzen und schaute hinaus in die grellen, sich bewegenden Lichter. Ein gedämpftes Klicken ließ sie herumfahren. Miles hielt ihr Handy in der Hand, die Kameralinse auf sie gerichtet. Er machte noch ein Foto.

»Was tust du da?«

»Den Moment einfangen«, antwortete er. »Du, unter den Lichtern, hinter dir die Dunkelheit.« Er schüttelte den Kopf. »Es ist umwerfend. Ich will es nie vergessen.«

Seine Worte klangen wie ein Songtext, und sie wusste nicht, was sie sagen oder fühlen sollte, außer benommen zu sein vor Glück.

Er strich mit dem Zeigefinger über ihr Telefon und tippte auf den Bildschirm, als schicke er eine Nachricht, dann grinste er. »Gepostet.«

»Wo?«, fragte Aimee, als Miles ihr das Handy gab. Ihre Instagramseite war offen und zeigte ein neues Foto von ihr, Schwärze und Lichtpunkte hinter ihr. Wenn sie genau hinschaute, konnte sie gerade eben das Spiegelbild der Gestalt ausmachen, die das Foto geknipst hatte. Er war unscharf, lächelte jedoch. Er lächelte sie an. Die Bildunterschrift lautete: *Hinter den Kulissen, unterwegs, gemacht von meinem größten Fan.*

»Ich habe es auch an mich selbst gemailt«, fügte er hinzu. »Hast du was dagegen?«

Die Mischung aus seiner Bildunterschrift und dem Gedanken, dass Miles ein Foto von ihr wollte, als wäre *sie* diejenige auf dem Cover der Magazine, weckte in ihr den Wunsch, zu ihm zu gehen und endlich herauszufinden, wie es wäre, ihn zu küssen.

Aber sie hätte niemals den Mumm, das zu tun. »Es macht mir nichts aus«, erwiderte sie. »Nur dass jetzt mein Insta explodieren wird.«

»Tut mir leid.« Miles lächelte, und er sah ganz und

gar nicht so aus, als täte es ihm leid. Genau genommen sah er irgendwie so aus, als frage er sich ebenfalls, wie es wäre, sie zu küssen. Aber das wäre völlig absurd.

»Bevor irgendjemand anderes kommt«, sagte sie, »können wir uns die ganze Rückbank reservieren. Das ist meistens der ruhigste Platz, wenn alle wach sind.«

»Dann ist es eine gute Idee.« Sie nahmen die lange gepolsterte Bank in Beschlag, die über vier reguläre Sitze verlief. Unterm Fenster an der Seite befand sich eine weitere Reihe von der gleichen Größe. Aimee setzte sich auf die eine Bank, Miles auf die andere.

Sie schlug die Beine übereinander und strich ihren Rock über den Knien glatt. »Tolle Show heute Abend.«

»Danke. Es hat irre Spaß gemacht.« Er nahm einen langen Schluck aus der Wasserflasche. »Hast du mitgekriegt, als Will Mist gebaut hat?«

»Wann?«

»Gleich nach *Kiss This*. Er sollte die Rampe zum ersten Stock hinauflaufen. Nate musste ihn da hochschleifen und hat ihm den Ellbogen direkt ins Gesicht gerammt.«

»Das habe ich gesehen. Ich dachte, es wäre ein Teil der Show.«

»Nein. Er war total verpeilt.« Miles lachte und zog an der Vorderseite seines T-Shirts. Aimee sah einen weiteren Streifen Bauch, gebräunt und flach und muskulös. Ihr wurde unter ihren eigenen Kleidern heiß, und sie schaute schnell wieder weg, bevor er ihren Blick bemerkte. Eine Sekunde später stand Miles auf und warf seine leere

Flasche wie einen Basketball in den Mülleimer, dann setzte er sich auf die andere Bank, direkt neben Aimee.

Sie versuchte, normal zu atmen, versuchte, so zu tun, als würde der Umstand, dass Miles neben ihr saß und ihre Schultern einander fast berührten, nicht ihren ganzen Körper in prickelnde Erregung versetzen. »Du bist gern in einer Band?«

Er lächelte und neigte den Kopf mehr zu ihr hin. »Ich liebe es«, antwortete er mit leiser Stimme. »Allein würde ich es niemals schaffen. Diese Jungs sind wie Brüder. Wir haben in den beiden letzten Jahren einen Krieg zusammen durchgestanden. Aber das ist gar nicht das, worüber ich im Moment reden möchte.« Er neigte ihr den Kopf noch weitere zwei Zentimeter zu und war jetzt so nah, dass Aimee seine Wärme spüren konnte, als ihre Arme sich streiften. Haut auf Haut.

Plötzlich wurde die Bustür geöffnet und eine kleine Gruppe Menschen kam an Bord. Miles seufzte, rückte von ihr weg und richtete sich auf. Aimee war noch nicht bereit, ihn gehen zu lassen. Es war so schön, so herumzusitzen, als Freunde. Obwohl es nicht viel mit *Freundschaft* zu tun hatte, wie sie immer wieder darüber fantasierte, wie es wohl wäre, ihn zu küssen.

»Miles!«, sagte ein Typ, als er näher kam. »Tolle Show.«

Sie stießen die Fäuste gegeneinander. »Danke, Brian. Ohne dich hätte ich es nicht geschafft, Kumpel.«

Die anderen gingen zu ihren Plätzen und Miles begrüßte jeden mit Namen. Aimee war sich nicht sicher, warum sie das überraschte. Vielleicht dachte sie, dass Miles zu groß und wichtig wäre, um sich an die Namen der Leute zu erinnern, die bei der Tournee halfen. Aber wahrscheinlich hatte *S2J* von Anfang an die gleiche Crew gehabt, daher kannte Miles diese Leute seit zwei Jahren.

Zwei Jahre, in denen sie ihn *nicht* gekannt hatte. Sie wusste nur das, was sie online gelesen hatte.

Einmal mehr rief sie sich ins Gedächtnis, warum sie während dieser zwei Jahre versucht hatte, über ihn hinwegzukommen. Es war eine dumme Idee, Tagträumen nachzuhängen, wie sie das früher getan hatte. Das würde sie nur verletzen.

Der Bus füllte sich, was bedeutete, dass sie bald abfuhren. Aimee wappnete sich auf Miles' Ansage, er werde in einen anderen Bus umsteigen, vielleicht zu seiner Mutter.

»Sieht so aus, als wären wir fast abfahrbereit«, bemerkte er, nachdem die letzte Person stehen geblieben war, um Hallo zu sagen. »Da ist unser Fahrer. Was läuft, Jordan!« Jordan winkte, dann schob er sich hinter das große Lenkrad. »Hey«, sagte Miles dann und beugte sich zu Aimee vor. »Weißt du, was da drin ist?« Er zeigte auf eine Kabine ganz hinten im Bus.

»Nein«, antwortete Aimee. »Der Zutritt dort ist verboten. Mehr weiß ich nicht.«

»Das dachte ich mir.« Miles stand auf und machte sich auf den Weg zu der Kabine.

»Wir sollen da nicht reingehen. Es ist privat.«

183

»Das ist es«, bestätigte er. »Für uns – die Band. Einige der Busse haben ein solches Abteil. Meine Mum benutzt manchmal eins als Büro, aber sie haben den ganzen Fanklubkram in ihren Bus verfrachtet, damit sie arbeiten kann, während wir fahren.«

Aimee beobachtete, wie er auf die Kabine zuging. Sie war sich nicht sicher, ob sie ihm folgen sollte, bis er stehen blieb, sich umdrehte und den Kopf neigte. Obwohl sie es eigentlich gar nicht wollte, war sie im Nu auf den Beinen.

Es war kein Schlafzimmer – glücklicherweise. Das wäre komisch gewesen. Es gab einen kleinen Schreibtisch, zwei Stühle und eine in die Wand eingebaute Couch, die ungefähr die Größe eines Zweiersofas hatte. Das wirklich Ungewöhnliche war, dass man zu fast allen Seiten hinaussehen konnte. Überall waren Fenster, selbst im Dach.

»Cool«, sagte Aimee.

»Nicht? Eine mördermäßige Aussicht.«

In dem Moment wurde der Motor des Busses angelassen und die hydraulische Federung ließ ihn kurz schaukeln. Aimee verlor das Gleichgewicht und Miles legte ihr eine Hand auf den Arm. »Pass auf. Ist alles in Ordnung mit dir?«

Es war erstaunlich, wie gut er roch, nachdem er zwei Stunden lang praktisch ein Cardio-Work-out gemacht hatte und dann mit Wasser begossen worden war. Er roch wundervoll und einfach … nach leckerem Jungen. Sie hatte das Bedürfnis, nach jedem Einatmen zu schlucken.

»Mir geht es gut.« Sie schob sich eine Haarsträhne hinters Ohr. »Wir machen uns offenbar auf den Weg. Bist du sicher, dass du hierbleiben willst?«

Er lächelte ein wissendes Lächeln. »Ich bin mir sicher.« Eine Sekunde später fuhr der Bus los. »Setz dich. Ich will etwas tun, bevor wir den Freeway erreichen.« Er deutete mit dem Kopf auf die Couch. »Wird dir schlecht, wenn du falsch rum sitzt?«

»Nein. Warum?«

Er grinste. »Setz dich einfach.«

Aimee gehorchte.

»Das ist der coolste Teil.« Miles betätigte einen Hebel hinter der Armlehne der Couch. Sie löste sich von der Wand und er zog sie an Scharnieren heraus. Aimee kicherte und hielt sich an den Polstern fest, als er die Couch so drehte, dass man von dort aus durch das Rückfenster sehen konnte. Er justierte den Hebel wieder, sodass die Couch fest stand. »So. Was denkst du?«

»Wahnsinn«, murmelte sie und schaute aus dem Fenster, während der Bus über den Parkplatz der Arena fuhr. Das Glas war schwarz getönt, andernfalls hätten die Fans, die immer noch zu ihren Autos gingen, eine tolle Aussicht auf Miles Carlisle in einem hautengen T-Shirt gehabt, der hinter dem Fenster stand.

Der Bus fuhr über eine Schwelle und Miles schwankte.

»Du solltest dich besser auch setzen«, sagte Aimee.

Aber er tat es erst nicht. Er starrte auf die Stelle auf dem Zweiersofa neben ihr, als sei er tief in Gedanken versunken. Die Couch war ziemlich winzig, aber sie war der einzige Platz, wo man sitzen konnte, außer auf dem Boden. Der Bus schaukelte über eine weitere Schwelle.

»Miles, setz dich.« Sie rutschte so weit wie möglich an den Rand, aber es blieb immer noch nicht viel Platz für ihn.

»Ja, okay«, sagte er und setzte sich neben sie.

Oh Mann, leckerer, leckerer Jungengeruch. Sie kämpfte gegen den Drang, sich vorzubeugen und die Nase an seinen Hals zu drücken. »Und, kommst du oft in diesen Bus?«

»Nur wenn Mum hier hinten arbeitet, wenn wir unterwegs sind«, antwortete er, »da sie *The One* nicht betreten darf.«

Aimee nickte und sie saßen für einen Moment einfach nur da und beobachteten die vorbeifliegenden Lichter der Stadt. Miles schob ein Bein an ihres. Die Berührung sandte einen Hitzestrahl ihren Körper hinauf und breitete sich in ihrer Brust und in ihrem Nacken aus. Nach einigen Minuten hörte der Bus auf, so stark zu rütteln, sie hatten den Freeway erreicht.

»Eigentlich wollte ich dir etwas vorspielen«, bemerkte er.

»Auf dem Klavier?« Sie zog eine Augenbraue hoch.

Er lachte leise und sah dabei so süß aus. »Es ist nicht dieser Song, aber es ist dieselbe Melodie. Willst du ihn hören?«

»A cappella?«

»Nein.« Er stand auf und ging zu einem Schrank neben der Tür, der ihr vorher nicht aufgefallen war. »Wir haben die hier überall verstaut«, erklärte er und nahm eine Gitarre heraus. Er setzte sich neben sie, schlug einige Akkorde an und stimmte das Instrument. Er hatte so schöne Hände. Es waren Männerhände, nicht die Hände eines Siebzehnjährigen. Sie sahen stark und geschickt aus.

Aimee errötete wieder, außerstande, den Blick von seinen Händen abzuwenden.

»Also ...« Er legte los. »Ich habe den Text geändert.«

Sie drehte sich auf der Couch zu ihm um, während Miles seinen neuen Song sang, zur selben Melodie wie *Auf dem Klavier*, aber langsamer, gefühlvoller, intensiver. Die Worte waren nicht länger albern; sie waren sexy und romantisch und sagten Dinge, die Aimee liebend gern in Wirklichkeit von einem Jungen gehört hätte.

Never knew it could happen so fast,
you've pulled me from reality
The air is thick, and my breath is weak,
every second, so easily
When did I fall for you?
When did all the dreams of finding you came true?
I'm captured by your eyes and your arms,
open to me
The beauty of your smile, it haunts me all the while
Every time I close my eyes,
every time I breathe your name
You're all I ever see.

187

Es war ein Liebesbrief in Musikform, und der Gedanke, dass dieser Text vielleicht auch von ihr handelte, machte Aimee am ganzen Körper kribbelig. »Das war unglaublich«, sagte sie leise, um die Stimmung nicht zu zerstören. »Ich dachte, du hättest den Klaviersong erst gestern geschrieben.«

»Habe ich auch.«

»Dann hast du diesen Text aus einem anderen Song genommen?«

Er strich wieder über die Saiten. »Nein, ich habe ihn heute Abend vor der Show geschrieben.«

»Wann?«

»Ähm.« Er rieb sich das Kinn, auf dem sich jetzt ein sexy Bartschatten zeigte. »Ich denke, als Lori mir das Haar gemacht hat.«

»Miles, ich hasse es, dir das sagen zu müssen, aber du bist ein unglaublicher Songwriter.«

Er lächelte verlegen und neigte den Kopf. »Findest du?«

»Machst du Witze? Wenn ein Junge jemals solche Worte zu mir sagen würde, würde ich ...« Sie fächelte sich Luft zu. »Würdest du was?« Er beugte sich vor. »Komm, du musst diesen Satz beenden.«

»Nun, sagen wir einfach, er würde nicht viel von dem zweiten Vers schaffen, weil ich vorher über ihn herfallen würde.«

Miles' Augenbrauen schossen in die Höhe. »Gut zu wissen.« Er grinste und strich sich mit zwei langen Fingern übers Kinn. »Soll ich den Song noch einmal für dich spielen? Langsamer diesmal?«

Aimee knuffte seinen Arm. »Echt mal, ich meinte, dass du mit diesem Song all die richtigen Knöpfe drückst. Ich habe eine Gänsehaut bekommen.« Sie zeigte ihm ihren Arm, der immer noch kribbelte. »Siehst du?«

Miles betrachtete ihren Arm, dann wanderte sein Blick zu ihren Augen. Die Luft zwischen ihnen knisterte und Aimee ließ den Arm sinken.

Er lehnte die Gitarre an die Wand, drückte sich tiefer in die Couch, legte den Kopf in den Nacken und verschränkte die Arme vor der Brust. »Hey.« Er sah zu ihr auf. »Sieh dir die Aussicht an.«

Aimee fläzte sich neben ihn und rückte ein wenig näher heran, näher als vorher. Jetzt, da ihre Köpfe tiefer auf der Couch waren, konnten sie tatsächlich den Horizont durch das Heckfenster des Busses sehen. Je weiter sie sich von den Lichtern der Stadt entfernten, desto mehr Sterne waren zu erkennen.

»Wow, das ist wirklich schön.«

»Ja.« Miles' Stimme war leise, friedlich, als fühle er sich behaglich und schläfrig. Für eine Weile schauten sie aus dem Bus und deuteten auf Dinge, die sie sich gegenseitig zeigen wollten. Einige Meilen später begann es zu regnen, sodass die Sterne am Himmel verschwammen, wie auf einem Gemälde von Monet.

»Darüber solltest du einen Song schreiben«, bemerkte Aimee.

»Es hat schon viel zu lange keinen guten Song mehr über einen Roadtrip im Bus im Regen gegeben.«

»Sei still«, lachte sie.

189

»Vielleicht könnte ich den Song an einen Country-sänger verkaufen. Scheint mir genau ihr Ding zu sein. Würde wahrscheinlich erheblich mehr Sinn machen.« Er drehte den Kopf, um sie anzusehen, und stupste sie an der Schulter an. »Gute Idee, Ames.«

Beim Klang ihres Spitznamens setzte ihr Herz kurz aus. Niemand außerhalb ihrer Familie nannte sie Ames. Aber aus Miles' Mund klang es natürlich. Nicht dass er wie ein Bruder gewesen wäre, aber sie waren … sich nah.

»Würdest du je für andere Sänger schreiben?«, fragte sie und überlegte, ob er mitbekam, dass sie Mühe hatte, normal zu atmen.

»Auf jeden Fall. Das würde ich gern langfristig machen, falls die Band jemals Pause macht oder vollkommen von der Bildfläche verschwindet.« Er atmete gelassen aus und drehte den Kopf, sodass er ihren berührte.

»*S2J* trennt sich?«

Er lachte leise. »Nein, aber eines Tages werden sie es tun, oder etwas anderes wird passieren. Ich liebe es, mit diesen vier Trotteln auf der Bühne zu stehen, und ich würde es ewig tun, wenn ich könnte. Aber Lieder schreiben ist etwas, das ich auch tun kann, ohne den Rest meines Lebens reisen zu müssen.«

»Du meinst, du willst nicht ewig auf Tour sein? Du könntest dir vorstellen, für eine Weile an einem Ort zu bleiben.«

»Oh ja. Ich vermisse Pacific Pali total, Mums Haus, einfach wie ein normaler Typ mit normalen Freunden abzuhängen. Ich habe ans College gedacht. Ich kann nächstes Jahr anfangen, mich zu bewerben.«

»Wohin würdest du denn gehen?«

»UCLA. Keine Frage.«

Aimee konnte es nicht fassen. Niemals, nicht in ihren wildesten, schwindligsten Fantasieträumen hatte sie sich vorgestellt, dass Miles tatsächlich nach Hause kommen könnte, wieder in der gleichen Stadt sein würde wie sie. Die Ängste, sich in ihn zu verlieben und dann zurückgelassen zu werden, begannen zu verblassen.

»Ich werde meinen Abschluss in etwas Kreativem machen. Aber nicht Musik.«

»Warum nicht?«

Sie spürte, dass er mit den Schultern zuckte; seine linke Schulter drückte sich an ihre, als er sie wieder fallen ließ. Sie wollte näher heranrutschen, wollte ihn ganz an sich spüren. »Um meinen abartig großen Gitarrenhänden mal eine Pause zu gönnen«, meinte er mit einem Lachen. »Ich habe ein paar fiese Schwielen. Lass mich deine sehen.« Er griff nach ihrer Hand und drehte sie langsam um.

Aimee spürte, wie bei seiner Berührung ein langsames Brennen über ihre Haut kroch, und sie war sich sicher, dass er ihr Zittern bemerkte.

»Ja, deine Hände sind makellos.« Er strich mit einem Finger über die Handfläche, über die Kuppe ihres Zeigefingers. »Weich und perfekt.«

Sein Finger zeichnete einen Kreis auf die Innenseite ihres Handgelenks und wanderte weiter ihren Arm hinauf, was ihr eine noch gründlichere Gänsehaut be-

191

scherte als seine Stimme, als er für sie gesungen hatte. Als er die Innenseite ihres Ellbogens erreichte, verließen seine Finger ihren Arm und bewegten sich zu ihrem Gesicht, zu ihrer Wange. Er drehte sich um, sodass er sie ansehen konnte. Aimee tat das Gleiche, und er umfasste mit seiner großen, starken Hand ihre Wange, während ihre Nasen sich beinahe berührten.

Und dann explodierte die Welt, explodierte ihr ganzes Universum, als Miles sie küsste.

Ihre Haut war weicher, als er es sich vorgestellt hatte. Er hatte nicht die Absicht gehabt, mehr zu berühren als die Spitzen ihrer Finger, aber plötzlich hatte seine Hand einen eigenen Willen und ein eigenes Verlangen gehabt. Er musste mehr von ihr erkunden. Bevor er wusste, wie ihm geschah, genügte es nicht mehr, sie mit der Hand zu berühren.

Er küsste sie einmal, aber es fühlte sich nicht real an, als wäre es eine außerkörperliche Erfahrung, die zwei anderen Menschen widerfuhr. Er hatte sich wahrscheinlich an die tausendmal in der vergangenen Woche vorgestellt, wie es wäre, Aimee zu küssen, aber er hatte es nicht tatsächlich geplant.

Er beendete den Kuss und legte seine Stirn an ihre, außerstande, schon die Augen zu öffnen. Hatte er ihre brandneue, zerbrechliche Freundschaft gerade zerstört, indem er seinen Gefühlen nachgegeben hatte? Seine Hand blieb auf ihrer Wange, reglos, wartend. Bis ihre weichen, zarten Finger sein Handgelenk umfassten.

Kein Warten mehr. Er küsste sie wieder und fragte sich, ob sie auch fühlte, was er fühlte. Ob auch ihr Herz wie der schwere Beat einer Basstrommel hämmerte. War er als Einziger benommen und hatte ein Summen in den Ohren?

Abgesehen von ihren Lippen und Händen berührten sie sich nicht. Keine Zungen, keine Hälse, kein wildes Zerren an den Kleidern des anderen. Sie küssten sich nur, Lippen auf Lippen.

Simpel.

Doch irgendwie war es überwältigend.

Weil ... er Aimee Bingham küsste.

Er sollte etwas sagen, ihr erzählen, was er empfand, was er während der letzten Tage empfunden hatte. Er sollte ihr erzählen, wie sehr sie ihn inspirierte und bewegte, dass sie ihm mehr Selbstbewusstsein gab, als er jemals gehabt hatte, dass sie ihm das Gefühl gab, der zu sein, der er früher war, der Mann, der er sein wollte.

Wenn ihm von allein nichts einfiel, konnte er Zeilen aus seinem Lieblingssong von Prince zitieren, ihr sagen, wie sein Bauch zitterte, dass sie seine Schmetterlinge gefesselt hätte.

Aber er küsste sie nur.

Er hätte sie vielleicht ewig geküsst und nicht an die Konsequenzen oder die Bedeutung von irgendetwas gedacht. Sie schmeckte so gut und fühlte sich so warm an, sie füllte seinen Kopf bis zum Rand, und als sie näher rückte, wurde sein Gehirn leer, und er trudelte ins Ungewisse.

»Hier ist jemand, also auseinander. *Miles.*«

Er hörte die andere Stimme, aber die, die zu ihm durchdrang, war Aimees, als sie aufkeuchte und von ihm wegrückte. Miles öffnete die Augen und konzentrierte sich zuerst auf sie. Ihre Lippen waren rot und feucht, aber bei dem Ausdruck in ihren Augen musste er blinzeln und auf das scharf stellen, auf das sie starrte.

LJ stand in der offenen Tür. Wann hatte der Bus angehalten? Und wie lange hatten sie sich geküsst? Zeit und Welt waren ihnen vollkommen entglitten.

»LJ. Hey.« Er sah Aimee an, die zu Boden schaute und feuerrot angelaufen war. Sie sah so sexy aus, dass er sich vorbeugen und sie erneut küssen wollte. Aber das wäre wahrscheinlich unklug gewesen.

»Ähm«, murmelte sie und sah ihn kaum an. »Ich gehe meine Sachen holen.«

Miles lächelte, was ihr glücklicherweise ebenfalls ein Lächeln entlockte, ein kleines, aber dann schoss sie schneller als eine Kugel aus dem hinteren Raum des Busses. Miles schaute ihr nach und versuchte, nicht zu grinsen, versuchte, ihr nicht folgen zu wollen.

»Was war das?« LJ musterte ihn.

Miles zuckte mit den Schultern. »Nichts. Sie ist cool.«

»Das ist keine gute Idee.«

Soweit es Miles betraf, war es eine verdammt brillante Idee gewesen und seit Jahren überfällig.

»Willst du, dass das Gleiche passiert wie beim letzten Mal?«, fragte LJ. »Warte – Korrektur, bei den letzten *beiden* Malen?«

Miles' Bauch verkrampfte sich. Er brauchte den verdammten Lester nicht, um ihn daran zu erinnern, zu was für einer Katastrophe seine beiden letzten festen Freundinnen sich entwickelt hatten. Tweets, Retweets, Screenshots und Enthüllungsbücher gehen nicht einfach weg. Was Kelly und Paige der Welt über ihre Beziehungen erzählt hatten, würde in seinem Leben ein permanenter Bestandteil bleiben.

»Es ist nicht so wie damals«, erklärte er. »Aimee würde mir das nicht antun.«

»Jeder ist zu so etwas fähig«, widersprach LJ. »Vor allem wenn sie selbst nicht im Geschäft ist. Sie würde keine Ahnung haben, wie sie sich benehmen muss, wenn die Presse sie in die Finger bekommt.«

»Die Presse?« Daran hatte Miles nicht gedacht, genau genommen hatte er überhaupt nichts durchdacht. Er hatte nur gewusst, dass er sie nach der Show sehen musste, und dann musste er sie küssen, bevor sein Kopf explodierte. Nichts sonst zählte.

»Wir hatten nach dem Zwischenfall mit Paige wieder darüber gesprochen. Keine Freundinnen.«

»Sie ist nicht meine Freundin.«

»Miles, Mann. Du weißt, was ich meine. Das hier riecht förmlich nach Albtraum. Deshalb hatten wir beschlossen, hatten wir *alle* beschlossen – erinnerst du dich? Sprich mir nach – keine festen Freundinnen.«

Sie hatten das alles schon früher durchgekaut. Es war die altbewährte Verteidigung jeder jungen Band gegen schmutzige Gerüchte und Schmierblätter: Es war besser für den Ruf von *Seconds to Juliet*, wenn jedes Mitglied den Anschein erweckte, Single zu sein.

Als sie damals vor zwei Jahren darüber diskutiert hatten, war es ihm so dumm vorgekommen, aber nach seinen beiden Exfreundinnen hatte Miles die Logik dahinter kapiert. Aimee würde ihn jedoch niemals so verraten. Sie wollte ihn nicht, weil er berühmt war.

Außerdem kannten sie einander schon ewig. Sie war die kleine Schwester seines besten …

Oh, verdammter Scheißdreck. Nick. Miles hatte es geschafft, diese Seite der Gleichung komplett auszublenden. Nick – sein bester Kumpel – würde ihn abschlachten.

»Ja«, sagte Miles schließlich zu LJ und rieb sich die Stirn. »Ich höre dich.«

»Also wirst du aufhören, ihr nachzulaufen? Sofort?«

Er hatte es wirklich satt, dass ihm alle sagten, er solle sich von Aimee Bingham fernhalten. Aber er nickte, während sich sein Magen verknotete.

»Guter Mann.« LJ tätschelte ihm den Rücken. »Der Rest der Band ist bereits oben. Ihr habt den achtundzwanzigsten Stock. Sieh zu, dass du etwas schläfst, wenn du kannst. Morgen wird ein höllischer Tag.«

Er nickte wieder. »Okay.«

Kapitel 11

Aimee glaubte nicht, dass sie die Schande jemals überwinden würde. Es war, als hätte ihr Dad sie erwischt. Nein, schlimmer noch – Miles' Dad, der bereits etwas über sie wusste, von dem sie wünschte, er hätte es nicht gewusst. Nachdem sie den Bus verlassen hatte, hatte LJ da Miles erzählt, was sie zu Becky gesagt hatte?

Ihre Wangen brannten, während sie in der Hotellobby auf den Aufzug wartete. Sie hatte von Deb erfahren, dass die Busse eine halbe Stunde lang auf dem hinteren Parkplatz gestanden hatten, bevor LJ sich auf die Suche nach Miles gemacht hatte.

Total peinlich. Sie waren so in ihren Kuss versunken gewesen, dass sie es nicht einmal bemerkt hatten. Wo war ihr Kopf gewesen?

Sie wusste genau, wo er gewesen war. Denn Miles hatte ihn mit einer Hand gehalten. Sie seufzte und schloss mit flatternden Lidern die Augen, während sie sich an das Gefühl seiner warmen Hand auf ihrer Wange erinnerte, an das erste Mal, als seine Lippen ihre berührten. Das zweite Mal …

Hui … ihre Knie zitterten, als der Aufzug sich öffnete.

»Halt die Türen auf!«

Aimee streckte schnell einen Arm vor, um zu verhindern, dass der Aufzug sich schloss. Und dann blieb ihr das Herz erneut stehen, als Miles hereingetrabt kam.

»Oh«, sagte er. »Hey.«

Sie wollte einen Pause-Knopf haben. Sie war noch nicht bereit, ihn nach dem peinlichen Zwischenspiel mit LJ wiederzusehen. Doch ihr war beinahe schwindlig, dass er jetzt vor ihr stand. Peinlich oder schwindlig? Was denn nun?

»Hey.« Sie sah ihn an, dann schaute sie auf den Boden, als die Türen sich schlossen und sie allein in dem Aufzug einsperrten.

»Also, das war peinlich«, bemerkte er.

Sie lachte leise. »Ansatzweise. Ich glaube, ich bin in den letzten fünf Minuten tausend Tode gestorben.«

Das melodische Geräusch von Miles' Lachen ließ ihr Herz höherschlagen. »Das tut mir alles leid. Ich hätte wohl aufpassen sollen, wann der Bus anhält.«

»Ebenfalls.«

Er drehte sich zu ihr um. »Aber ich bin froh, dass ich es nicht getan habe. Es war jede einzelne Sekunde wert.« Als ihre Blicke sich trafen, wollte sie in seinen blauen Augen versinken und schmelzen. »Aber es sollte wahrscheinlich nicht wieder passieren.«

Stopp mal mit dem Schmelzen. »Oh, ähm, nein.« Sie schob sich eine Haarsträhne hinters Ohr, verschränkte die Arme vor der Brust und hoffte, dass der Boden sich auftat und sie verschluckte. »Total nicht. Nie wieder.«

»Du weißt, warum, richtig?«

Aimee räusperte sich, um sicherzugehen, dass ihre Stimme nicht brach, bevor sie antwortete. »Ja, weil du Miles Carlisle bist und ich ein Niemand.«

»Ein Niemand?« Seine Stimme war leise und er klang verletzt. »Aimee ...«

Bevor er aussprechen konnte, öffneten sich die Aufzugtüren. »Das ist mein Stockwerk, also ...« Sie stieg aus, drehte sich aber gerade noch rechtzeitig um, dass sie sehen konnte, wie Miles die Türen festhielt, bevor sie sich schließen konnten. Sie glitten auf und er sprang heraus.

»Hier lang«, sagte er. Er ergriff ihre Hand. Aimee dachte nicht nach, folgte ihm nur, als er sie durch den Flur zog. Es waren einige Leute von der Crew da, aber Miles hielt den Kopf gesenkt und führte sie um eine Ecke zu einer Tür ins Treppenhaus. Er drückte sie auf, hielt sie mit der Schulter einen Spaltbreit offen und zog Aimee hindurch.

Sobald sich die Tür hinter ihnen schloss, war das Betontreppenhaus bis auf das leuchtend grüne Ausgangsschild dunkel. Miles ließ ihre Hand los und trat zurück, dann lehnte er sich gegen die Wand, schaute zu Boden und schuf bewusst Abstand zwischen ihnen.

Sie konnte seinen Gesichtsausdruck nicht deuten, konnte nicht herauskriegen, warum er sie hierhergebracht hatte, an diesen dunklen, verlassenen Ort, wenn nicht, um ihren Kuss fortzusetzen.

Aber hatte er nicht gerade gesagt, dass es nicht wieder passieren dürfe? Ihre Gedanken überschlugen sich, und es war Folter, ihn anzusehen und ihn nicht berühren oder küssen zu können, nicht mit den Fingern durch sein Haar streichen zu können. Sie hatte das tun wollen, wie verrückt tun wollen, seit sie elf Jahre alt gewesen war.

»Entschuldige«, murmelte er schließlich. »Was ich vorhin gesagt habe, ist falsch herausgekommen.«

»Hast du Ärger gekriegt?«

Er zuckte mit den Schultern. »Ein wenig. Aber LJ ist cool; es ist nicht so, als könne er mir vorschreiben, mit wem ich rummachen darf und mit wem nicht.«

Aimee wusste, dass ihre Wangen wahrscheinlich leuchtend rot waren, und sie gab sich wirklich große Mühe, nicht zu hyperventilieren.

»Aber wir haben irgendwie diese Regel in der Band – die ich zweimal gebrochen habe.«

»Regel?«

»Keine festen Freundinnen.« Er sah ihr für eine Sekunde in die Augen. »Wir sollen Singles sein. Es ist Teil unseres Images, was vollkommener Bullshit ist, das ist mir klar, aber LJ und unser PR-Team wissen, was sie tun.« Er seufzte und sackte gegen die Wand. »Ich hätte schon früher auf sie hören sollen.«

»Du meinst mit Kelly?«

»Du weißt davon?« Als sie nichts antwortete, wandte

er den Blick ab. »Scheiße, natürlich weißt du davon. Es war letztes Jahr überall.«

»Die meisten deiner Fans haben sich auf deine Seite gestellt.«

»Als würde das eine Rolle spielen. Es tut weh, weißt du? Ich habe ihr total vertraut. Ich dachte, ich wäre verliebt.«

Eine Faust umklammerte ihr Herz. »Aber du warst es nicht?«

Er schüttelte den Kopf. »Wie könnte ich es gewesen sein? Sie hat mich benutzt und ich hatte keine Ahnung. Ich war vollkommen blind.«

Sie berührte seinen Arm, sie konnte einfach nicht anders. »Das ist nicht deine Schuld.«

Er schaute sie an, dann sah er auf ihre Hand hinab, die ihn berührte. Sie zog sie weg und trat zurück. »Vielleicht nicht«, sagte er. »Aber ich habe mir geschworen, dass es nie wieder passieren würde. Und es ist passiert. Es ist, als würde ich nur Mädchen anziehen, die mich benutzen wollen.«

Aimee konnte sich ein Lachen nicht verkneifen. »Miles, du ziehst jedes Mädchen auf dem Planeten an.«

»*Jedes* Mädchen?« Er zog eine Augenbraue hoch und lächelte beinahe.

Sie spürte, dass sie wieder rot wurde. »Du weißt, was ich meine.«

Er schaute wieder zu Boden. Sie erkannte, dass er mehr sagen wollte, daher wartete sie, bis er bereit war. »Aber das ist nicht das, wovon ich vorhin gesprochen habe«, erklärte er endlich. »Warum es nicht wieder passieren sollte. Das Küssen. Dass ich dich die ganze Zeit küssen will.«

Alles, was er sagte, weckte in ihr den Wunsch, die Augen zu schließen und seine Worte wie einen Song in Endlosschleife abzuspielen.

»Es ist Nick«, murmelte er. »Ich hatte es dir schon gesagt ...«

»Nick benimmt sich wie der Anstandswauwau aus einem Albtraum«, warf Aimee ein. »Er kann mir nicht vorschreiben, was ich tue.«

»Vielleicht nicht, aber er kann *mir* vorschreiben, was ich tue. Es gibt einen Verhaltenskodex.«

Sie verdrehte die Augen. Wieder dieser blöde Kodex. Was sollte das bloß?

»Es mag dir nicht wichtig erscheinen, aber mir ist es sehr wichtig. Er ist mein bester Freund. Ich verdanke ihm alles, Aimee.« Er schaute weg und schüttelte den Kopf. »Du hast ja keine Ahnung.«

»Ehrlich gesagt«, erwiderte sie mit leiser Stimme, »habe ich eine Ahnung.« Als er sie ansah, musste sie bei seinem gequälten, beinah hilflosen Gesichtsausdruck schlucken. »Erst neulich im letzten Hotel hat Nick mir erzählt, wie ihr zwei euch kennengelernt habt. Er hat mir von dem Ärger erzählt, den du dir eingebrockt hattest, als du ein kleines Kind warst.«

»Es war nicht nur normaler Kinder-Ärger. Ich war auf einem Pfad der Selbstzerstörung und wusste es nicht mal.«

»Miles, du warst zwölf.«

»Ja, aber die Jungs, mit denen ich zusammen war, waren es nicht, und sie hatten ältere Brüder – ich glaube, sie haben mich als ihr *Maskottchen* oder so was gesehen. Das waren harte Typen, und ich war verloren, und mir ging es mies. Ich dachte, mit der Scheiße, die wir machten, würde der Schmerz weggehen. Kommt mir jetzt absurd vor zu denken, dass ein Kind meines Alters ein solches Leben leben konnte. Sie gaben mir Bier, fanden es zum Schreien komisch, wenn ich Bong rauchte.« Er schüttelte den Kopf. »Ich habe keine Ahnung, wo ich wäre, wenn ich Nick nicht getroffen hätte. Doch, im Grunde weiß ich *genau,* wo ich wäre. Ich wäre tot.«

Aimee schauderte, als sie an Miles dachte, so jung und so verloren; er hatte Freunde gebraucht, die ihn liebten, keinen Haufen gemeiner Junkies.

»Ich denke manchmal, dass ein Teil dieser Selbstzerstörung immer noch in mir ist.«

»Warum sagst du das?«, fragte sie, obwohl Nick sie genau davor gewarnt hatte.

»Ich wusste, dass es keine gute Idee war, mich auf Kelly oder Paige einzulassen. Alle haben mich gewarnt, aber ich dachte, ich hätte recht, und ich wollte beweisen, dass ich unbesiegbar war und alles unter Kontrolle hatte. Ich bin berühmt, daher kann nichts Schlimmes passieren.« Er lachte düster. »Nach dem, was ich getan habe, ist das vielleicht die einzige Art von Liebe, die ich verdiene.«

Die Faust um ihr Herz drückte erneut zu, sodass ihre

ganze Brust schmerzte. »Miles.« Sie trat vor ihn hin und berührte ihn wieder am Arm, legte die Hand um seinen Ellbogen. Er schaute immer noch zu Boden, also beugte sie sich vor und berührte sein Kinn.

»Aimee, wir können nicht ...«

»Ich werde dich nicht küssen«, unterbrach sie ihn, obwohl sie es wollte. In diesem Moment war ein Kuss nicht das, was der Junge vor ihr brauchte. Stattdessen schlang sie die Arme um ihn.

Miles vergaß zu atmen. Gefühle tobten im Chaos durch seinen Körper, als Aimee – so warm und weich – sich an ihn drückte und seinen Kopf leer fegte. Sie legte die Wange an seine Schulter und ihre hochgewachsene Gestalt passte perfekt zu seiner. Er legte ihr die Hände an die Seiten und wusste nicht, was er sonst damit tun sollte, bis sie sich um ihren Rücken schlossen.

Als sie in seinen Armen seufzte, sammelte sich Hitze in seinem ganzen Körper, und alle Haare richteten sich auf. Er hätte loslassen sollen, hätte sich frei machen sollen, sie wegstoßen und zusehen, dass er aus diesem dunklen Treppenhaus fortkam. Aber er konnte nicht.

»Du verdienst das Beste, Miles.« Ihre Stimme war eine sanfte Liebkosung, wie der Rest von ihr.

Er konnte nicht antworten, er hielt sie einfach nur fest und zog sie enger an sich, bis sie das Kinn auf seine Schulter legte. Sie roch sonnig und süß und fühlte sich noch besser an. Er spürte ihre Hand im Nacken, wo-

durch sich sein Innerstes wie eine Sprungfeder fest aufzog und sein Kopf sich mit Helium füllte.

»Das tust du«, bekräftigte sie.

»Aimee.« Er berührte ihr Haar, seidig zwischen seinen
Fingern. Er konnte nicht richtig atmen, während er sie so
festhielt. Wenn er nicht Abstand zwischen sie beide brachte, würde er jedes einzelne seiner Versprechen vergessen.

Mit aller Macht riss er sich los und zog sich einen
Schritt von ihr zurück.

»Bist du okay?«, fragte sie ihn, und ihre braunen, von
langen Wimpern umrahmten Augen blinzelten zu ihm
empor.

Er neigte den Kopf und lachte. »Abgesehen davon,
dass ich mich in Eis tauchen muss, sicher, es geht mir
blendend.« Als sie sich vorbeugte, legte er ihr die Hände
auf die Arme und schob sie einige Zentimeter weiter von
sich. »Nur … ich kann nicht klar denken, wenn du mir
nah bist.«

Sie grinste in der Dunkelheit. »Ach ja?«

»Aimee …« Er verspürte das Bedürfnis zu stöhnen,
und als stattdessen sie stöhnte, wollte er am liebsten
lachen und sie küssen. Sie so verdammt heftig küssen
und niemals aufhören. Alles, was sie tat, jede Bewegung
ihres Körpers und jeder Laut aus ihrem Mund weckten
in ihm den Wunsch, sie zu küssen. »Ich denke, wir verschwinden hier besser. Lass mich zuerst nachschauen.«
Er öffnete die Tür einen Spaltbreit, um zu sehen, ob der
Flur leer war. Er entdeckte einige Jungs von der Technik
am anderen Ende.

Wenn sie in seinem Stockwerk gewesen wären, hätten sie nicht so vorsichtig sein müssen, jemand anderem als LJ zu begegnen – jemandem wie Nick zum Beispiel. Aber er konnte jetzt nicht an Nick denken; er würde später überlegen, was er ihm sagen würde. Vereinzelte Reporter und Fotografen waren berüchtigt dafür, sich bis nach oben durchzumogeln, obwohl meist nicht bis ganz hinauf zum Stockwerk von *S2J*; Beau hatte dieses Stockwerk ziemlich gut abgeriegelt.

Sobald die Luft rein war, griff er hinter sich in das Treppenhaus und war mehr als ekstatisch, als Aimee seine Hand nahm. »Bist du so weit?«, flüsterte er.

»Wohin gehen wir?«

Er schaute sie über seine Schulter hinweg an und legte sich einen Finger auf die Lippen. Sie grinste und nickte. Er zog sie in den Flur, dann rannten sie Hand in Hand los. Der Aufzug war ganz am anderen Ende. Er hörte ihr kehliges Lachen hinter sich, während sie seine Hand mit ihren beiden ergriff. Sie hatten fast die Hälfte der Strecke zurückgelegt, als einige Meter entfernt eine Tür aufgerissen wurde.

Miles legte Aimee einen Arm um die Taille und zog sie in die Nische bei den Getränkeautomaten, schob sie in die winzige Lücke zwischen der Eismaschine und einem lauten, uralten Cola-Apparat. Die Person kam direkt auf sie zu, daher drückte Miles Aimee an die Wand, und als sie zu kichern begann, legte er ihr sanft eine Hand auf den Mund.

Wer immer es war, er hatte es nicht auf Eis abgesehen,

nur auf eine Limonade, obwohl Miles das kaum bemerkte. Was ihn fesselte, war die Berührung von Aimees Lippen an seiner Handfläche. Ihr Mund war warm, und ihre braunen Augen waren riesig und sahen ihn an, ließen seinen Mund trocken werden.

Als klar war, dass die Person fort war, nahm er die Hand von ihrem Mund. Ihre Lippen öffneten sich langsam, und er musste einen Herzschlag warten, damit sein Kopf aufhören konnte, sich zu drehen. »Ich denke, es ist jetzt sicher«, flüsterte er.

Sie liefen den Rest des Weges zum Aufzug. Miles drückte auf den Knopf und die Türen öffneten sich sofort.

»Wohin bringst du mich?«, fragte sie, sobald sie im Aufzug waren.

»Ins oberste Stockwerk. Dort ist es sicherer. Weniger Durchgangsverkehr und neugierige Augen.«

»Klingt gut.« Sie sah ihn an. »Ich habe das ernst gemeint, was ich vorhin gesagt habe.«

»Worüber?«

Sie verzog die Lippen. »Die Fehler, die du in der Vergangenheit gemacht hast, spielen keine Rolle mehr. Du verdienst das Beste. Vergiss das nie.«

Er schaute ihr in die Augen und wünschte sich so sehr, sie zu berühren, dass seine Muskeln schmerzten, als habe er gerade eben ein grausames Work-out beendet. »Du bist erstaunlich, Aimee Bingham.«

Sie blinzelte ihn verblüfft an.

»Was?«

»Ähm, nichts.« Sie legte die Hände hinter den Rücken und wandte den Blick ab. »Ich habe immer irgendwie davon geträumt, dass du das zu mir sagen würdest.«

Ihre Blicke trafen sich in dem winzigen Aufzug, der kaum Platz genug für sie bot, um ihren eigenen Raum zu haben. Miles leckte sich die Lippen und hielt den Atem an; er wusste, dass er nicht sagen sollte, was er gleich sagen würde. »Was hast du sonst noch geträumt, was ich mit dir mache, Aimee?«

Ihre Wangen nahmen unverzüglich diesen entzückenden, einladenden, unwiderstehlichen Rosaton an. Und Miles konnte nicht widerstehen.

Kapitel 12

Bevor sie die Frage beantworten konnte, umfasste Miles ihr Gesicht mit beiden Händen. Zuerst schaute er sie nur an, und seine verführerischen blauen Augen bohrten sich tief in ihre, seine Daumen streichelten ihre Wangen.

Wahnsinn, wenn sie nicht schon völlig verrückt nach ihm gewesen wäre …

Wenn sie es versucht hätte, hätte sie ihn aufhalten können – und sie hätte es definitiv tun *sollen*. Schließlich wollte sie keinen Bruch zwischen Miles und Nick verursachen.

Aber mehr als das, mehr als alles andere, außer vielleicht Sauerstoff, brauchte sie seinen Kuss.

Eine Sekunde später entflammten all ihre törichten Mädchenträume. Ihr Kuss war ganz anders als das zweistündige Verschmelzen ihrer Lippen im Bus. Miles ließ die Hände durch ihr Haar gleiten und sein Mund war heiß und drängend auf ihrem. Sie hielt sich an ihm fest und spürte, wie seine Muskeln sich zusammenzogen, als sie die Fäuste in sein Hemd grub. Seine Arme schlossen sich um sie und hielten sie so fest umschlungen, dass ihr der Atem stockte.

Wenn sich in diesem Moment nicht die Aufzugtüren geöffnet hätten, hätte Aimee vielleicht nie wieder geatmet.

Er unterbrach den Kuss und berührte ihre Stirn mit seiner. »Unser Stockwerk«, sagte er schwer atmend.

»Scheint so.«

»Wenn wir hier aussteigen, werde ich dich in mein Zimmer mitnehmen wollen.«

Diese Worte ließen Aimees Herz beinahe zerspringen. Sie wollte mit Miles allein sein, mehr, als zu leben oder blöden Sauerstoff zu atmen. Sie liebte ihn, seit sie denken konnte ... selbst als sie ihn wie die Pest gehasst hatte.

Aber sie wusste, was er gemeint hatte. Und plötzlich war sie wieder ungefähr neun Jahre alt und gar nicht bereit, mit einem Jungen in seinem Hotelzimmer allein zu sein.

Statt aus dem Aufzug zu hüpfen, legte Miles einen Arm um sie und zog sie zurück, ließ die Türen zugleiten. Dann fuhr er mit einer Hand über ihren Arm und verschränkte seine Finger mit ihren. »Ich glaube, dafür sind wir noch nicht bereit.«

Sie stieß die Luft aus, die sie angehalten hatte, und bettete die Stirn an seine Schulter. »Danke«, sagte sie und spürte, wie sein Körper mit einem kleinen Lachen zitterte.

»Da wir nicht in diesem Aufzug bleiben können und ich nicht die Absicht habe, dir anzubieten, dich zu *deinem* Zimmer zu begleiten, weißt du, was das bedeutet, richtig?« Er kniff ihr ins Kinn. »Wir werden uns die ganze Nacht verstecken müssen.«

»Vor wem? Nick?«

Miles nickte und drückte auf einen Knopf. »Die Crew arbeitet rund um die Uhr. Man weiß nie, wer vielleicht durch die Flure wandert. Unsere Security ebenfalls. Sie würden direkt zu LJ laufen. Und Paparazzi lauern auch immer hinter allen Ecken.«

»Fotos?« Ihr Atem stockte. Sie hatte sich nicht wirklich wegen Nick Sorgen gemacht, aber das … »Sie werden Fotos von mir machen? Von uns? Miles, mein Vater wird dich umbringen, wenn es Fotos von dir und mir in einem Hotel mitten in der Nacht gibt.«

Er trat hinter sie, legte ihr eine Hand auf den Bauch und flüsterte in ihr Haar. »Deshalb müssen wir klüger und durchtriebener sein als alle anderen.«

Seine warme Hand, mit der er sie an sich drückte, ließ sie beinahe etwas vergessen, das sie hatte sagen wollen. »Es, ähm, könnte vielleicht schon zu spät dafür sein.«

»Du klingst besorgt«, entgegnete er und zog sie wieder an sich.

Sie schaute geradeaus zu ihrem Spiegelbild in den Aufzugtüren. Miles umschlang sie wie ein lebendiger Umhang, sein Gesicht in ihrem Haar vergraben. »Neulich hat LJ mit angehört, wie ich mit Becky gesprochen habe, und es … es tut mir leid, aber ich habe einige Sachen gesagt – Sachen, die ich nicht so gemeint habe.«

Er hob den Kopf und betrachtete ihr Spiegelbild.

»Hast du mich wieder als Arschgesicht bezeichnet? Ich muss sagen, aus deinem Mund klingt es wie ein Kompliment.«

»Nein, nicht das.« Sie holte tief Luft, stieß sie wieder aus und drehte sich dann zu Miles um. »Ich habe gesagt, dass du total von dir selbst eingenommen wärst und dass du dächtest, du wärst ein Gottesgeschenk, und dass du zu viel Zeugs in deine Haare schmierst.« Sie biss sich auf die Unterlippe. »Es tut mir leid.« Miles starrte sie eine Sekunde lang an, dann brach er in Gelächter aus.

»Du bist nicht sauer?« Ihr Magen war immer noch verkrampft vor Sorge.

»Man hat mir schon schlimmere Dinge vorgeworfen.« Er legte ihr eine Hand an den Hals, woraufhin ihr Puls zu springen begann. »Leugne es, soviel du magst, aber ich weiß, dass du meine Haare liebst.«

»Vergiss die Entschuldigung.« Aimee stellte sich auf die Zehenspitzen und strich mit ihrer Nasenspitze über seine.

Als der Aufzug hielt, streckte Miles den Kopf zuerst durch die Tür, dann winkte er Aimee, in den Flur zu kommen. »Bereit für den Tarnmodus?«

»Oh ja. Ich war unschlagbar beim Versteckspiel.«

Bei seinem schiefen Grinsen, als er den Blick über ihren Körper wandern ließ, wurde ihr Kopf ganz schwindlig. »Du bist so was von mein Typ Mädchen, Aimee.«

Sie würde diese Worte vielleicht für den Rest ihres Lebens in ihrem Herzen bewahren.

Der Flur war hell erleuchtet, aber leer. Als sie aus den Fenstern schaute, konnte sie erkennen, dass sie sich im Erdgeschoss befanden. »Wohin sollen wir jetzt gehen?«

»Nun, ich weiß nicht, wie es bei dir aussieht, aber ich bin heute Abend zwei Stunden auf der Bühne herumgerannt, dann habe ich weitere zwei Stunden mit einem total heißen Mädchen hinten in einem Bus geknutscht.« Er legte ihr eine Hand auf die Wange, die wahrscheinlich leuchtend rot war. »Also sterbe ich natürlich vor Hunger.«

»Essen?« Sie schaute über seine Schulter. »Gibt es hier ein Restaurant?«

»Wahrscheinlich, aber ich bin mir sicher, dass es geschlossen ist.«

»Okay.« Sie legte die Stirn in Falten. »Also …«

Er lächelte, ergriff ihre Hand und zog sie weiter. »Also schleichen wir uns hinten rein.«

Schulter an Schulter gingen sie ein langes Labyrinth von Fluren hinunter und blieben ab und zu stehen, wenn einer von ihnen glaubte, ein Geräusch gehört zu haben. Nach einer Weile schien es mehr eine Ausrede für Miles zu sein, um sie in jede dunkle Nische zu ziehen, zu der sie kamen, und ihr die süßesten Küsse zu geben, bevor sie weitergingen.

Schließlich erreichten sie den Flur hinter den Festsälen. »Der hier wird irgendwann in die Küche führen. Dort«, flüsterte er und zeigte auf eine weiße Tür mit einem kleinen quadratischen Fenster.

»Woran erkennst du das?«

»Ich bin in Dutzenden von Hotels gewesen und ich hatte fast immer mitten in der Nacht Hunger.« Ohne ihre Hand dafür loszulassen, klopfte er sich auf seinen flachen Bauch. »Ich bin ein Junge im Wachstum.«

Aimee atmete ein leises Lachen aus. »Und sie lassen dich einfach in ihren Kühlschränken stöbern?«

»Natürlich nicht. An dem Punkt kommt mein Ninja-Training ins Spiel.« Er drückte ihre Hand, legte sich einen Zeigefinger auf den Mund und ging dann weiter. Als sie die Tür erreichten, blieb er stehen und drückte das Ohr dagegen. »Ja, da drin ist definitiv Erdnussbutter.« Aimee kicherte wieder. Die Tür war unverschlossen, und Miles zog eine Augenbraue hoch, als er sie aufdrückte. »Siehst du? Ich hab die totale Erfahrung im Küchenplündern. Nach dir, Königin des Versteckspiels.«

Es war dunkel und still, also trat Aimee ein, ohne Angst vor Entdeckung zu haben. »Ist jemand zu Hause?«, fragte sie zaghaft.

Miles lachte hinter ihr, legte ihr die Hände auf die Schultern und lenkte sie zu einem großen Edelstahlkühlschrank in der Ecke. »Hier entlang zum Futter.«

»Bist du immer so forsch, wenn du Hunger hast?«

Er küsste sie aufs Ohr, und Aimee schloss die Augen und prägte sich ein, wie köstlich er ihre Haut zum Brennen brachte.

»Immer.«

»Na dann.« Sie zog den Kühlschrank auf. »Mal sehen, was wir hier haben, um einen ausgehungerten Herzensbrecher zu füttern.«

»Nenn mich bloß nicht so.«

Sie wirbelte herum. »Dein Spitzname gefällt dir nicht?«

»Der gefällt mir ungefähr genauso gut, wie wenn Menschen mein Gesicht auf der Seite eines Busses anstarren.«

»Ich denke nicht, dass es dein *Gesicht* ist, das die Menschen anstarren.« Sie drückte ihm beide Hände auf die Brust und genoss es, dass sie seinen Herzschlag spüren konnte. »Zumindest ist es nicht das, was *ich* anstarre.«

Seine Augenbrauen schossen in die Höhe. »Aimee Bingham. Du bist elf Jahre alt und hast Zöpfe.« Er küsste ihren Mundwinkel. »Du solltest solche Sachen nicht sagen.« Er küsste den anderen Mundwinkel.

Als seine Nase über ihre Wange strich und ihre Knie kurz davor waren nachzugeben – zusammen mit dem Rest von ihr –, sagte sie: »Essen. Du brauchst etwas zu essen.«

Miles zog sich zurück. »Ja, essen.« Er räusperte sich. »Sehr gut.«

Warum hatte er überhaupt über das bescheuerte Essen geredet? Nur, weil er sie sonst vielleicht auf die Kücheninsel gehoben und ihr gezeigt hätte, was genau ein hungriger Herzensbrecher so alles anstellen konnte.

Aber das hier war Aimee. Das Mädchen, das seit so vielen Jahren zu seinem Leben gehörte, dass es sich anfühlte, als wäre sie schon immer da gewesen ..., versteckt in seinem Herzen, während sie darauf wartete, dass er bereit sein würde für sie.

»Du hast gesagt, du willst Erdnussbutter? Und schnapp dir die Milch hier.« Sie deutete in den Kühlschrank.

»Ja, Chef.«

Aimee fand Brot und ein Messer und zwei Gläser und legte sie auf die Kücheninsel, den Tisch, auf den er *sie* am liebsten legen würde. Er schluckte und versuchte, sich abzukühlen, drückte sich den Milchkrug an die Brust, atmete langsam ein und versuchte, nicht ihre langen Beine anzustarren – er machte seine Sache miserabel.

»Na dann, erzähl mir mehr über dieses Verknalltsein«, forderte er sie auf.

Aimees Hand, die mit dem Messer Marmelade aus dem Glas kratzte, erstarrte mitten in der Luft. »Verknalltsein?«

»Ja.« Er lehnte sich mit der Hüfte gegen die Kücheninsel und lächelte. »Die Verliebtheit, die du für mich empfindest.«

»Die ich empfunden *habe*.«

Er lachte und streckte die Hand aus, um ihr eine Haarsträhne aus den Augen zu streichen. »Ah, und was war das dann vorhin im Bus? Und im Aufzug, im Technikraum, hinter der …«

»Na schön.« Sie senkte den Blick. »Sie ist wohl kürzlich wieder entfacht worden.«

»Wann denn?«

Sie zuckte mit den Schultern und saugte die Unterlippe zwischen die Zähne. Miles wünschte, er wäre derjenige, der an ihrer Lippe saugte, aber er beschäftigte

216

sich damit, die Milch einzugießen. Als seine zitternden Hände die Gläser laut gegeneinanderklirren ließen, erstarrten sie beide.

»Vielleicht solltest du leiser sein«, flüsterte sie.

»Ich wüsste da etwas, das uns am Reden hindern könnte.« Er grinste, als er sah, wie sich die Röte über ihre Wangen und ihren Hals legte.

Sie schob ein Sandwich in seine Richtung. »Iss.«

Miles lachte leise und griff danach. Es war gut. Natürlich war er vollkommen ausgehungert, und man konnte kaum etwas anstellen, um ein Sandwich mit Erdnussbutter und Marmelade zu ruinieren, aber nach dem ersten Bissen und mit Aimees Blick auf sich dachte er, dass er in seinem ganzen Leben noch nie ein besseres Sandwich gegessen hatte.

»Mmmh«, sagte er.

»Es schmeckt dir?«

»Es ist spektakulär.«

Sie lachte, riss ein Stück von ihrem Sandwich ab und warf es sich in den Mund. Sie standen da und beobachteten einander in der schummerigen Küche beim Kauen. Aimee trank mehr Milch, als dass sie aß, aber andererseits hatte sie auch nicht so viel Energie verbrannt wie er. Miles war fertig mit seinem Sandwich, bevor er es auch nur bemerkte.

»Aufmachen.« Aimee hielt ihm einen Bissen ihres Sandwiches hin. Er nahm es in den Mund und knabberte dabei spielerisch an ihrem Finger. Sie kicherte, hüpfte auf die Kücheninsel und warf ihr Haar zurück. »Hier kommt die Töff-töff-Eisenbahn«, sagte sie und bot ihm einen weiteren Bissen an. Während der nächsten Minuten fütterte sie ihn und hielt immer wieder inne, um sich Marmelade von den Fingerspitzen zu lecken.

Miles starrte sie wie gebannt an und spürte seinen Puls an allen möglichen Stellen, nur nicht in seinem Herzen.

»Warum siehst du mich so an?«, fragte sie, als sie gerade einen Schluck Milch nehmen wollte.

Er stellte sich vor sie und stützte die Hände zu beiden Seiten ihrer Hüften auf den Tisch. »Ich glaube, ich habe noch nie etwas gesehen, das so wahnsinnig sexy ist… wie du … in diesem Moment.«

Ihr Glas schwebte vor ihrem Mund.

Ein neuer Hunger regte sich in Miles' Bauch und raubte seinen Gliedern vorübergehend alle Kraft, unmittelbar bevor sich jeder Muskel in seinem Körper spannte und sich bereit machte. »Du stellst das besser weg, Aimee.« Er beäugte das Glas.

»Warum?«

Er packte sie um die Taille und zog sie bis ganz nach vorn an die Tischkante. Sie quiekte und ihr Glas flog ihr aus der Hand und zersprang auf dem Boden.

Er schloss die Augen und küsste sie, und Stromstöße schossen durch seine Adern, als sie beide Arme um ihn schlang. Er atmete sie ein, ein Parfüm, das er nicht einordnen konnte – Süße gemischt mit etwas Schwererem, ihre warme Haut, die seinen Kopf füllte, die in seiner Kehle brannte, als wäre sie vollkommen ausgedörrt. Sie strich ihm mit den Fingern durchs Haar und schlang die

Beine um ihn, während er sie vom Tisch herunterzog. Er war blind vor Leidenschaft, schob sie höher, hielt sie an sich gedrückt und spürte ihre Kurven und ihre Haut.

»Das Glas«, flüsterte sie und löste sich von ihm.

Sein Gehirn war voller Watte – Watte mit Aimee-geschmack. »Glas?« Er presste seinen Mund auf ihren.

»Ich glaube, da kommt jemand.«

Er küsste ihren Hals, lang und zart. »Ist mir egal.«

Sie nahm sein Gesicht in beide Hände, schaute auf ihn hinab und atmete schwer. Sie sah so verdammt schön aus, schöner als je zuvor. »Wir müssen verschwinden«, wisperte sie. »Da kommt jemand.«

Auf keinen Fall wollte er von LJ oder Nick erwischt werden. Also wirbelte er sie herum, bis ihr Rücken sich gegen den Kühlschrank drückte, dann ließ er sie lang-sam los, sodass sie herunterrutschen konnte. Sie standen sich in der Dunkelheit Nase an Nase gegenüber. Hüfte an Hüfte, und Miles war sich nicht sicher, ob er in der Lage sein würde, sich zu bewegen.

Genau in dem Moment ging in einem der anderen Räume Licht an. Aimees Augen weiteten sich wie die eines Rehs im Scheinwerferlicht. Miles nahm ihre Hand und zwei Sekunden später waren sie zur Tür hinaus. Einige Minuten liefen sie ziellos durch die Flure, bis sie in der Mitte des Hotelgebäudes standen.

»Dort hinaus?«, fragte er und zeigte auf ein Fenster. Die Lichter im Pool brannten, obwohl der Rest der Lampen rings um den Bungalow aus waren.

Sie grinste, immer noch um Atem ringend. »Ja.«

Er öffnete die Tür und Aimee flog nach draußen. Als er sie einholte, hatte sie einen ihrer langen Arme durch den schmiedeeisernen Zaun gesteckt und versuchte, das Schloss auf der Innenseite des Tors zu öffnen.

»Aimee«, flüsterte er. »Wenn abgeschlossen ist, können wir irgendwo anders hingehen.«

»Pst. Ich hab's fast.« Eine Sekunde später drückte sie das Tor auf.

»Beeindruckend.«

»Meine Grandma hat die gleiche Art Schloss an ihrem Pool. Ich habe das Hunderte Male geknackt.«

»Ich wusste gar nicht, dass du *auch* eine jugendliche Straftäterin bist.« Er lächelte. »Schön, eine Gleichgesinnte kennenzulernen.«

In der dunkelsten Ecke stand eine kleine Umkleidekabine unter einem Dach. Miles zog Aimee dorthin und schob zwei gepolsterte Liegestühle nebeneinander. Er ließ sich auf den einen fallen, streckte die Beine aus und verschränkte die Arme hinter dem Kopf. »Ah. Endlich. Ich mache vielleicht ein Nickerchen. Gute Nacht.« Er schloss die Augen und atmete ein lautes, übertriebenes Schnarchen ein. Dann öffnete er ein Auge und sah, wie Aimee ihn anstarrte, ein kleines Schmollen auf ihrem zauberhaften Mund.

Er ergriff ihre Hand und zog sie zu sich herunter. »So ist es viel, *viel* besser«, flüsterte er, schob einen Arm unter sie und zog sie an sich, sodass sie sich an seine Brust schmiegte. Als sie sich an ihn kuschelte, stieß er ein glückliches Stöhnen aus.

220

Trotz der späten Stunde war die Nachtluft angenehm, aber es wehte glücklicherweise eine leichte Brise, andernfalls war Miles sicher, dass ihr warmer Körper an seinem, der immer heißer und heißer wurde, ihm am Ende einen Hitzschlag bescheren würde.

»Und, was ist eigentlich mit *deinem* Verknalltsein?«, wisperte Aimee, deren Atem über seinen Hals strich.

»Welches Verknalltsein?« Er strich ihr das Haar aus dem Gesicht und küsste ihre Stirn, ihre Schläfe und die Stelle zwischen ihren Augen.

»Ernsthaft?« Sie hob den Kopf, um ihn anzusehen. »Und was war das dann im Bus?«, fragte sie mit einem Lächeln und wiederholte seine Worte von vorhin. »Und in der Küche? Mir scheint, als wäre hier vielleicht noch jemand verknallt.« Sie berührte seine Nase mit einer Fingerspitze, zog sie über seinen Kiefer und seine Lippen, sodass die Hitze in seinen Bauch flutete, bis er die Augen schließen und an Baseball, Hockey und Kricket denken musste, je komplizierter die Regeln, desto besser.

Verknalltsein war Kinderkram. Was er für Aimee empfand, war anders als alles, was er je zuvor gefühlt hatte – so schnell und intensiv und doch … natürlich, so als hätte sich das Gefühl in ihm aufgebaut, seit er ihr zum ersten Mal begegnet war. Wenn er ihr das sagte, würde sie dann Angst bekommen? Auf keinen Fall wollte er sie verschrecken, nicht jetzt, da er endlich aufgewacht war und begriffen hatte, wie unglaublich sie war.

»Ich weiß nicht, ob ich es als Verknalltsein bezeichnen

würde«, antwortete er endlich. »Es ist mehr so, als hätte ich während der letzten fünf Tage nicht aufhören können, an dich zu denken. Wenn ich ein Bandtreffen habe …« Er küsste ihre Augenbraue. »Wenn ich auf der Bühne bin.« Er küsste sie auf den Nasenrücken. »Wenn ich versuche, nachts einzuschlafen, dann ist es am schlimmsten. Und am besten.«

»Miles …« Sie strich mit einer Hand über seinen Arm und seine Schulter und ließ sie an seinem Hals liegen. Konnte sie spüren, wie sein Puls aussetzte und dann wie ein galoppierendes Pferd weiterrannte?

»Wenn du das Verknalltsein nennst, dann ja. Ich bin gewaltig, überwältigend und ernsthaft in dich verknallt, Ames.«

»Du hast mich früher nie wahrgenommen.«

»Ich habe dich wahrgenommen. Aber früher hast du nie diese Kleider getragen.«

Sie kuschelte sich an ihn. »Ich hatte letztes Jahr einen Wachstumsschub. Es gefällt mir nicht, wie Jeans an mir aussehen. Kleider sind einfacher.«

Er strich ihr mit einer Hand über die Seite, sorgfältig darauf bedacht, nicht zu tief hinabzuwandern. »Nun, diese knappen Dinger provozieren schon. Was, glaubst du wohl, macht das mit mir?«

Als Antwort schlang sie ihr Bein um seins. Miles' Herz hämmerte gegen seine Rippen. »Willst du damit sagen, du interessierst dich nur für meine Beine?«

»Genauso wie du dich nur für meine unglaublich tollen Haare interessierst.«

»Du bist so eingebildet«, flüsterte sie, während sie mit seinem Haar spielte. »Was werden wir Nick sagen?«

Sein Herz blieb stehen. Er seufzte, strich mit der Hand an ihrem Arm herunter, verschränkte seine Finger mit ihren und legte sich ihre Hand auf die Brust. »Ich weiß es nicht.«

»Du *musst* es ihm nicht sagen.«

»Doch, ich muss.«

Nachdem er es laut ausgesprochen und über die potenziellen Konsequenzen nachgedacht hatte, wusste er, dass dies kein verdammtes Verknalltsein war. Er war dabei, sich volle Kanne in Aimee zu verlieben, und das schnell. Ein Teil seines Gehirns war verzückt bei dieser Erkenntnis, während ein anderer Teil sich fühlte wie der größte Arsch auf Erden. Sich für das Mädchen zu entscheiden, von dem er sich nicht fernhalten, das er nicht aufhören konnte zu küssen, würde vielleicht bedeuten, die wichtigste Beziehung seines Lebens zu zerstören.

Kapitel 13

*A*imee wollte weder ihr Kleid ausziehen noch sich die Hände waschen oder duschen oder irgendetwas tun, das Miles' Geruch von ihrer Haut entfernte. Ihr schwirrte noch immer der Kopf, selbst Stunden nachdem sie Gute Nacht gesagt hatten oder genau genommen Guten *Morgen,* da es sechs Uhr früh gewesen war, als sie sich endlich getrennt hatten.

Er hatte einen Termin nach dem anderen mit *S2J,* dann ein Bandtreffen mit den Managern und dann irgendeine Benefizveranstaltung am Abend – ihrem einzigen Abend ohne Konzert in dieser ganzen Woche. Sie versuchte, nicht total mies gelaunt zu sein. Wenn die Band ein Konzert gab, konnte sie wenigstens hinter den Kulissen stehen wie Creeper aus *Minecraft,* um auf den wunderschönen Moment zu warten, wenn er mit Wasser übergossen wurde.

Warum sollte sie noch groß leugnen, dass das ihr Lieblingsteil war?

Nach Jahren der unerwiderten Liebe, die ihr das Herz fast zerdrückt hätten, mochte Miles sie nun. Er küsste sie und hielt sie fest und sagte Dinge, die sie nur in den kitschigsten, übertrieben romantischen Songs von *Seconds to Juliet* je gehört hatte. Aber endlich war es real. Sie hatte davon geträumt, sie hatte sogar in ihrem Fanficton-Tagebuch-Blog darüber geschrieben, aber sie hatte nie gewusst, wie umwerfend die Realität sein konnte.

Nach einer Weile beschloss sie zu duschen und sich umzuziehen, nachdem mehr als eine Person – unter anderem Marsha Carlisle – gefragt hatte, ob sie immer noch dasselbe Kleid wie gestern trage. Nein, auf keinen Fall konnte Aimee Miles' Mom etwas über die vergangene Nacht erzählen. Sie würde im Boden versinken und vor Scham sterben.

Nachdem sie sich zum Mittagessen mit Deb und einigen der anderen Make-up-Mädchen getroffen hatte, entschied sie sich dafür, sich für den Rest des Nachmittags in ihrem Hotelzimmer zu verstecken, was ein Luxus war, da sie zwei Nächte in derselben Stadt blieben. Immer noch so wunderbar schwummrig im Kopf, wollte sie gerade einnicken, als ihr Telefon klingelte.

Sie hatte nicht mehr mit Becky gesprochen, seit sie ihren FaceTime-Chat neulich abgewürgt hatte, und sie wusste, dass ihre Eltern sie erst am Abend anrufen würden. Sie griff nach ihrem Handy und sah auf das Display. Eine Nummer erschien, aber keine, die sie erkannte.

»Hallo?«

»Hi.«

225

Die Schmetterlinge in ihrem Bauch stoben alle gleich-zeitig auf. »Miles!«

Er lachte sein melodisches Lachen. »Du klingst müde. Habe ich dich geweckt?«

»Nein.« Sie rieb sich die Stirn und richtete sich im Bett auf. »Ich dachte, ich könnte ein Nickerchen machen, aber ...«

»Aber immer wenn du die Augen schließt, siehst du mich.«

Sie legte sich eine Faust auf den Mund und unter-drückte ein Lachen.

Als sie nicht antwortete, lachte Miles wieder. »Ja, ich habe das gleiche Problem.«

Verdammt.

»Hast du heute Zeit für ein Nickerchen?«

»Nein. Der Tag ist gerammelt voll, aber ich habe jetzt eine kurze Pause. Wir sind in einem Fernsehstudio hinter der Bühne.«

»Cool. Hey.« Sie rieb sich erneut die Stirn. »Woher hast du meine Nummer?«

»Ähm, von Nick.« Er klang schuldbewusst und für einen Moment hatte auch Aimee ein schlechtes Gewissen. »Na ja, nicht direkt von ihm«, fügte er hinzu. »Ich habe Trev gebeten, Deb zu bitten, Mum zu bitten, ihn zu fragen.«

»Trevin weiß Bescheid?«

»Ich brauchte gestern Nacht jemanden, der mich gedeckt hat, aber er ist cool.«

»Oh.« Ihre Schultern entspannten sich. Wenn Miles

nicht von Schuldgefühlen geplagt wurde, weil er das hier vor Nick geheim hielt, warum sollte sie dann welche haben?

»Was machst du gerade?«

»In meinem Zimmer sitzen.«

Es folgte eine Pause. »Was hast du an?«

»*Miles.*«

»Hast du Skype?«

»Miles, ich bin vollständig bekleidet.« Sie schaute auf ihr langes Tanktop hinab, das kaum ihre pinkfarbene Unterwäsche bedeckte. »Na ja, bekleidet genug.«

»Ich will dich sehen – *dein Gesicht*. Wie ist dein Benutzername?«

Er legte auf, sobald sie es ihm gesagt hatte. Sie war noch mitten am Reden, als eine Einladung für Skype auf ihrem Handy aufploppte. Weniger als eine Sekunde später tippte sie das blaue Symbol an, schaute auf den Bildschirm und hielt den Atem an.

»Na, du.«

Oh. Mein. Gott. Seine Augen waren auf ihrem Telefon noch blauer als sonst. Wie schaffte er es, jedes Mal heißer auszusehen, wenn sie ihn sah? Vielleicht lag es daran, dass sie wusste, wie es sich anfühlte, wenn er ihr Gesicht berührte, ihre Stirn und ihren Mund küsste und ihr in die Augen schaute, bis sie das Gefühl hatte, als würden ihre Knochen schmelzen.

»Hi.«

Sein Mundwinkel zuckte in die Höhe. »Süß.«

»Mh?«

227

Er zeigte auf ihr Gesicht und dann an den oberen Rand des Bildschirms. »Was ist das?«

Sie wollte ihre Haare berühren, aber dann fiel ihr entsetzt ein, dass sie nach der Dusche das Handtuch nicht abgenommen hatte. Und sie trug kein Make-up. Und sie hatte wahrscheinlich Kissenabdrücke auf dem Gesicht. Sie schnappte nach Luft, ließ das Telefon auf den Boden fallen und zog sich das Handtuch vom Kopf. »Aimee?«, rief Miles. »Wo bist du?«

»W-warte.« Sie versuchte, sich mit den Fingern durchs Haar zu fahren, aber es war trocken und strohig. Nein! Sie war eine Riesenkatastrophe!

»Aimee.« Er lachte. »Babe, es ist mir egal, wie dein Haar aussieht. Bitte, nimm das Telefon. Ames? Erde an Aimee Bingham.«

Weil sie sich nirgendwo verstecken konnte, stieß sie einen Seufzer aus, griff nach ihrem Handy und schloss die Augen. »Yup.«

Als keine Antwort kam, öffnete sie die Augen und sah Miles' verpixeltes Gesicht reglos auf dem Bildschirm. Aimee dachte, dass die App vielleicht abgestürzt war, bis ihm der Unterkiefer herunterklappte. »Wow.«

»Was?«

»Du bist wunderschön.«

Ihr Magen schlug einen Purzelbaum, immer noch nicht daran gewöhnt, so etwas aus Miles' Mund zu hören. Sie lächelte und schaute nach unten. »Nein, bin ich nicht.«

»Aber total. Ach, verdammt.«

»Was ist los?«

»Ich wünschte einfach wirklich, *wirklich,* dass ich jetzt nicht hier festsäße.« Er legte den Kopf schief. »Hey, was hast du da auf deiner Wange?«

Sie berührte mit den Fingerspitzen ihr Gesicht. »Wo?«

»Ein wenig höher. Genau dort.«

»Was ist da?«

Als er lächelte, bildeten sich Fältchen um seine Augen. »Ich glaube, das ist die eine Stelle auf deinem Gesicht, die ich gestern Nacht nicht geküsst habe. Was gäbe ich jetzt darum, bei dir zu sein, um das zu ändern.«

Sie schmolz dahin. Wieder einmal.

»Du solltest einen Song darüber schreiben.«

»Vielleicht tue ich das.« Er lachte und sein Gesicht wackelte beim Laufen auf dem Bildschirm. »Und, was machst du den Rest des Tages?«

»Meinen Vlog auf den neuesten Stand bringen.«

»Ich wusste gar nicht, dass du eine Bloggerin bist.«

»Seit ein paar Jahren. Ich hatte angefangen zu bloggen, aber jetzt vloggen Becky und ich meistens, und wenn wir Rezensionen und solche Dinge haben, teilen wir uns das auf. Sie war krank, und ich war hier, deshalb ist es irgendwie auf der Strecke geblieben.«

»Über welche Dinge schreibst du denn Rezensionen? Bücher?«

Sie nickte. »Und Filme und Musik.«

»Hast du *S2J* besprochen?«

In Aimees Gedanken blitzte dieser *andere* Blog auf – der, den sie früher geführt hatte. Sie hatte nicht nur eine Kritik über Miles Carlisle geschrieben, sondern auch ein Fanfiction-Tagebuch begonnen. Es war total kindisch, vor allem, da sie jetzt wusste, wie es wirklich war, mit ihm zusammen zu sein. Ein Glück, dass sie dort seit zwei Jahren nichts mehr gepostet hatte und dass sie den Blog von Becky tief in der Blogosphäre hatte begraben lassen.

»Ähm, nein.« Sie rieb sich die Nase. »Das haben wir nicht getan.«

»Warum nicht?«

Sie schwieg, weil sie nicht wusste, wie sie antworten sollte.

»Oh«, murmelte Miles. »Wegen der Sachen, die Nick damals gesagt hat. Das hat dir wirklich wehgetan. Es tut mir total leid, Aimee.« Die Aufrichtigkeit in seiner Stimme wärmte sie durch und durch. »Ist schon gut, ich weiß, dass es so nicht gewesen ist.«

»Ich habe ernsthaft den Wunsch, Nick in den Hintern zu treten. Du hast ja keine Ahnung.«

»Das ist so süß.«

Er verdrehte die Augen. »Ich habe das nicht gesagt, um *süß* zu sein. Wenn der Typ nicht mein bester Kumpel auf der Welt wäre, hätten wir ein ernsthaftes Problem. Obwohl ich denke, dass ich nicht sauer sein kann, weil er versucht hat, dich zu beschützen. Ah, egal, ich habe nur noch ein paar Minuten Zeit, und Ryder guckt mich bereits mit seinem berüchtigten fiesen Blick an.« Miles drehte sein Telefon um, damit sie die anderen sehen konnte. Will schien sich aufzuwärmen, Trevin winkte in die Kamera, und Aimee winkte zurück.

Ryder kam ins Bild, ganz in schwarzes Leder gekleidet. »Wer ist das?«, blaffte er.

»Niemand.« Miles drehte das Telefon wieder zu sich um. »Mach nur weiter mit deinem männlichen Gegrübel.« Sein Bild hüpfte wieder über das Display, als er in einen anderen Teil des Zimmers und dann in einen Flur hinausging. »Ich muss Schluss machen, aber ich wollte wissen, was du heute Abend machst.«

»Hast du doch frei?«

»Nein. Wir machen dieses Wohltätigkeitsdings. Nur für VIPs. Es ist unplugged, eine aufpolierte Version des guten alten Unplugged mit besonderer Setliste.«

»Klingt super.«

»Freut mich, dass du das findest.« Miles lächelte, ein Herzensbrecherlächeln. »Denn ich habe eine Eintrittskarte für dich. In zwei Stunden steht ein Wagen vor dem Hotel bereit.«

Selbst als ein Fan, ein schluchzendes Mädchen, Miles beinah einen Büschel Haare ausriss, verging das Meet & Greet vor dem Unplugged wie im Flug. Er war seit einer Ewigkeit nicht mehr so nervös gewesen vor einer Show. Die Setliste war technisch schwieriger und er würde diesmal mehr als nur einen Song auf der Gitarre spielen.

Aber das war es nicht, was ihn nervös machte. Es war das Wissen, dass Aimee im Publikum sein würde.

Vor acht Monaten war die Show binnen fünf Minuten ausverkauft gewesen. Es war nicht allzu schwierig, an eine weitere Eintrittskarte heranzukommen, obwohl

Miles LJ nicht gesagt hatte, für wen sie war. Es waren weniger als hundert Zuschauer da, was ein intimes Ambiente schaffen sollte.

Alle wirkten höchst angespannt. Will und Nate standen in der Ecke und probten bis zur letzten Minute Harmonien von *The One*, Ryder machte an der Wand Push-ups, und Trev wippte auf den Fußballen. LJ streckte den Kopf zur Tür herein und machte die Ansage, dass sie in zehn Minuten dran waren.

Miles brannte darauf, ins Publikum zu sehen, neugierig, wo genau Aimee saß. Sie war so aufgeregt gewesen, als er ihr von der Überraschungseintrittskarte erzählt hatte. Komisch, vor einigen Tagen hatte er sich Sorgen gemacht, dass sie *S2J* hasste und ihn besonders.

Und jetzt war er verdammt begeistert von der Entdeckung, dass sie von Anfang an ein Fan gewesen war – mit selbst gemachten Schildern in der Aula der Pali High –, bevor er überhaupt einen Superfan verdient hatte. Abgesehen von seiner Mum zählte die Meinung dieser braunäugigen Göttin für ihn inzwischen am allermeisten.

»Weshalb lächelst du?«

Miles blinzelte und sah Trevin an. »Nichts.«

»Alter, du bist, na ja, verschossen.«

Er verdrehte die Augen und krempelte die Ärmel seiner Jacke auf. »Nö, das hier ist einfach ein großer Abend.«

Trevin stieß ihm einen Ellbogen in die Rippen. »Und wie, Kumpel.«

Ihre ausgedünnte Begleitband war bereits zusammen mit einem zwölfköpfigen Streichorchester auf der Bühne, und Miles stellte sich zu *Seconds to Juliet,* damit sie sich wie vor jeder Show abklatschen konnten.

Adrenalin flutete Miles, als er und die Jungs auf die Bühne stürmten und jeder seinen Platz auf einem Barhocker vor einer Reihe altmodisch aussehender Standmikrofone einnahm. Der Raum war nicht größer als eine Schulcafeteria, aber die Akustik während des Soundchecks war brillant gewesen.

Die ganze Atmosphäre erinnerte an Las Vegas. Die Jungs trugen zueinanderpassende schwarze Anzüge, aber jeder hatte darunter ein Hemd in einer anderen Farbe an. Nate trug eine Fliege, an Ryders purpurnem Hemd standen die obersten vier Knöpfe offen, Trevs gelbes Hemd war extra lang, sodass es hinten unter seiner Jacke herausblitzte. Wills übergroßer Kragen lag über seinen Jackenaufschlägen und sah sehr nach Siebzigerjahren aus.

Miles war am konservativsten gekleidet, aber er bevorzugte den klassischen Sinatra-Stil. Sein hellblaues Hemd wurde von einer dunkelblauen Krawatte ergänzt. Seine Schuhe waren auf Hochglanz poliert und sein Haar mit Gel zurückgekämmt statt wie sonst aufgestellt.

Er hätte selbstsicher sein sollen, aber vor lauter Lampenfieber zitterten seine Hände, und sein Magen fühlte sich flau an … bis er durch das grelle Scheinwerferlicht blinzelte und Aimee in der zweiten Reihe sah. Ihre Haare glänzten, und sie trug zweifellos ein Kleid, aber Miles nahm nur ihr Gesicht wahr, ihr Lächeln, ihre Augen, deren Blick auf ihm ruhte. Und plötzlich – genau wie an

233

dem Tag auf der Bühne in der Schule – war dank Aimee Bingham seine ganze Nervosität wie weggeblasen.

Die Ruhe hielt sich bis in ihren ersten Song hinein, eine Ballade, die zwar von ihrem Album heruntergenommen worden war, die aber live gut klang. Die Harmonien waren anspruchsvoll, und der Saal war von ihren Stimmen abgesehen mucksmäuschenstill. Bei Songs wie diesen zog Miles gern eine Show ab, er suchte sich meist drei oder vier Mädchen im Publikum aus, für die er sang.

An diesem Abend aber gab es nur eine und er brauchte sich nicht zu verstellen. Sein Blick ruhte auf Aimees Gesicht. Es war, als wären die Worte des Songs direkt für sie beide geschrieben worden, als er zu dem für ihn einzigen Mädchen im Raum sang. Tatsächlich war er so vertieft, dass er das Ende verpasste, weil er vergessen hatte, dass sie die zusätzliche Strophe gestrichen hatten.

Ganz der Profi, überspielte er es und genoss die Gelegenheit, mit dem Publikum in Kontakt zu treten. »Tut mir leid, Leute.« Er drehte sich zu seinen Bandgefährten um und grinste verlegen. »Ich schätze, ihr habt mich da beim Tagträumen erwischt.«

»So ist er immer«, meldete Trev sich zu Wort und brachte das Publikum zum Lachen.

»Aber heute Abend ist er noch schlimmer als sonst«, warf Nate ein. »Findet ihr nicht auch?«

Miles grinste und lockerte seinen Kragen. »Ja, tut mir leid. Ich bin heute todmüde, weil« – er konnte nicht anders, als die atemberaubende Brünette in der zweiten

Reihe direkt anzusehen – »ich letzte Nacht *überhaupt keinen* Schlaf bekommen habe.«

Jedem klugen, rationalen Gedanken zum Trotz hielt er den Blickkontakt mit ihr und zwinkerte ihr zu.

Stille senkte sich über die Menge, bis Trev sich ein Mikro schnappte, das Publikum willkommen hieß und die Band vorstellte. Miles warf einen weiteren verstohlenen Blick auf Aimee und hoffte, dass das Zwinkern ihr nicht peinlich gewesen war. Aber er sah nur ein strahlendes Lächeln und dazu passende Augen. Alle anderen im Raum, die ganze Welt verschwamm, als existiere sie nicht.

Aber da er es nicht riskieren konnte, es noch einmal zu vermasseln, gab Miles sein Bestes, nicht einfach nur dazusitzen und Aimee während des restlichen Sets anzusehen, was ein heftiger Kampf für ihn war. Trotz des ernsteren Anfangs waren die Hocker am Ende der Show verschwunden, alle waren auf den Beinen, und für das Finale fielen Konfetti und Luftballons von der Decke.

Sie sollten sich anschließend nicht unter das Publikum mischen, aber Miles hatte keine Gelegenheit gehabt, mit Aimee Pläne zu schmieden. Obwohl er sie offensichtlich schlafen lassen sollte, konnte er sich nicht vorstellen, heute Abend nicht mit ihr zusammen zu sein. Neben dem Konzert und dem zehnminütigen Skypen hatte er sie den ganzen Tag über kaum gesehen. Er brannte darauf, ihre Hände zu berühren und die eine Stelle auf ihrem Gesicht zu küssen, die er am Abend zuvor ausgelassen hatte.

Die typische Wahnsinnshektik nach einem Auftritt spielte sich backstage ab. Miles überlegte gerade, dass er sich vielleicht hinter den Schlagzeugen verstecken und darauf warten könnte, bis die Luft rein war, um dann Aimee zu suchen, und … an der Stelle setzte sein Verstand irgendwie aus, obwohl er wusste, dass alles, was sie zusammen anstellen würden, verdammt unglaublich sein würde.

Schließlich entdeckte er sie, als sie sich durch die verbliebenen Zuschauer schlängelte und auf die Bühne zukam. Ihre Blicke trafen sich, und sie lächelte, aber eine Sekunde später erstarb dieses Lächeln, und ein panischer Ausdruck erschien auf ihrem Gesicht. Miles war kurz davor, wie ein Torpedo an ihre Seite zu schießen.

»Hey, Kumpel.«

Miles erstarrte. »Nick – hi. W-was geht?« Er schaute an ihm vorbei und sah, dass Aimee verschwunden war. »Warst du, ähm, warst du bei der Show?« Scheiße, Scheiße, Scheiße. Und hatte er gehört, dass Miles gesagt hatte, er sei die ganze Nacht auf gewesen?

»Nö, ich bin gerade erst gekommen. Ich helfe den Roadies, weil die in weniger als zwei Stunden die ganze Ausrüstung zum nächsten Veranstaltungsort schaffen müssen.«

»Das ist nett von dir.« Miles' angespannte Muskeln lockerten sich etwas, und er legte Nick eine Hand auf die Schulter, während er überall hinschaute, nur nicht in die Augen seines Freundes.

»Das ist eine gute Erfahrung. Diese Jungs arbeiten hart, aber sie feiern auch heftig.«

»Es sieht immer so aus, als hätten sie einen Mordsspaß, selbst wenn gerade alles schiefgeht und die Show in zehn Minuten anfangen soll.«

»Total.« Nick lachte und schaute sich um. »Hast du meine Schwester gesehen?«

Miles' Eingeweide zogen sich zusammen, aber er hatte keine Zeit, sich wegen seines Gesichtsausdrucks Sorgen zu machen. »Was? Nein. Wann?«

Nick warf ihm einen seltsamen Blick zu.

»Ist alles in Ordnung mit dir?«

»Ja, ja.« Er fuhr sich mit einer Hand durch die Haare. »Ähm, habe ich Aimee gesehen? Habe ich …?« Alter, er war ein grottiger Schauspieler. »Ähm, na ja …« Er kratzte sich am Kinn.

»Ich weiß, dass sie heute Abend hier war, weil ich im Hotel zu ihr gegangen bin, um zusammen unsere Eltern anzurufen, und sie war gerade auf dem Weg raus. Ich denke, sie ist mit deiner Mom hergefahren.«

»Mum war heute Abend nicht hier«, erwiderte Miles, obwohl er gerade ein hieb- und stichfestes Alibi zerstörte. »Nein, ich, ähm, ich weiß nicht, wo Aimee ist.«

»Wirklich nicht? Hm. Ich habe vor einer Sekunde mit Ryder gesprochen, und der hat mir *ausdrücklich* gesagt, dass ich *dich* fragen solle.«

»Ach ja?« Er rieb sich wieder das Kinn. Ryder Brooks war ein toter Mann. »Äh, nein, Alter, hab sie nicht gesehen.«

Ihm lag ein dicker, schwerer Stein im Magen. Er hasste es, seinen besten Freund zu belügen, und er war ohnehin ein hundsmiserabler Lügner. Er wusste, dass er ihm die Wahrheit sagen musste, aber er wusste nicht, wie oder wann er das tun sollte. Und jetzt wäre der perfekte Zeitpunkt gewesen, um herauszufinden, warum zum Teufel Nick Aimee vor zwei Jahren all diesen Mist erzählt hatte. Aber tatsächlich konnte Miles ihm kaum in die Augen sehen.

»Okay«, sagte Nick. »Ich werde sie wohl noch finden, da du ihr heute Abend natürlich nicht mehr über den Weg laufen wirst, stimmt's?« Er hob die Augenbrauen und warf Miles einen sehr eindringlichen Blick zu.

Ihm wurde noch übler. »Haha. Richtig. Darüber brauchst du dir keine Sorgen zu machen.«

»Man sieht sich.«

»Bis später, Kumpel.«

Nachdem Nick außer Sichtweite war, schlich Miles sich zu der letzten Stelle, an der er Aimee gesehen hatte. Sie war nicht da. Sie war nirgends, und das war ein Glück, denn am Ende lief er Nick unterwegs zum Bus noch zweimal über den Weg.

The One stand mit laufendem Motor vorne in der Reihe der Busse. Trevin wartete am Fuß der Treppe und hängte sich aus der Tür. »Alter.« Er wedelte mit beiden Armen über dem Kopf. »Schwing deinen Arsch hier rüber. Lester ist schon zweimal vorbeigekommen. Er weiß, dass wir auf dich warten.«

Miles warf noch einen weiteren Blick hinter sich, dann seufzte er. Verdammt, keine Aimee. Mürrisch stieg er an Bord des Busses und löste seine Krawatte. Sobald die Tür sich schloss, legte Donnie den Gang ein und lenkte den Bus auf die Straße. Miles ließ sich neben Trev auf die Lederbank sinken, streifte Jackett und Krawatte ab und seufzte erneut.

»Harte Nacht gehabt, Casanova?«

»Verpiss dich.«

Trevin warf ihm einen PlayStation-Controller zu. »Ich werde dich gleich allemachen. Wir sind in zwanzig Minuten im Hotel – mehr Zeit brauche ich nicht.«

Miles hatte keine Lust zu spielen, obwohl es seine Lieblingsmethode war, um mit Trev zusammen Dampf abzulassen.. Heute Abend war es die reinste Folter. Er wollte nur mit Aimee zusammen sein. Wann genau war das Mädchen aus seiner Kindheit eigentlich erwachsen geworden und hatte ihn derart eingewickelt?

Sie spielten eine Zeit lang. Als Miles' Avatar zum zweiten Mal explodierte, drehte er sich zu Trevin um. »Danke, dass du mir vorhin Rückendeckung gegeben hast, und danke für gestern Nacht.«

Trev zuckte mit den Schultern. »Keine Ursache. Ich werde auch gar keine Fragen stellen oder so – zum Beispiel, *warum* du es auf die Schwester deines angeblich besten Freundes abgesehen hast, wenn dieser angeblich beste Freund dir ausdrücklich gesagt hat, dass du dich von ihr fernhalten sollst.«

Wieder spürte Miles, wie sich seine Eingeweide verkrampften. »Ich weiß.«

»Ich hoffe, sie ist es wert.«

Er legte den Kopf zurück und schaute zur Decke. »Das ist sie.«

Kapitel 14

Das war extrem knapp gewesen. Aimee machte sich allerdings nicht so große Sorgen, dass sie von Nick erwischt werden könnten, wie Miles. Selbst wenn er sauer auf sie beide wäre, hatte sie erheblich weniger zu verlieren als Miles. Schließlich könnte Nick nicht einfach aufhören, ihr Bruder zu sein. Aber wenn er so durchdrehte, dass er Miles die Freundschaft kündigte, wäre das furchtbar tragisch.

Wenn es also für Miles wichtig war, ihr funkelnagelneues *Was-auch-immer* geheim zu halten, dann war das für sie ein ausreichender Grund.

Obwohl es in epischem Ausmaß ätzend war, dass sie ihn nach dem Unplugged-Konzert nicht sehen konnte. Verdammt, das war das tollste Ding aller Zeiten gewesen. Miles hatte unglaublich gut ausgesehen in seinem maßgeschneiderten Anzug – und dann noch dieses Zwinkern nach dem ersten Song und die Bemerkung darüber, dass er die ganze Nacht nicht geschlafen habe …

Niemand sonst in dem Saal hatte gewusst, dass sie zusammen gewesen waren, gelacht und sich geküsst und

Erdnussbuttersandwiches gegessen hatten, dass sie unter den Sternen gelegen hatten, mit nichts als dem Geräusch ihres eigenen Geflüsters und dem Schimmern der Pool-lichter.

Wenn sie ein Gefühl in eine Flasche hätte abfüllen können, um es auf ewig aufzubewahren, wäre es das Gefühl der vergangenen Nacht gewesen.

Aber als Nick Miles in die Enge getrieben hatte und sie ihn Miles fragen hörte, ob er sie gesehen habe, wusste sie, dass sie schnell verschwinden musste. Derselbe Wagen und derselbe Fahrer hatten vor dem Gebäude auf sie gewartet, als die Show vorüber gewesen war, und sie hatte Nick vom Wagen aus eine SMS geschickt und gesagt, dass sie schon fast im Hotel sei. Zumindest würde er nun nicht nach ihr suchen.

Sie erwartete fast, Miles gegenüberzustehen, als sich der Hotelaufzug öffnete – wie gestern Nacht. Aber der Aufzug war leer. Während sie einstieg, fiel ihr wieder ein, dass sie ihr Handy stumm geschaltet hatte. Sie schaltete es ein und sah, dass sie fünf verpasste Anrufe hatte, alle von derselben Nummer, der, die sie früher am Tag angerufen hatte.

Bevor sie noch zurückrufen konnte, klingelte ihr Telefon. »Miles?«

»Ist da das Mädchen, das mich die ganze Nacht wach gehalten hat?«

»Hör auf damit …« Sie grinste und eine wohlige Wärme strömte durch ihre Adern.

Obwohl er nicht da war, schallte sein Gelächter durch den Aufzug. »Wo bist du?«

241

»Im Hotel, im Lift.«

»Ich auch. In meinem Zimmer.«

Aimees Hand zuckte, bereit, erinnert zu werden, in welchem Stockwerk er war, welche Zimmernummer er hatte, damit sie auf den entsprechenden Knopf drücken und in zwanzig Sekunden vor seiner Tür stehen konnte.

»Ich muss heute Nacht hierbleiben«, fügte er hinzu.

Ihre gute Laune welkte dahin wie eine Blume bei Sonnenuntergang. »Oh?«

»Ja. LJ hat mich auf dem Rückweg abgepasst. Er weiß, dass ich gestern Nacht durchs Haus gegeistert bin, also denke ich, wir sollten uns für eine Weile bedeckt halten.«

Ihre Laune sank noch tiefer. »Okay.« Die Türen öffneten sich und sie ging zu ihrem Zimmer.

»Bist du enttäuscht?«

Sie lachte düster auf und schloss die Tür zu ihrem Zimmer auf. »So kann man es auch nennen. Ich werde wohl den Roman zu Ende lesen, mit dem ich heute Morgen angefangen habe, und die Rezension posten.«

»Du liest ein ganzes Buch an einem Tag?«

»Ich bin schnell.«

»Aber hallo. Ich war nie ein schneller Leser.«

»Ach, du *kannst* also lesen?«

»Haha. Es ist eine Weile her, seit ich irgendetwas in Angriff genommen habe, das nichts mit der Schule zu tun hat, aber ich werde sofort damit anfangen. Bloß nicht morgen Nachmittag. Da werde ich beschäftigt sein. Und du auch.«

»Warum?«

»Ich habe den Tag frei.«

Aimee lief frontal gegen die Badezimmertür und schlug sich den Kopf an. »Ernsthaft?«

»Ich habe einen Plan und da steht dein Name ganz groß drauf. Außerdem glaube ich, dass du mir ein offizielles Date schuldest. Ich vergesse nie eine Wette.«

Sie legte sich eine Hand aufs Herz und ließ sich aufs Bett sinken. »Sag mir nur, wann.«

Am nächsten Tag, nach einem FaceTime-Chat mit Becky, dem Posten von zwei Rezensionen und dem schnellsten Duschen im mittleren Westen, stand Aimee draußen vor der Hintertür des Hotels, die Miles ihr beschrieben hatte. Aber da war kein Miles. Sie hatte ihr Telefon und hätte ihn anrufen können, um rauszufinden, ob sie vielleicht die Zeit falsch verstanden hatte. Aber was, wenn LJ gerade bei ihm war? Oder Nick?

Bevor sie sich allzu viel Stress machen konnte, kam ein leuchtend roter Wagen um die Ecke gedonnert und blieb mit quietschenden Reifen vor ihr stehen. Das Beifahrerfenster glitt herunter und ein Song von *Seconds to Juliet* quoll heraus.

»Mitfahrgelegenheit gefällig, schöne Frau?«, fragte Miles und beugte sich über den Beifahrersitz.

Krasse Kiste, er wusste, wie man einen Auftritt hinlegte.

»Ich würde ja aussteigen und dir die Tür wie ein Gentleman öffnen, aber ich bin mir nicht sicher, wie man dieses Ding in den Parkmodus schaltet.«

Sie lachte und stieg ein. Der Wagen roch nach teurem Leder, das Armaturenbrett glänzte in Schwarz und Chrom, und hinter dem Lenkrad saß der schönste Junge, den sie je gesehen hatte. Und lächelte sie an. Es war besser als jede Fanfiction, die sie sich je erträumt hatte.

»Hi«, sagte er.

»Hi.« Sie erwiderte sein Lächeln.

»Überrascht?«

»Eigentlich nicht. Mal sehen, du fährst in einer ›Little Red Corvette‹ vor – wahrscheinlich der größte Hit von Prince –, während du *S2Js* neuesten Nummer-eins-Hit spielst; das passt doch prima zu deinem Ego.«

»Du sagst die tollsten Sachen.« Er legte ihr eine Hand aufs Knie, beugte sich vor und küsste sie. Kein Kuss, als wäre das alles noch ganz neu für sie beide, sondern ein schneller, intensiver, als machten sie das schon seit einer Ewigkeit.

Es war perfekt.

»Schnall dich an, Babe.« Er setzte eine verspiegelte Piloten-Sonnenbrille auf.

Sie fuhren eine Weile herum und Miles sang über seine eigene Stimme hinweg und noch lauter über die seiner Bandkameraden. Aimee lachte so heftig, dass sie Tränen in den Augen hatte, als sie auf den Parkplatz einbogen.

»Wo sind wir?«

»Der Zirkus hat heute eröffnet.«

Ein Schauder überlief Aimee, und sie schaute sich um, aber sie sah weder ein Riesenrad noch Zuckerwatte-buden und glücklicherweise auch keine bemalten Gesichter mit roten Nasen. »Miles, ich weiß, ich habe gesagt, du könntest entscheiden, wo wir unser Date verbringen, aber Zirkusse finde ich supergruselig.«

»Clowns, ich weiß. Daran erinnere ich mich, ich wollte nur sehen, ob es immer noch so ist.« Er ließ ein charmantes Lächeln aufblitzen. »Deshalb sind wir hier, während alle anderen dort sind.« Er deutete auf ein Schild, als sie daran vorbeirollten.

»Ein Park?«

»Der Hotelportier hat mir davon erzählt. Der Park hat hinten jede Menge Bäume und Büsche, wie ein Labyrinth.«

Aimee blickte zu dem riesigen grünen Areal hinüber. »Hübsch.«

»Das dachte ich auch. Jede Menge abgeschirmte Ecken, in denen sich zwei leidenschaftliche Teenager verlieren können.«

Sie knuffte ihn in den Arm, obwohl ihr Herz einen aufgeregten Rückwärtssalto machte, als sie sich vorstellte, sich mit Miles in den Büschen zu verlieren.

Er parkte am hinteren Ende des Parkplatzes. Es war Nachmittag und es waren kaum andere Autos da. Hm. Vielleicht waren tatsächlich alle im Zirkus. *Umwerfender Plan, Miles!* Er setzte eine Baseballkappe auf, den Schirm tief ins Gesicht gezogen, und behielt die Sonnenbrille ebenfalls auf. Es mochte nicht die beste Verkleidung der Welt sein, aber sie würde wahrscheinlich gut genug funktionieren. Und *verdammt,* sah er heiß aus.

Als sie losgingen, ergriff Miles ihre Hand und ver-

245

schränkte seine Finger mit ihren. Sie lehnte sich an ihn und legte die andere Hand um seinen Oberarm. Das geniale Foto auf der Längsseite von *The One* würde seinem Körper niemals gerecht werden. Der Junge war ein Kunstwerk.

»Was hast du den ganzen Tag über gemacht?«, fragte er. »Noch mehr gelesen?«

»M-hm. Becky und ich haben endlich entschieden, welche Bücher wir als Nächstes rezensieren wollen, dann haben wir gebrainstormt. Und, ähm, obwohl Becky den ganzen Promi-Kram macht, habe ich gedacht, dass ich vielleicht über eins eurer Konzerte vloggen würde.«

Er grinste und sein ganzes Gesicht leuchtete auf. »Du brichst endlich dein Schweigegelübde und gibst öffentlich zu, dass du verrückt nach mir bist?«

»So was in der Art«, bestätigte sie, wohl wissend, dass sie errötete. Aber es war ihr egal. »Wie war dein Tag?«

»Gut. Wir hatten ein Treffen mit dem Management, bei dem man uns *informiert* hat, dass wir nächste Woche einen Weihnachtssong für eine Compilation aufnehmen.«

»Aber es ist Juni.«

»Was anscheinend der perfekte Zeitpunkt ist, um über Eiszapfen und Feigenpudding zu singen.«

»Über den Weihnachtsmann und Baumschmuck?«

Er lachte und schlang einen Arm um sie. »Über verschneite Nächte und kuschlige Abende vor dem Kamin.«

Ihr Herz vollführte einen Freudentanz. »Vergiss den Mistelzweig nicht.«

»Ich vergesse den Mistelzweig *nie,* nicht mal im Juni.«

Er blieb stehen, legte ihr die Hände auf die Hüften, sodass ihr Herz noch schneller schlug. Als seine Lippen ihre berührten, wurden ihre Knie ganz weich, aber als sie gerade die Arme um ihn legen wollte, lief ein Kind vorbei und stieß mit ihnen zusammen, sodass sie auseinandergeschubst wurden.

»Ähm, und was hast du nach dem Treffen gemacht?«, fragte sie schnell. Sie sollten wohl nicht vor kleinen Kindern herumknutschen. Es wäre auch blöd, die Aufmerksamkeit auf sich zu lenken, während Miles gerade versuchte, inkognito zu bleiben.

»Danach, ähm, lass mal nachdenken.« Er machte einen Schritt zurück, wischte sich über die Stirn und atmete mehrmals tief ein und aus. Das entlockte ihr ein Lächeln. *Ich bin daran schuld,* dachte sie. »Wir haben mit *Cherry* geprobt«, antwortete er schließlich.

»Ich wusste gar nicht, dass ihr irgendwelche Songs mit eurer Vorband zusammen macht.«

»Machen wir auch noch nicht. Wir haben nur Ideen durchgespielt.« Er nahm ihre Hand und sie gingen weiter.

Aimee schaute zu Boden. »Du ... warst mit ihr zusammen. Paige.«

»Es hat keine *Dates* in dem Sinne gegeben, aber ja, wir waren ungefähr eine Millisekunde lang zusammen. Tatsächlich war es ihre Idee, einen Song mit mir zu machen.«

»Natürlich war es ihre Idee«, murmelte sie. »Sie steht immer noch auf dich.«

Miles lachte und drückte ihre Hand. »Du klingst eifersüchtig.« Sie schnaubte und verdrehte die Augen. »Und jetzt siehst du eifersüchtig *aus*.«

»Ihr reist den ganzen Sommer lang zusammen rum. Ist es nicht peinlich, sie überall zu sehen?«

»Total. Na ja, zumindest am Anfang. Aber ich nehme sie gar nicht mehr wahr. Ich sehe nur dich.« Er schaute sie an, aber sie sah bloß ihr eigenes Spiegelbild in seinen Brillengläsern.

»Du sagst all die richtigen Dinge.«

»Ich sage nur die Wahrheit.«

Aimee antwortete nicht, und Miles schwieg, nachdem er das gesagt hatte. Miles schwieg nie. Hatte sie ihn abgetörnt, indem sie total bedürftig und unsicher gewirkt hatte? Sie war vorher nie auf die Idee gekommen, eifersüchtig auf Paige zu sein, aber jetzt sah sie nur diese dreiste Blondine mit den riesigen Möpsen, die Miles dazu brachte, ein schamloses sexy Duett mit ihr zu singen, während sie versuchte, ihre Romanze wiederaufleben zu lassen. Und auf der anderen Seite war sie, das dumme Mädchen Aimee, das klammerte und den Jungen, nach dem sie verrückt war, wieder in die Arme seiner Ex trieb.

Miles ließ ihre Hand los und Aimee spürte die Lücke zwischen ihnen sofort. Keine fünf Sekunden später legte er ihr den Arm um die Taille und zog sie an sich, berührte mit den Fingerspitzen ihr Kinn. »Hey, hör zu. Paige war die Falsche für mich. Ich habe das fast sofort begriffen, aber damals wusste ich nicht, warum. Dann fingen die Gerüchte an, die Klatschpresse.« Er schüttelte den

Kopf. »Um es milde auszudrücken, sie hat mein Vertrauen missbraucht, was bedauerlicherweise nichts Neues war. Für *Cherry* hat es sich immerhin gelohnt; sie sind unsere Vorband geworden.«

Aimee bemerkte die Verbitterung in seiner Stimme. Ja, seine Exfreundinnen hatten ihn wirklich verarscht. Er verdiente etwas so viel Besseres. Hoffentlich dachte er, dass sie gut genug war.

»Aber das hat nichts mit dir zu tun. Ich kenne dich. Ich *vertraue* dir, Ames. Ich erwarte nicht, dass du verstehst, warum, aber für mich ist das eine ziemlich große Sache.« Seine Finger strichen über ihre Wange und hinterließen eine Spur der Wärme, die in ihr den Wunsch weckte, dass er sie noch mehr berühren würde. »Diese Tournee geht den ganzen Sommer lang, aber dann machen wir eine Pause, bevor wir das neue Album aufnehmen. Weißt du, was das bedeutet?«

Sie blieben stehen und Aimee blinzelte zu ihm auf. »Was?«

»Ich werde zu Hause sein.«

»In Pacific Pali?« Ihr wurde sofort leichter ums Herz. »Wie lange?«

»Ein paar Wochen, denke ich. Ich habe den endgültigen Terminplan noch nicht gesehen, aber es sollte lang genug sein, um dich zum Homecoming auszuführen.« Er hielt ihre Hände fest und schaute auf sie herab. »Ich weiß, dass dieser idiotische *Wichser* von einem Exfreund aus Frankreich dir das Herz gebrochen hat und dass du Angst hast, wieder verlassen zu werden.« Er hielt inne und presste die Lippen aufeinander. Aimee liebte seine Lippen. Sie wollte sie ständig küssen. »Ich will mit dir zusammen sein, Aimee. Ich will dort sein, wo du bist, aber natürlich kann ich das nicht die ganze Zeit. Nicht jetzt.«

Sie schloss kurz die Augen. »Ich weiß.«

»Aber das heißt nicht, dass es nicht funktionieren kann. Ich weiß, dass wir es schaffen können, und ich will es versuchen. Du auch?«

Darüber brauchte sie nicht einmal nachzudenken. »Ja.«

Ein breites Lächeln glitt über seine Züge, und Aimee erwiderte es und trat dabei den letzten Rest der Steinmauer ein, die sie um ihr Herz herum errichtet hatte, um sich nicht noch einmal in Miles oder irgendeinen anderen Jungen zu verlieben.

»Das ist schön«, sagte er. »Und können wir jetzt bitte endlich zu der Frage kommen, warum ich dich überhaupt hierhergebracht habe?« Sein Lächeln verschwand, und er sah sie eindringlich an, während er mit einem Finger ihren Wangenknochen nachzeichnete. »Ich hatte diese Stelle ausgelassen, erinnerst du dich?«

Er zog sie an sich, und ihre Lider schlossen sich flatternd, während sie das Gefühl seiner Lippen auf ihrer Wange auskostete und er dieselbe Stelle wieder und wieder küsste. Die Sonne schien warm auf ihr Gesicht, seine Hände lagen um ihre Taille und drückten erst fest zu und wanderten dann tiefer …

»Miles Carlisle, ich dachte mir doch, dass ich Sie hier finden würde.«

Miles versteifte sich. Sie drehten sich beide um und sahen einen Mann mit einer Baseballkappe und einer Kamera um den Hals.

Wie zum Teufel war das passiert? Es musste ihnen jemand gefolgt sein. Obwohl Miles sehr vorsichtig gewesen war, als er mit dem Hotelportier darüber gesprochen hatte, welche Orte in der Stadt man besuchen könne. Niemand sonst war in der Nähe gewesen, also musste der Mann an der Rezeption ihn verpfiffen haben.

Verdammt. Wie viele Male würde er noch dieselbe Lektion lernen müssen? Man konnte niemandem vertrauen – ganz gleich, wie vertrauenswürdig jemand erscheinen mochte.

Aber zumindest war da nur einer von ihnen ... soweit er das sehen konnte. Obwohl diese Blutegel seiner Erfahrung nach meist in Rudeln reisten. Bevor er die Corvette mietete, hatte Miles tatsächlich daran gedacht, Beau, ihren obersten Leibwächter, zu bitten mitzukommen. Aber Himmel, er hatte Aimee zeigen wollen, dass er in der Lage war, sie zu einem einzigen normalen verdammten Date auszuführen, und dass sie für ihn nicht immer hinter *S2J* zurückstehen würde.

»Wir haben hier ein Date«, sagte Miles und versuchte, Aimee unauffällig hinter sich zu schieben. Nach dem Teleobjektiv an der Kamera zu urteilen, war der Typ ein Paparazzo. Obwohl es seltsam war, dass er noch keine Fotos gemacht hatte. »Bei Dates gebe ich keine Interviews. Rufen Sie unsere PR ...«

»Ich bin nicht wegen eines Interviews hier.« Der Mann lachte spöttisch. »Ich bin nicht einmal ein Fan von Ihrer« – er hielt inne und machte mit den Fingern in der Luft Gänsefüßchen – »*Musik.*«

Miles war an Hater gewöhnt. Nicht jeder mochte den Stil von *S2J*, und er war nicht darauf aus, mithilfe von Popmusik die Welt zu erobern. Er wollte sich bloß vor Aimee nicht mit so etwas abgeben müssen. Er drückte ihre Hand, um sie wissen zu lassen, dass alles okay war. »Was kann ich dann für Sie tun?«

Der Paparazzo legte den Kopf schief. »Der Akzent ist also echt.«

»Wie bitte?«

»Ich dachte, er sei nur vorgetäuscht. Schließlich passt etwas so Feines nicht zu der Story, die ich ausgegraben habe.«

»Story?«

»Nicht über Sie.« Er zog einen kleinen Spiralblock hervor, leckte sich den Zeigefinger und blätterte einige Seiten um. »Hier steht, dass eine gewisse Marsha Carlisle ohne Greencard nach Kalifornien gezogen ist, nachdem Ihr Daddy sie wegen einer achtzehnjährigen Yogalehrerin in London hat sitzen lassen.«

Also war der Bursche nicht bloß ein Fotograf, der im Gebüsch herumhing und auf das eine Foto hoffte, das Geld in seine Kassen spülen würde. Er war schlimmer – ausgewachsener Klatschblattabschaum. Miles' Rücken versteifte sich vor Wut und er biss die Zähne zusammen. Man musste es ihm angesehen haben, denn der Reporter grinste und blätterte eine weitere Seite um.

»Es scheint, dass sie fast ein Jahr lang Wohlfahrtsschecks von der Regierung kassiert hat. Das ist in diesem Land ein Verbrechen, Lord Carlisle.« Er grinste höhnisch. »Man nennt das auch Sozialbetrug.«

»Das ist eine Lüge.«

»Vielleicht.« Der Mann lachte flüchtig, düster. »Aber es ist schon komisch. Sie waren damals, was, zwölf Jahre alt, aber ich kann keinerlei Nachweise an irgendeiner der öffentlichen Schulen in L.A. aus dieser Zeit finden. Die Menschen lieben es, sich über solche Dinge Gedanken zu machen. Wie: Ist Obama wirklich ein amerikanischer Staatsbürger? Wir wissen beide, dass *Sie* beliebter sind als der Präsident.« Er schob sein Notizbuch in eine Tasche, schaute auf seine Kamera und drehte am Objektiv. »Also, ich wäre bereit, die Geschichte über Ihre liebe Mommy zu vergessen, wenn Sie mir den Exklusivbericht darüber liefern, wo Sie in dem Jahr waren.«

Wer war dieser Bastard? Und wo zum Teufel hatte er die Geschichte über einen Sozialbetrug ausgegraben? Im Moment scherte es ihn einen Scheißdreck, ob seine Jugendstrafakte bekannt wurde oder nicht. Dann würde er halt ein paar ultrakonservative Fans verlieren, und Lester wäre sauer – obwohl sein Manager eine solche Geschichte wahrscheinlich ohnehin im Keim ersticken würde. Aber niemand… *niemand*… würde ein böses Wort über seine Mutter verlieren.

»Also?« Der Mann legte den Kopf schief. »Bereit zu reden?«

Miles holte Luft und konzentrierte sich darauf, nicht die Fassung zu verlieren und den Kerl zu erwürgen. Aimee drückte seine Hand, aber bevor er ihr sagen konnte, dass sie sich keine Sorgen zu machen brauche, ließ sie ihn los und stellte sich mit einem energischen Schritt neben ihn.

»Wie können Sie es *wagen!*« Sie baute sich vor dem Mann auf. »Sie sind ein gemeiner, kranker, blutsaugender Mistkerl, mit so etwas zu drohen. Sind Sie stolz auf sich? Dass Sie einen Teenager schikanieren?«

Der Mann blinzelte und wich einen Schritt zurück.

»Sie haben doch keine Ahnung, wovon Sie reden. Sie erfinden Lügen! Nichts davon ist wirklich passiert.« Sie zeigte mit einem Finger direkt auf sein Gesicht. »Ich *kenne* Marsha, und Sie nicht.«

Es sah aus, als wolle sie den Burschen verprügeln, der kurz aus dem Konzept geriet. Aber dann ließ er den Blick über Aimee wandern.

»Ich glaube nicht, dass ich *Ihren* Namen mitbekommen habe, kleine Lady. Obwohl ich annehme, dass Namen für Mr Herzensbrecher hier nicht so wichtig sind.« Er deutete mit einem Daumen auf Miles. »Soweit ich gehört habe, verschleißt Ihr Freund Ihresgleichen ziemlich flott. Am besten hängen Sie sich nicht zu sehr an ihn – für ihn sind Sie bloß eine schnelle Nummer.«

»Halten Sie den Mund«, knurrte Miles zwischen

zusammengebissenen Zähnen hindurch, während er darum kämpfte, den Hulk im Griff zu behalten.

»Haben Sie keine Angst, sich Ihr hübsches kleines Gesicht zu verunstalten, Mr Popsänger? Was würde Ihre Freundin dann von Ihnen halten?« Er hob seine Kamera hoch und trat einen Schritt vor, viel zu dicht an Aimee heran.

»Noch ein Zentimeter, und ich werde Ihnen das Maul stopfen«, sagte Miles, in dem heißer Zorn kochte und darum schrie, herausgelassen zu werden. Er wusste, er würde den Kerl plattmachen können. Er war siebzehn, verdammt gut trainiert und in viel besserer Form als dieser mittelalte Arsch, der eine noch dickere Wampe hatte als LJ. »Geben Sie mir nur einen Grund«, fügte er hinzu, riss sich seine Sonnenbrille herunter und warf sie auf den Boden. »Bitte.«

»Na schön. Vergessen Sie es. Machen Sie sich nicht ins Hemd«, sagte der Mann mit einem falschen, übertrieben britischen Akzent.

»Miles«, flüsterte Aimee und zupfte am Saum seines T-Shirts. »Lass uns einfach gehen.«

Miles sah den Mann an und zog herausfordernd die Augenbrauen hoch. »Sie zuerst, Freund.«

Der Mann zuckte mit den Schultern, aber Miles hatte ihm definitiv Angst gemacht. Gut … so ein kleiner Scheißer. Er ließ die Kamera sinken, und Miles fixierte das Objektiv, bis der Reporter die Kappe draufschraubte. »Ich wollte sowieso gerade gehen. Cheerio dann auch.« Er verzog sich rasch.

Aimee zupfte an Miles' Shirt und zog ihn weiter. Einige Momente lang gingen sie schweigend nebeneinander her. Miles war immer noch zu wütend, um zu sprechen, und hielt den Hulk nur mit Mühe in Schach. Er hatte sich nie an Arschlöcher wie dieses gewöhnt, Dreckskerle, die nur auf reißerische Fotos und Taglines aus waren, egal, ob sie echt waren oder nicht. Hauptsache, es verkaufte sich. Verfluchtes Stück Scheiße.

Sobald er den Kopf wieder frei hatte, sah er Aimee an. Sie kaute auf ihrer Unterlippe herum und schaute stirnrunzelnd zu Boden. Nein, bitte nicht. Sie glaubte diesen ganzen Herzensbrecher-Mist doch nicht etwa, den das Sackgesicht von sich gegeben hatte?

Miles hätte sie beschützen sollen. Er hätte sie gar nicht erst in die Öffentlichkeit bringen dürfen. Nicht, wenn er die Situation nicht unter Kontrolle hatte.

»Wird er das über deine Mom veröffentlichen?« Ihre Stimme klang befangen.

»Wahrscheinlich. Ich kann ihn nicht daran hindern.«

»Er hat gesagt, ich sei für dich nichts als eine schnelle Nummer.«

»Der Typ ist ein Arschloch.« Er stieß mit seiner Schulter gegen ihre. »Bist du okay?«

»Nein«, sagte sie, und die Falte zwischen ihren Brauen vertiefte sich.

Miles drehte sich der Magen um. Das war schlimm. Sie glaubte diesem Typen tatsächlich. Sie glaubte wirklich, dass er nicht so tief für sie – und *nur* für sie – empfand, wie er es tat. Er hatte versucht, ihr zu sagen, was er fühlte, und sie schien glücklich mit ihm zu sein, schien darauf zu stehen, wenn sie sich küssten und rummachten, aber … war sie vielleicht doch nicht glücklich damit? War sie vielleicht doch nur verknallt, und jetzt, da sie sah, wie schwierig es war, mit ihm zusammen zu sein – wirklich mit ihm zusammen zu sein –, kniff sie da?

Ein Schauder lief Miles über den Rücken, als ihm außerdem bewusst wurde, dass Aimee mit angesehen hatte, wie er die Fassung verloren und um ein Haar den Hulk herausgelassen hatte. Seine Aggression war deutlich sichtbar gewesen. Davor hatte Nick sie gewarnt. Hatte sie jetzt auch *Angst* vor ihm?

Miles fühlte sich hilflos und ihm war übel. Aimee hielt noch immer sein Shirt fest, als sie ihn plötzlich durch eine kleine Bresche in den hohen Hecken zog, zwischen eine Reihe von Bäumen und einen Zaun.

Sie atmete jetzt hektisch, ihre Wangen waren gerötet, und wenn sie ihm nun den Laufpass geben wollte, dann würde er hier und jetzt sterben, das wusste er genau.

Eine Sekunde später warf sie sich gegen ihn, schlang ihm die Arme um den Hals und zog seinen Kopf zu sich heran. Ihr Mund, der sich auf seinen presste, überraschte ihn so sehr, dass er nicht einmal reagieren konnte. Er spürte, wie seine Baseballkappe herunterflog, als Aimee die Finger in seine Haare grub.

»Mmmh … Miles …«, flüsterte sie in seinen Mund und hielt seinen Kopf noch fester. Sie drückte sich an ihn und zwang ihn einen Schritt zurück zu machen, sodass er gegen einen Baum stieß und den Halt verlor.

Sie gingen zu Boden und Aimee landete auf ihm. Aber sie hörte nicht auf, ihn zu küssen, drosselte das Tempo nicht, schien nicht einmal zu bemerken, dass sie im Gras lagen. Sie hielt sein Gesicht mit beiden Händen und küsste ihn so heftig, dass sein Kopf sich mit Nebel füllte und dann ganz leer wurde.

Schließlich erwachte sein Körper und er schlang die Arme um sie und schloss sie unter ihren Haaren um ihren Rücken. Ihre Zunge war in seinem Mund, ihre Lippen waren warm und schmeckten nach Vanille. Er rollte sie herum und küsste sie, wollte nie mehr damit aufhören. Als er sie noch einmal herumrollte, schlugen sie gegen einen Baumstumpf.

»Autsch«, flüsterte sie und löste sich zum ersten Mal aus ihrem Kuss. Sie lag jetzt unten, und ihr dunkles Haar – golden im Nachmittagssonnenlicht – ergoss sich um sie herum.

»Oh, verdammt«, sagte er und stützte sich auf die Ellbogen. »Habe ich dir wehgetan?«

»Nein, ich habe dir wehgetan.« Sie hob die Hand und berührte ihn am Kopf. »Du hast mit dem Schädel den Baum getroffen. Ich habe es gehört. Spürst du die Beule?«

Er grinste. »Ich spüre gerade null Schmerz, Ames.«

Sie rollte den Kopf auf dem Gras hin und her, schaute weg und versuchte, dieses atemberaubende, sonnige Lächeln zu verbergen, das sich in seine Seele eingebrannt hatte. Er legte die Arme um sie und rollte sie wieder herum, sodass er unten war und ihr Gesicht über ihm schwebte.

»Hey. Das war das erste Mal, dass du mich geküsst hast.«

Sie sah ihn an. »Wir haben uns schon haufenweise geküsst.«

»Nein.« Er berührte ihr Ohr mit dem Mund, seine Hand tastete unter ihren Haaren nach ihrem Nacken. »Das gerade war das erste Mal, dass *du mich* geküsst hast ... das erste Mal ... von dir aus.«

Sie senkte wieder den Kopf, aber Miles hielt ihr Gesicht fest, weil er sie ansehen musste. »Bitte, sag mir, was ich getan habe, um das zu verdienen, damit ich es noch tausendmal tun kann.«

Sie beugte sich vor und ihre Lippen schwebten verführerisch über seinem Mund. »Du hast dich für mich eingesetzt.«

»Nachdem du dich für mich eingesetzt hast.«

Sie küsste ihn langsam. »Du hast ihm angedroht, ihm in den Arsch zu treten.«

Er schaute zum Himmel empor und lachte, streifte ihr das Haar aus dem Gesicht. »Nur weil du es sonst zuerst getan hättest, und ich konnte nicht zulassen, dass eine Dame so etwas macht.«

»So ein Gentleman«, sagte sie und strich ihm mit einem Finger über die Lippen. »Ich war außerdem in Bezug auf etwas anderes neugierig.« Sie küsste ihn und bewegte ihren Mund über seinem, als wäre sie auf Entdeckungsreise. Es zog ihm alle Kraft aus den Gliedern und er sank tiefer ins Gras.

»Ah, die Legende ist also wahr.«

»Welche Legende?«, fragte er, sehr froh darüber, dass er sich im Moment nicht auf seine Beine verlassen musste.

»Trompetenspieler sind die heißesten Küsser.«

»Wenn ich überhaupt zu irgendwas tauge« – er hielt inne, um seine Lippen auf ihre zu pressen –, »dann deinetwegen. Du lässt mein Herz ...«

»Höherschlagen? Dabei bist du doch der Herzensbrecher«, ergänzte sie und klimperte mit den Wimpern.

Miles stöhnte. »Nein, bitte.«

»Ich mag deinen Spitznamen.« Sie schob eine ihrer kleinen Hände zwischen sie beide und legte sie auf ihr Herz. »Und er passt. Mein Herz schlägt eindeutig höher: *Bum-bum ... bum-bum.*«

Miles verdrehte die Augen. »Aber so ist es nicht. Ernsthaft. All dieser Mist darüber, dass ich jedes Mädchen bekommen kann, das ich haben will, wann immer ich will. Das ist alles Mist, Aimee, nur eine billige Zeile, die man unter die Fotos der Zeitschriften klatschen kann.«

»Aber du *kannst* jedes Mädchen haben, das du willst.«

»Ich will dich.« Die Worte rutschten ihm heraus, bevor er sie stoppen konnte.

»Du hast mich.« Sie lächelte. »Siehst du? Diese Legende ist ebenfalls wahr.«

»Ames.« Er legte seine Hand über ihre, verschränkte ihre Finger miteinander und legte sich ihre Hände auf sein Herz. »Du bist die Einzige, die mein Herz jemals hat höherschlagen lassen. Die Einzige. Jemals.«

Der Ausdruck, den er gerade auf ihrem Gesicht gesehen hatte – hübsch und kokett –, veränderte sich plötzlich. Aimee schaute mit einer Zärtlichkeit und Weisheit auf ihn hinab, und in den Tiefen ihrer braunen Augen sah Miles die Zukunft, *ihrer beider* Zukunft. Bevor er es tun konnte, beugte sie sich vor und küsste ihn und presste ihre Hände dabei fest zusammen.

»Herzensbrecher«, flüsterte sie über seinem Mund.

»Das klingt verdammt sexy, wenn du mich so nennst.«

Sie küsste ihn auf die Nase. »Dann werde ich das immer tun.« Sie bettete ihren Kopf an seiner Brust. Miles streichelte ihren Rücken und ließ die Hände im Kreis wandern, während er auf ihren süßen Atem lauschte und den Duft ihres Haares einsog. Er war trunken von ihr. Vollkommen hinüber.

Während sie dalagen und jeder Minute nachtrauerten, die verrann, fiel Miles etwas ein, etwas, das er ihr sagen wollte, ein einfacher Dreiwortsatz, den er für Millionen Mädchen auf der ganzen Welt gesungen hatte, den er aber niemals ernst gemeint oder verstanden oder empfunden hatte.

Bis jetzt.

Kapitel 15

Aimee hatte Grasflecken an den Knien, und sie würde ihr Kleid wahrscheinlich wegwerfen müssen, aber es war ihr egal. Dank ihres erstaunlichen Dates mit Miles war sie so glücklich wie nie zuvor. Aber sie hatte auch seit zwei Tagen nicht geschlafen und befand sich praktisch im Delirium.

Nachdem sie bis zum letztmöglichen Moment im Park hinter all den hohen Bäumen geblieben waren und nach ihrem letztmöglichen Kuss war Miles mit der kleinen roten Corvette zurück ins Hotel gerast, hatte sie abgesetzt und dann mit knapper Not noch seinen Bus in die Arena erwischt. Während er den Soundcheck machte, eingekleidet wurde und das Meet & Greet hinter sich brachte, warf Aimee sich in ihre Koje und stellte den Wecker, damit sie rechtzeitig aufwachte, um zu duschen und dann zur zweiten Hälfte des Konzerts zu flitzen.

Nicht dass sie nicht jede Sekunde genoss, in der sie Miles auf der Bühne betrachten konnte, wo er wie ein sexy Boyband-Gott mitten in seinem Element war, aber die zweite Hälfte von *S2Js Make it Last*-Show war ihr

262

Lieblingsteil. Das war der Teil, in dem er Gitarre spielte, in dem er seine empfindsame Seite zeigen durfte, die, die sie aus der Nähe und persönlich hatte erleben dürfen.

Das liebte sie am meisten an ihm, wie er Teile seiner Seele zeigte, wenn er sang. Das war der Moment, in dem Miles Carlisle am hellsten strahlte, selbst wenn alle fünf Jungs im selben Scheinwerferlicht standen.

Sie blieb in den Kulissen stehen, an derselben Stelle, an der sie nun während der Konzerte seit über einer Woche stand. Die Security, Elektriker und Sanitäter hielten sich hinter der Bühne auf, was bedeutete, dass es gleich Zeit für das Regenfinale war. Ja, einige der älteren Leute aus dem Publikum mochten es für schmalzig halten, aber es gab nichts Verführerischeres als Miles in einem tropfnassen T-Shirt. Bis auf Miles in einem tropfnassen T-Shirt, der neulich abends im hinteren Teil ihres Busses auf sie gewartet hatte.

Sie schüttelte den Kopf und versuchte, dieses Bild loszuwerden, bevor sie zu einer Pfütze dahinschmolz. Sie wollte keine Sekunde von Miles im Regen verpassen. Wie immer begann das Finale mit Donnergeräuschen, Spezialeffekten wie Blitz und Wind, einem aufziehenden Sturm. Und dann der Regen. Es war spektakulär und die Schreie waren ohrenbetäubend. Aimee klatschte und pfiff mit der Menge. Sie konnte nicht anders, selbst als Marsha ihr einen komischen Blick zuwarf.

Die Lichter gingen aus und normalerweise eilten die Jungen auf dem Weg zum Bus an ihr vorbei. Aimee wartete auf den Moment, in dem Miles auftauchen würde, und hoffte, dass er sie sehen würde, dass sie ihm wenigstens einen Blick zuwerfen konnte, um ihm ihre Gefühle zu zeigen.

»Halt!«, befahl LJ und stoppte die Jungs, bevor sie weit gekommen waren. »Hier entlang.« Er zeigte in einen anderen Flur. »Ihr habt in fünf Minuten ein Radiointerview mit der *London Morning Show*. Geht zuerst in die Garderobe, um euch umzuziehen, danach treffen wir uns im Umkleideraum nebenan. Da werdet ihr mit Mikros verdrahtet.«

Verdammter Mist. Noch ein blödes Interview.

Aimee stapfte geknickt zum Ausgang, wo die Bus-Karawane wartete. Sie wollte gerade zu ihrem Bus gehen, als sie von hinten gepackt, auf den Hals geküsst und umgedreht wurde.

»*Mi...*« Er legte ihr eine Hand über den Mund, bevor sie den ganzen Namen sagen konnte.

»Pst.« Seine blauen Augen funkelten. »Hast du nicht gelernt, wie man sich ordentlich anschleicht?« Er trug bereits eine trockene Hose, und ein trockenes T-Shirt hing ihm über der Schulter, außerdem hatte er sich das Haar mit den Fingern zurückgestrichen.

Ein halb nackter Miles mit nassem Haar. Er war geradezu zum Auffressen.

»Warum bist du nicht ...«

Er brachte sie erneut zum Schweigen und berührte ihre Stirn mit seiner. »Sei still und komm mit mir.«

Sie nickte, ergriff seine Hand und eilte hinter ihm her, als sie an drei Bussen vorbeiliefen. Sie hielt ihn fest, sodass er stehen blieb. »Warte. Ich darf da nicht« – sie zeigte auf die Falttür – »hineingehen.«

»Ich weiß.«

Sie betrachtete sein Gesicht, sein schelmisches Lächeln. Dann hob sie den Blick zu dem überlebensgroßen, ebenfalls halb nackten Miles auf dem Foto an der Außenseite von *The One*.

»Ich dachte, du wolltest das Innere des Busses sehen.«

»Will ich auch.«

»Dann sollten wir uns beeilen. Die Jungs werden noch ein Weilchen fort sein, und ich habe Trev gesagt, er solle das Interview ohne mich machen, damit ich mich früh hinhauen könnte. Sie werden mich nicht vermissen.«

Sie grinste und folgte ihm an Bord. Der Bus war wirklich cool, richtig schick, vor allem verglichen mit dem, in dem sie gereist war. Er war geschmackvoller als ein Fünfsternehotel. Miles hielt ihre Hand fest und zog sie in den Gang. »Ich würde ja die große Führung mit dir machen, aber wir haben keine Zeit, weil ich dir etwas Besonderes zeigen will. Einen Ort, den kein Mädchen je gesehen hat.«

»Welchen?«

Er grinste. »Meine Koje.«

Ihr Unterkiefer klappte herunter.

»Willst du sie nicht sehen?«

»Doch, ich habe nur ...« Sie schaute auf seine nackte Brust und fühlte sich wieder wie eine Neunjährige.

»Oh. Ähm, tut mir leid.« Er fuhr sich mit einer Hand durch sein feuchtes Haar. »Lass mich das hier schnell anziehen.« Er streifte sich das T-Shirt über den Kopf und bedeckte seine schönen, äußerst sehenswerten Muskeln. Dann deutete er auf die Koje in der Mitte. Sie war viel größer als die in ihrem Bus. Er zog den kurzen blickdichten Vorhang zurück und entblößte ein Chaos dunkelblauer Laken und Kissen und einer Flauschdecke, die mit dem rot-goldenen Logo von *Manchester United* bedruckt war.

»Du hast mich ernsthaft hier hereingeschmuggelt, nur um mir deine Koje zu zeigen?«

»Na ja.« Er lächelte seine Füße an. »Da du das einzige Mädchen bist, das ich je hierhergebracht habe, dachte ich, es wäre irgendwie cool, wenn wir ...«

»Wenn wir?«

Er lachte leise, dann schaute er auf. »Rummachen würden.«

»In deiner Koje.«

»Für ein paar Minuten. Mehr Zeit haben wir nicht, dann werde ich dich wieder hinausschmuggeln, bevor die Jungs zurückkommen. Es sei denn, du willst nicht ...«

»Himmel, doch, ich will!« Sie legte ihre Hände an sein Gesicht und stürzte sich buchstäblich auf ihn, als sie auf die Koje fielen.

Sie lachten und küssten sich und rollten herum, so gut sie das in dem engen, wenn auch überraschend bequemen Raum tun konnten. Deb hatte recht, seine Matratze musste aus Memory-Schaum sein. Miles' Finger waren in ihrem Haar, sein Mund auf ihrem Hals. Sie hielt sei-

nen Kopf und atmete seine warme, noch feuchte Haut
ein, den Geruch, der nur Miles gehörte.

Als er mit ihrem Mund fertig war, wanderten seine
Küsse ihren Hals hinab, über ihr Schlüsselbein, und
zogen die vordere Seite ihres Spaghettiträgerkleides bis
zum oberen Rand ihres BHs herunter. Ihr stockte der
Atem, als sein nächster Kuss zwei Zentimeter tiefer
landete.

Miles hielt inne und schaute ihr in die Augen. »Erinnerst du dich an diesen ersten Abend hinter der Bühne?«,
flüsterte er. »Als ich … dich angerempelt habe?«

Schwer atmend nickte sie, sich hyperbewusst, dass
Miles Zentimeter über *genau derselben Stelle* an ihrem
Körper schwebte.

»Ich fühle mich immer noch mies, weil ich dir wehgetan habe«, sagte er. »Darf ich … dich küssen und es
besser machen?«

OMFG#%*^&@!!

Aimee wusste, dass sie nicht annähernd genug Sauerstoff in den Lungen hatte, um die Antwort zu flüstern,
die zu schreien sie sich sehnte. Also wölbte sie stattdessen den Rücken, ein klein wenig, gerade genug, um
wortlos zu antworten. Miles' Pupillen sahen beinah
schwarz aus, unmittelbar bevor er die Augen schloss
und langsam den Kopf neigte. Er küsste sie. Die zarte,
vorsichtige Berührung setzte ihre Haut in Flammen,
überall, wo sein Mund sie streifte. Sie schlang ein Bein
um seins und krallte sich mit der Faust in sein T-Shirt,
bevor sie es ihm über den Kopf zog, sodass es aus dem

Weg war. Funken explodierten hinter ihren Augen, und ihre Finger gruben sich in seinen Rücken, was Miles ein leises Stöhnen entlockte. Dessen Vibration summte durch ihren ganzen Körper. Aimee hatte nicht vorgehabt, sie mit ihrem eigenen Stöhnen zu beantworten, bis sie es tat, bis ihrer beider Geräusche und ihr stoßweiser Atem ein Duett bildeten.

Sie hatte immer den Ausdruck »Die Welt wurde auf den Kopf gestellt« gehört, aber sie dachte, dieser Teil käme erst, wenn man mit einem Jungen schon so weit wäre, sich auch an noch intimeren Stellen zu berühren. Also, warum fühlte es sich dann tatsächlich so an, als würden sie fliegen? Warum hatte sie das unverkennbare Gefühl, dass sie über Temposchwellen segelten und sich aneinander festklammern mussten, um nicht auseinanderzupurzeln?

»Oh, verflucht«, flüsterte Miles.

»Was?«

Er rollte sich auf die Seite und zog den Vorhang einen Zentimeter zurück, schaute hinaus in die Kabine des Busses. »Ich bin so was von tot.«

»Miles, was ...«

Er legte ihr einen Finger auf die Lippen und wisperte: »Wir fahren.«

Sie riss die Augen auf und verstand jetzt. »Aber ... ich darf nicht in diesem Bus sein.«

»Irgendeine Ahnung, wie lange wir hier drin gewesen sind?«

»Nein«, flüsterte sie. »Du hast angefangen, mich zu

küssen und … ich verliere jegliches Gefühl für die Zeit aus den Augen, wenn du das tust.«

»Tja, ich auch – offensichtlich. Und *du* hast mich zuerst geküsst. Schon wieder. Mist. Ich bin ein verdammter toter Mann.«

Für einen hektischen Moment sahen sie einander nur durch die Dunkelheit an, ihre Gesichter Zentimeter voneinander entfernt, Miles' Körper immer noch auf ihrem. Eine Sekunde später brachen sie beide in Gelächter aus und dämpften ihr Kichern am Hals des anderen, in dessen Haaren und Händen. Miles rollte sich von ihr herunter, sodass sie beide auf der Seite lagen und ihre Nasen sich berührten.

Aimee hörte jetzt laute Geräusche. Rufe, aufgeregte Stimmen – die Jungs von *S2J* natürlich und Technomusik und … Explosionen? Wohl Videospiel-Explosionen.

»Sind die nach einer Show immer so aufgedreht?«, fragte sie leise. »Seid ihr da nicht total erledigt?«

»Das Adrenalin verpufft erst nach einigen Stunden.« Er drückte ihre Hüfte. »Ich weiß, dass *ich* immer noch vor Energie platze.«

Sie lachte in seine Schulter und roch seine Haut. »Was sollen wir jetzt tun?«

»Ruhig sein und weitermachen? Mir hat es ziemlich gut gefallen, wohin wir unterwegs waren.«

Aimee schaute weg und kicherte erneut. Miles hielt ihr Gesicht fest und seine langen sanften Finger strichen durch ihr Haar.

»Werden wir die ganze Nacht fahren? Wo findet das nächste Konzert statt?«

»Phoenix, glaube ich.«

»Wir waren gerade in Salt Lake City. Das ist eine elfstündige Fahrt.«

»Elf, ja?« Er küsste sie auf die Nasenspitze. »Ich denke, damit kann ich leben, Ames.«

Die Vorstellung war auch für Aimee ziemlich reizvoll. Sie erwiderte seinen Kuss, bis die weißen Punkte hinter ihren Lidern explodierten. Ja, verdammt reizvoll. Es war nichts daran auszusetzen, mit dem Jungen, nach dem sie verrückt war, in einem engen, behaglichen Quartier gefangen zu sein.

»Ich auch«, murmelte sie, strich ihm über den Arm und spürte nackte Haut und harte Muskeln. »Wo ist mein Telefon?«

»Warum?«, fragte er und griff über sie hinweg in den hinteren Teil der Koje, wo ihr Handy hingerutscht war. Er reichte es ihr und sie schaltete die SMS-App ein und beschirmte mit der anderen Hand das helle Licht des Displays.

»So«, sagte sie, nachdem sie schnell einige Worte getippt hatte. »Erledigt.«

»Was war das?«

»Eine Nachricht an Deb. Mein Bus fährt kurz nach deinem ab, aber die zählen immer erst nach, ob alle da sind. Sie wird Jordan sagen, dass ich mit Nick fahre.« Sie ließ ihr Telefon los und schob es weg. »Jetzt wird mich niemand vermissen.«

Miles' schmale Augen weiteten sich wieder und er grinste. »Meine schlaue Ninja-Kriegerin.« Er küsste sie auf die Nase, mitten zwischen die Augen. »Danke, Ames.«

»Wofür?«

Er legte die Arme um sie und hielt sie fest. »Dafür dass du diese Tour zur absolut obercoolsten Erfahrung aller Zeiten machst.« Er hielt inne. »Dafür, dass du einfach hier bist und … auf mich wartest.« Er schaute ihr in die Augen. Obwohl sie kaum sehen konnte, erkannte sie den freundlichen, fürsorglichen Ausdruck darin, und sie liebte ihn dafür nur umso mehr.

»Miles, ich …« Ihre Kehle schnürte sich zu und ihre Augen wurden feucht.

»Pst.« Er atmete in ihr Haar, zog sie mit seinen starken Armen auf sich, bettete ihren Kopf an seiner Brust und strich ihr über das Haar und über den Rücken.

Sie fühlte sich so wohl, so entspannt und glücklich, dass sie an Ort und Stelle hätte einschlafen können, eingelullt vom Rhythmus des Freeways und Miles' Herzschlägen, bis ein Geräusch von der anderen Seite des Vorhangs sie beide aufschreckte.

Warum klang Ryders Stimme auf der Bühne nie so laut?

Miles spürte, wie Aimee sich verkrampfte und erstarrte. Er erstarrte ebenfalls, seine Hände auf ihrem Rücken. Sie hob den Kopf und schaute ihm in die Augen. Er wusste, dass er sie nicht daran zu erinnern brauchte, nicht zu sprechen; keiner von ihnen atmete.

Er hätte die letzten Minuten wirklich damit verbringen sollen, einen Plan auszuhecken, statt Aimee wie eine sexy warme Decke über sich zu ziehen, eine Decke, die nach Blumen und Frühling roch und sich wie das Paradies anfühlte. Aber jetzt brauchte er wirklich einen Plan.

Ryder schob sich an ihnen vorbei, obwohl er Will immer noch etwas über die Schulter zurief. Miles wand sich angesichts der bildhaften – wenn auch ziemlich kreativen – Flüche, mit denen Ryder gern alles würzte, was er äußerte. Hätte er gewusst, dass eine Dame anwesend war, hätte Ryder sich vielleicht gemäßigt. Obwohl, wahrscheinlich auch nicht – er war so ungehobelt wie nur was.

Sobald es auf der anderen Seite des Vorhangs still wurde, ließ Miles Aimee sanft auf die Matratze gleiten. Sie berührte ihn an der Schulter und er deutete mit dem Kopf auf den Vorhang. Sie nickte und rutschte ans hinterste Ende der Koje. Als er sich sicher war, dass man sie nicht sehen würde, zog er den Vorhang ein wenig zurück und kletterte hinaus, wobei er darauf achtete, ihn anschließend wieder ganz zuzuziehen.

Seine Augen wurden von dem plötzlichen hellen Neonlicht geblendet. Genau wie erwartet saßen alle vier Jungen im vorderen Teil des Busses und spielten. Nate bemerkte ihn als Erster.

»Was geht, Miles«, sagte er und nahm den Blick kaum vom Bildschirm.

»Hey«, antwortete Miles.

»Alter, wohin bist du verschwunden?«

Miles stand blinzelnd da, von Aimee noch zu sehr be-

272

rauscht, um irgendetwas Vernünftiges über die Lippen zu bringen.

»Er hat sich nach der Show wie Scheiße gefühlt«, meinte Trevin und warf ihm einen Blick zu. »Kopfschmerzen weg, Kumpel?« Ja, Trev hatte ihm gerade wieder einmal den Arsch gerettet.

»Kopfschmerzen? Oh, ähm, noch nicht. Ich versuche, sie mit Schlaf loszuwerden. Hat jemand Aspirin?«

»Im Fach über meiner Koje«, sagte Trevin. »Du weißt, wo.«

»Ich konnte sie nicht finden.«

Trevin stöhnte. »Drück auf Pause«, bat er Will. »Ich bin gleich zurück.« Er sah Miles noch einmal an, als sie zu den Kojen gingen. »Hör zu, Kilo«, murmelte er leise, »es macht mir nichts aus, dir Deckung zu geben, aber warn mich doch nächstes Mal etwas vor.«

»Also schön«, erwiderte Miles. »Betrachte dich als gewarnt.«

Trev zog eine Augenbraue hoch. »Hä?«

Miles überzeugte sich davon, dass die anderen im vorderen Teil des Busses gründlich beschäftigt waren, bevor er langsam den Vorhang zurückzog und auf Aimee zeigte, die in seiner Koje auf der Seite lag, auf einen Ellbogen gestützt. Sie blinzelte, ihr dunkles Haar zerzaust und wild, ihr Kleid so weit hochgeschoben, dass meilenweit Bein zu sehen war.

Sie lächelte und wedelte Trevin mit den Fingern zu, was Miles ein Grinsen entlockte, bevor er den Vorhang wieder schloss.

Dann sah er den großen Bruder Trev an ... und wartete auf die Reaktion.

»Alter. Nicht. Cool.«

Miles nickte. »Ich weiß. Es war ein Unfall.«

»Es gibt Regeln, Bruder. Keine Mädchen in ...«

»Ich *weiß*.«

Trevin legte den Kopf schief, dann ging er einige
Schritte zum hinteren Teil des Busses. »Alter, seid ihr
zwei mitten beim ...« Seine Stimme verlor sich. »Brauchst
du ein ...«

»Nein, wir« – er hielt inne, zuckte mit den Schultern –
»machen nur rum.«

»Du hast kein Shirt an.«

Miles räusperte sich und schob die Hände in die Gesäßtaschen seiner Jeans. Er hatte irgendwie vergessen,
dass Aimee ihm sein Shirt ausgezogen hatte. Und für
einen Moment durchlebte er noch einmal die Erinnerung
daran, spürte ihre Haut auf seiner, wie witzig und sexy
und einfach atemberaubend sie war. Und wie irrsinnig
glücklich er darüber war, mit ihr zusammen zu sein.

»Okay, ich weiß, dass ich Bandregel Nummer eins
gebrochen habe, und ich will wirklich nicht, dass die
anderen es herausfinden. Es ist eine lange Fahrt bis nach
Phoenix, deshalb brauche ich deine Hilfe.« Er hielt inne.
»Ich werde tief in deiner Schuld stehen, Kumpel. Was
immer du brauchst. Bitte.«

Während der nächsten Minuten überlegten sich Miles
und Trevin eine Strategie, wie sie Aimee während der
kommenden zehn Stunden an Orte wie das Badezimmer

und die Küche schmuggeln konnten, alles per Absprache übers Handy. Aber dann strichen sie die Küche wieder aus dem Plan – die viel zu offen einsehbar war. Miles konnte ihr alles bringen, was sie essen oder trinken wollte. Und außerdem gefiel ihm die Vorstellung, sie zu bedienen, sie zu füttern, beinahe so, als wären sie zusammen in einem richtigen Bett.

»Klingt machbar, Herr Nachbar«, sagte Trevin, und sie stießen die Fäuste gegeneinander.

»Danke.« Miles fuhr sich mit den Fingern durchs Haar. »Wie gesagt, ich stehe total in deiner Schuld.«

»Ja, ja, ich werde es nicht vergessen.« Er deutete mit dem Kopf auf die Kojen. »Du gehst am besten mal wieder zu deinem Anti-Kopfschmerzmittel.«

Miles lachte kurz auf, dann wartete er, bis Trevin wieder mit dem Zocken begann. Während die anderen vertieft ins Spiel waren, griff er hinter den Vorhang, fand Aimees Hand und zog vorsichtig und leise daran, wobei er versuchte, nicht darauf zu achten, wie ihr Kleid bis zum Ansatz ihrer Oberschenkel rutschte, als sie aus der Koje schlüpfte.

Er zeigte auf die geschlossene Tür des Badezimmers, dann reckte er sich demonstrativ und checkte sein Telefon, während er diesen Teil des Busses vor den Blicken der anderen abschirmte. Anschließend hüstelte er in seine Faust, um das Geräusch von fließendem Wasser zu übertönen. Eine Minute später öffnete sie die knarrende Tür.

Er grinste und beobachtete, wie sie auf Zehenspitzen

auf ihn zukam, ihr Haar immer noch wirr, ihre roten Lippen konzentriert gespitzt. Er hielt den Vorhang für sie zurück, damit sie in die Koje kriechen konnte. Ganz Gentleman, half er ihr, indem er sie sanft am Po hoch-schob, obwohl er sich vielleicht ein wenig zu viel Zeit dabei ließ. Als sie sicher auf der anderen Seite war, rollte sie sich herum und wandte sich ihm zu, ihr Haar im Gesicht, ihre Wangen gerötet.

Noch nie hatte es einen so einladenden Anblick ge-geben. Er wollte gerade hinter ihr herspringen, als er an die nächsten paar Stunden dachte.

Er hob einen Finger und signalisierte ihr, dass er gleich zurück sein werde. Zuerst eilte er ins Badezimmer und putzte sich ordentlich die Zähne. Dann flitzte er in den winzigen Küchenbereich, schnappte sich einige Dinge und eilte zurück. Schließlich stand er vor der Koje, eine Wasserflasche in einer Hand und einen Beutel Circus Cookies in der anderen. Er zog fragend die Augenbrauen hoch und Aimee nickte.

Zum zweiten Mal in dieser Woche blieb er die ganze Nacht auf, mit Aimee in den Armen, und wünschte, sie würden bis zur Ostküste durchfahren.

Kapitel 16

»Sind die Kopfschmerzen weg?«

Miles sah Trevin an. »Yup.« Er tippte sich an die Schläfe. »Alles in bester Ordnung.«

Kurz zuvor, in den frühen Morgenstunden, war es ihm gelungen, Aimee aus dem Bus zu schmuggeln und sie ins Hotel zu verfrachten. Glücklicherweise und dank Deb hatte niemand sie vermisst.

Sie hatten keine Zeit für einen Abschiedskuss gehabt, aber das hatten sie ohnehin in seiner Koje erledigt. Und nicht nur das.

»Nun?«, fragte Trevin, lehnte sich auf der langen Sitzbank zurück und verschränkte die Finger hinterm Kopf. »Was ist passiert?«

Miles wartete, um sich davon zu überzeugen, dass sonst niemand mehr im Bus war. »Nichts.«

»Alter …«

»Ich meine, natürlich sind ein paar Dinge passiert.«

»Aber keine Matratzengymnastik? Und ihr wart die ganze Nacht zusammen?« Er richtete sich auf und kratzte sich am Kopf. »Wie ist das möglich?«

277

»Ich bin nicht Ryder Brooks, Alter. Wir lassen es langsam angehen. Ich kenne sie, seit sie elf war.«

»Oh. Also ist dir der Gedanke, dass mit ihr die Post abgeht, unheimlich?«

»Nein, ganz und gar nicht unheimlich.«

»Also *stehst* du nicht richtig auf sie?«

Er stöhnte und hielt sich den Kopf. »Ich stehe unglaublich auf sie. Sie ist alles, woran ich denke. Sie ist perfekt.«

Trevin lachte. »Mann, ich gebe mir wirklich große Mühe, das zu begreifen. Du sagst, du stehst auf dieses Mädchen und sie steht auf dich, und ihr habt gerade zwölf Stunden zusammen in einem Raum von der Größe einer Rettungsinsel verbracht, aber du hast ihr nicht die Klamotten vom Leib gerissen?«

Miles schloss die Augen. »Das ... wäre wunderbar gewesen, aber nein, wir haben uns geküsst und geredet und ... Himmel, Trev, sie hat mich in den Armen gehalten.« Bei dem bloßen Gedanken daran wurde ihm zu heiß.

»Es war gleichzeitig unschuldig und sexy.« Er schaute zur Decke. »Genau wie Aimee. Es ist anders. *Sie* ist anders.«

»Ohhh, ich kapiere es.«

»Was kapierst du?«

Trev grinste. »Nichts, Alter. Ich kapiere es einfach.«

»Ich will ihr etwas geben – ein Geschenk. Etwas wirklich Cooles und Persönliches, etwas, das sie von den Socken haut.«

278

»Bist du damit nicht ungefähr zwölf Stunden zu spät dran?«

Miles verdrehte die Augen. »Denk nicht immer nur unter der Gürtellinie, Kumpel. Ich meine etwas, damit sie weiß, wie ich fühle, dass ich sie verstehe, all ihre Eigenarten.«

»Worauf steht sie denn so?«

Miles dachte einen Moment lang nach. »Sie liest.«

»Heiß.«

»Das ist es auch, Mann. Das ist es echt.« Er rieb sich die Brust und dachte nach. »Sie hat diesen Vlog, in dem sie Musik und Bücher rezensiert.«

»Hat sie eine Rezension über uns geschrieben?«

»Nein«, antwortete Miles. »Lange Geschichte. Aber sie hat mir neulich erzählt, dass sie eine Liste von Büchern hat, über die sie im Laufe des Sommers Rezensionen schreiben will. Ich sollte sie zuerst lesen, damit wir darüber reden können – sie überraschen.«

»Wann hast du Zeit, ein Buch zu lesen?«

»Vielleicht während der Zeit, in der ich stundenlang mit dir *Call of Duty: Black Ops* spiele?«

»Krass, Bruder.«

»Du weißt, ich könnte nicht richtig runterkommen, wenn ich dir nicht wenigstens einmal am Abend ein paar Sprenggranaten in deine hässliche Fresse schieße, aber vielleicht könnte ich jeden zweiten Abend lesen. Ja, total machbar.« Er rieb sich die Hände. »Sie wird es lieben. Sie hat gesagt, ihr letzter Freund habe sich nicht für ihren Blog interessiert.«

»Freund? Bist du das jetzt?«

Miles grinste und spürte Wärme in der Brust, im Magen, überall. »Ich hoffe es.«

»Also schön.« Trevin schlug sich auf die Schenkel. »Ich bin ein Meisterhacker. Lass uns diesen Blog finden.«

Sie griffen beide nach ihren Telefonen und begannen zu surfen. Aimee hatte Miles nie den Namen oder die Adresse ihres Blogs genannt, aber wenn irgendjemand ihn finden konnte, dann war es Trevin. Und nachdem er Miles ein paar Fragen gestellt hatte, fand er ihn schließlich.

»Ziemlich geschmeidig«, bemerkte Trev. »Cool aufgezogen. Ich frage mich, wer ihre Grafiken macht.«

Miles gefiel der Blog ebenfalls. Er war gut strukturiert und sauber, hatte aber einen stilvollen, femininen Touch. Er konnte definitiv auf jedem Zentimeter Aimees Einfluss erkennen. Es gab zwei kleine Vorschaubilder, eins von einem Mädchen mit rotem Haar, in dem er Becky erkannte, und das andere Foto zeigte Aimee. Miles klickte auf das Foto, sodass es den Bildschirm ausfüllte. Er lehnte den Kopf gegen den Sitz und betrachtete es für eine Weile, verloren in einer sehr angenehmen Erinnerung.

»Ähm, Miles, wir haben ein Problem.«

»Ist es schon Zeit zu gehen? Ich dachte, LJ braucht uns erst …«

»Nein. Ich glaube, ich habe einen weiteren Blog von Aimee gefunden. Er war in eine der Seiten eingebettet und hat eine ganz andere Vorlage, ich musste mich durch fünf Menü-Ebenen klicken; er ist wirklich gut versteckt.«

»Ich wusste gar nicht, dass sie mehr als einen Blog hat. Rezensiert sie da auch Bücher?«

Trevin schüttelte den Kopf und machte ein grimmiges Gesicht. »Nein, Bruder. Es geht um dich. Also, *nur* um dich.« Bevor Miles sich aufrichten konnte, simste Trevin ihm einen Link.

Miles öffnete den Link und las einige Minute lang. Er konnte seinen Augen nicht trauen. »Was ist das?«, murmelte er fassungslos.

»Ist sie ein Stalker?«

»Nein. Auf keinen Fall.«

»Warum bezeichnet sie dich dann als ihren zukünftigen Ehemann? Warum gibt es eine Seite, die euren Kindern gewidmet ist? Warum gibt es eine ganze Seite über deine Frisur?«

Miles sah die gleichen Dinge, aber sie machten keinen Sinn. Es war, als lebte Aimee in einer Fantasiewelt. Warum sollte sie das alles über ihn schreiben … über sie beide?

»Diese Fotos sehen irgendwie alt aus«, fuhr Trevin fort, »und diese Posts sind undatiert; manche Blogs sind so. Es sieht aus, als hätte jemand versucht, den Blog zu löschen, hat es aber nicht ganz hingekriegt. Mann, ich sage das echt nicht gern, aber das ist ziemlich krankes Zeug. Es ist, als hätte sie euer ganzes Leben durchgeplant. Sie bezeichnet sich selbst als *Frau Gemahlin-eines-Popstars*. Was zum Teufel ist das?«

Miles kriegte kaum Luft, und jedes Mal, wenn er es tat, brannten seine Lungen, und sein Zwerchfell war steinhart. Je mehr er las, desto mehr füllte ein grauer Nebel seinen Kopf, während sein Körper sich träge und schwer anfühlte, als wäre er mit Teer überzogen. »Ich kann das nicht glauben«, stieß er zwischen zusammengebissenen Zähnen hervor.

»Alter. Check die Seite, die verschiedenen Posen gewidmet ist, wie sie für die Paparazzi lächeln wird, wenn sie mit dir ausgeht.« Trevin lachte und Miles' Magen drehte sich um. »Das ist das Werk einer echt durchgeknallten Irren.«

»Halt die Fresse, verdammt.«

Trevin ließ sein Telefon sinken. »Hey, erschieß den Boten nicht für die Nachricht. Ich bin nicht derjenige, der sich *wieder einmal* mit einer verrückten Psychobraut eingelassen hat.«

»Sie ist keine …« Aber er konnte sich nicht dazu überwinden, seinen Satz zu beenden. Denn was er hatte sagen wollen, stimmte nicht. Die Wahrheit lag in seiner Handfläche, auf dem winzigen Bildschirm, im riesigen, weitreichenden, verdammten World Wide Web.

Aimee wollte ihn nur, weil er war, wer er war – *was* er war: berühmt. Sie hatte einmal erwähnt, dass ein Teil ihres Blogs von Promis handle. Hatte sie das hier die ganze Zeit über geplant – ihn auf der Tournee zu begleiten, nur um ihre Krallen in ihn zu schlagen?

Der verwirrende Nebel verwandelte sich in Begreifen, dann in ein Gefühl von Verrat, und sein Blut gefror zu

Eis in seinen Adern, Eis, das sich heißer anfühlte als Feuer.

Er konnte es nicht glauben. Er war wieder darauf hereingefallen, diesmal mit offenen Augen, mit seinem Herzen in den Händen, das er ihr bereitwillig dargeboten hatte. Das tat schlimmer weh, fühlte sich schwerer und schwärzer an als jeder Bullshit in der Klatschpresse, den er je über sich gelesen hatte. Und jene Dinge hatten Fremde geschrieben, nicht das Mädchen, dem er alles anvertraut hatte.

Aimee hatte ihm direkt in die Augen gesehen und ihn verraten. Und jetzt kannte sie auch noch die Geheimnisse aus seiner Vergangenheit. Nichts konnte sie daran hindern, die online zu verbreiten. Vielleicht tat sie gerade jetzt genau das.

Schmerz und weiß glühender Zorn, den zu kontrollieren er sich nicht die Mühe machte, katapultierten ihn von seinem Sitz und aus dem Bus, und er lief auf die Arena zu. Er wusste, dass sie mit Deb rumhing, bevor die Band dort ankam, also stürmte er an der Security vorbei und lief den Flur hinunter.

Aimee hatte bisher noch nie ein Gespräch unter vier Augen mit LJ geführt, und daher fühlte es sich ein wenig unheimlich an, als sie sich in den Gängen der Konzerthalle begegneten und er sie bat, kurz zu warten. Sie sagte Deb, dass sie nachkommen würde, und fragte sich, ob LJ jetzt zur Sprache bringen würde, was er neulich mit angehört hatte. Na gut, sie hatte mit Becky dummes

Zeug geredet, also verdiente sie vielleicht wirklich eine Lektion darüber, dass sie aufpassen musste, was sie in der Öffentlichkeit von sich gab.

Sie hatte noch eine Menge zu lernen, wenn sie Miles' offizielle Freundin sein wollte. Iiiks, der bloße Gedanke daran verwandelte Aimees Gehirn in Haferbrei.

LJ fragte sie nach Nick, beinahe so, als erinnere er sich nicht an ihn, dann fragte er sie nach der Schule, fragte sie sogar, an welchen Colleges sie sich bewerben wolle.

»Schön für dich«, sagte LJ und lehnte sich an einen hohen Lautsprecher auf einem Transportwagen, den einer der Roadies hinter ihnen parkte. »Du solltest wissen, welches Glück du hast, dass dir Entscheidungen offenstehen. Eine Menge Kids in deinem Alter haben das nicht.« Er grinste kurz, als erinnere er sich an einen Witz. Selbst sein Lachen war unheimlich. Aber vielleicht versuchte er bloß, nett zu sein und sie kennenzulernen, total ungelenk, wie Erwachsene das manchmal tun.

»Nimm zum Beispiel *meine* Jungs«, fügte er hinzu. »Sie lästern ihren Freunden gegenüber rum, wie viel sie um die Ohren hätten und dass sie den Schulball versäumen würden, aber sie würden im Grunde nichts an ihrem Leben ändern wollen.«

»Ich weiß, dass Miles wirklich glücklich ist«, erwiderte sie, nur um einen Beitrag zum Gespräch zu liefern.

»Das hat er dir gesagt?«

»Na ja, ja. Er liebt es. Natürlich spricht er auch vom College, vom UCLA. Ich bin mir sicher, dass sie ihn nehmen werden, er ist so klug und so gut in allem. Sie werden ihm wahrscheinlich ein Vollstipendium geben.« *Und er wird zu Hause sein,* fügte Aimee im Geiste hinzu. *Wir werden einander jeden Tag sehen, keine Fernbeziehung mehr.*

LJ lächelte. Aber seine Zähne waren nicht gerade und weiß wie die von Miles und seine Augen wurden schmal und verloren sich hinter seinen pummeligen Wangen. »Klingt wie etwas, das er sagen würde«, entgegnete LJ. »Er ist definitiv der Tagträumer der Truppe und wünscht sich immer, an neuen Orten zu sein, aber er wird niemals gehen. Sobald man diese Art von Ruhm hatte, ist es unmöglich, das aufzugeben.«

»Richtig«, sagte Aimee mit einem langsamen Nicken. »Aber jeder braucht mal eine Pause. Es wird wirklich schön sein, wenn er am Ende des Sommers nach Hause kommen kann.« Sie konnte sich ein Lächeln nicht verkneifen. »Er hat mich zu einem Schulball eingeladen, aber ich bin mir sicher, dass ihn der Gedanke mehr begeistert, einfach mal in seinem eigenen Bett zu schlafen.«

Miles wieder zu Hause zu haben – die bloße Vorstellung machte sie so glücklich, dass es sich anfühlte, als könne sie fliegen.

»Da haben wir's wieder; er träumt. Ich nehme an, er hat vergessen, die Verlängerung zu erwähnen.« LJ zog seine buschigen Augenbrauen hoch. Dort hatte er mehr Haare als auf seinem Kopf.

»Verlängerung?«, wiederholte Aimee und fragte sich, ob sie bald gehen konnte, um Deb zu helfen, bevor sie dann hinter der Bühne auf Miles wartete und dann viel-

leicht dort weitermachte, wo sie gestern Nacht aufgehört hatten. Bei dem Gedanken daran war sie dankbar,
dass sie daran gedacht hatte, einen hübschen BH anzu-
ziehen.

Als sie sich wieder konzentrieren konnte, warf LJ ihr
einen Blick zu, als wolle er ihr gerade mitteilen, dass ihr
kleiner Hund gestorben war. »Oh nein. Er hat es dir
nicht gesagt.« Eine weitere buschige Augenbraue zuckte
in die Höhe.

»Mir was gesagt?«

Die Falte zwischen seinen Augen vertiefte sich. »Tut
mir leid, Schätzchen, aber dein Freund hält dich hin.
Diese Tour endet nicht im September. Himmel, wir werden bis weit ins nächste Jahr hinein beschäftigt sein, und
er weiß das; er weiß es seit Monaten.«

Aimees Magen fühlte sich plötzlich hohl an, und ihre
Hände wurden kalt, als sie LJ anstarrte, unsicher, ob
sie verstand, was er meinte. »Aber ... er hat mir versprochen ...«

»Ooch, nimm es dem Jungen nicht übel, dass er gelogen hat. Er hat wahrscheinlich einfach versucht, die
Illusion eines normalen Lebens etwas länger zu genießen, die Illusion, irgendeine normale Beziehung haben
zu können, obwohl er besser weiß als irgendjemand
sonst, dass das niemals passieren wird.«

Die Stelle in ihrem Magen, wo die glücklichen Miles-
Schmetterlinge sonst saßen, verhärtete sich zu einem
Knoten, der sich anspannte und mit jeder Sekunde
wuchs.

LJ sagte noch ein paar Dinge – nannte Termine und Orte und ausverkaufte Konzerthallen im Ausland –, aber Aimee hörte kaum zu. Bevor er ging, tätschelte er ihr den Arm, seine Stimme triefend vor Mitleid. Er musste bemerkt haben, dass ihr Tränen in den Augen standen, die kurz vor dem Überlaufen waren.

Mit einem stechenden Schmerz in der Brust erinnerte Aimee sich genau an das Gespräch, in dem sie Miles die peinliche Wahrheit über Jean-Luc erzählt hatte, der sie zuerst vorsätzlich belogen und sie dann verlassen hatte und nach Frankreich zurückgekehrt war, und wie das ihre Probleme ausgelöst hatte, jemandem vertrauen zu können. Hatte er nicht gesagt, er verstehe sie? Er hatte Jean-Luc sogar einen Wichser genannt. Miles wusste, wie sehr ihr die Geschichte wehgetan hatte, und doch ... tat er jetzt genau das Gleiche, nachdem er geschworen hatte, er würde so etwas nie tun.

Sie schloss die Augen, während sie das Gefühl hatte, die Erde würde sich unter ihr auftun und ein dunkles Loch sie verschlucken. Warum passierte das wieder? Als sie gequält Luft holte, bebten ihre Lungen, und als sie versuchte, das Bild von Miles wegzublinzeln, brannten ihre Augen. Alles um sie herum fühlte sich schwarz und hoffnungslos an.

Roadies eilten vorbei, vielleicht sogar Nick, aber Aimee nahm niemanden wahr. Sie setzte sich auf eine Kiste, zog die Beine hoch, schlang die Arme fest um ihre Knie und versuchte, nicht zu weinen. Wie viel Zeit war vergangen, bevor sie begriff, dass sie wieder allein war?

Aber sie war nicht allein. Eine Faust presste ihr das Herz zusammen, als sie Miles auf der anderen Seite des großen Raumes sah. Er stand einfach nur da und beobachtete sie. Dann kam er herüber, mit seinen langsamen, selbstbewussten Schritten. Sein Anblick weckte in ihr das Verlangen, endlich in Tränen auszubrechen, aber sie musste sich beherrschen, obwohl ihr der Kopf schwirrte von ihrem kleinen *Plauderstündchen* mit LJ – den Neuigkeiten, die anscheinend für niemanden außer sie Neuigkeiten *waren*. Weil Miles sie belogen hatte und sie es ihm total abgekauft hatte.

»Hey«, sagte sie und wand sich angesichts ihres traurig-tragischen Tonfalls. Sie ließ sich von der Kiste gleiten und kam ihm auf halbem Weg entgegen. Er hielt die Arme vor der Brust verschränkt. Gut. Sie würde die Chance bekommen zu sprechen, bevor er etwas Süßes sagte oder sie küsste oder ihr Verstand ganz löchrig vor Liebe wurde. »Wir müssen reden ...«

»Ja, das müssen wir.«

Sie blinzelte zu ihm empor, ihr Mund immer noch offen. Er hatte sie unterbrochen, bevor sie überhaupt anfangen konnte.

Miles trat von einem Fuß auf den anderen und verschränkte die Arme fester vor der Brust. Irgendetwas stimmte nicht mit ihm. Sein Gesicht. In diesem Teil des Gebäudes gab es keine Deckenlampen, deshalb konnte sie ihn nicht deutlich sehen. Aber sie war schon im Dunkeln mit ihm zusammen gewesen. Sie kannte ihn und irgendetwas stimmte hier definitiv nicht.

»Bist du okay?«, fragte sie, und ihr Schmerz geriet vorübergehend auf ein Nebengleis angesichts seiner Miene. Er war wahrscheinlich zerstreut, besorgt, dass er wegen der vergangenen Nacht in *The One* Ärger kriegen könnte. Dieses perfekte Glück schien eine Million Jahre zurückzuliegen.

»Mir geht es toll«, antwortete er. »Wie geht es dir?«

»Nicht gut, Miles.«

»Vielleicht solltest du dann darüber bloggen«, meinte er und starrte auf den Betonboden. »Das scheint dich ja glücklich zu machen.«

»Was?«

»Nichts.«

»Hör mal.« Sie strich über die Spitzen ihres Haares, ihr Herz so schwer, dass es mit jedem Schlag schmerzte, als wäre ihr Blut zu dickflüssig für ihre Adern. »LJ hat mir von der Tour erzählt.«

»Was ist damit?«

Sie sah ihn jetzt richtig an, die Linien auf seinem Gesicht, die tiefe Falte zwischen seinen Augen. Er war überhaupt nicht zerstreut, er war sauer. »Was ist los?«

»Nichts«, murmelte er ein zweites Mal und scharrte mit einem Schuh über den Boden. »Erzähl weiter von LJ.«

Sie musste es sich von der Seele reden, also platzte sie einfach damit heraus. »Er hat mir von der Verlängerung im Herbst erzählt, von der Tour nach Südamerika, aber das kann ja nicht stimmen, weil du mir erzählt hast, dass du nach Hause kommen würdest. Du hattest mir das

289

gesagt, Miles. Aber dann dachte ich, dass es vielleicht eine neue Tour ist, von der du nichts gewusst hast, aber LJ meinte, sie würde seit Monaten im Kalender stehen. Du hast gewusst, dass du fortgehen würdest – nach *Südamerika* –, obwohl du mir gesagt hast, dass du nach Hause kommen würdest. Du hast mich vorsätzlich belogen. Warum?«

Tränen brannten ihr in den Augen. Sie hatte nicht vor ihm weinen wollen und gedacht, wenn sie wütend bliebe, würde das die Tränen aufhalten. Aber als sie dann doch da waren, bröckelte ihr Herz wie ein Ziegelstein, der von einem Vorschlaghammer getroffen wurde.

Als sie Miles mit ihren brennenden, feuchten Augen ansah, schaute er in die andere Richtung, hob eine Hand und massierte sich den Nacken. Hatte er überhaupt gehört, was sie gesagt hatte? »Miles, warum hast du mir das erzählt?«

Er zuckte mit den Schultern. »Ich habe keine Ahnung, wovon du redest.«

Eine weitere Kollision mit dem Vorschlaghammer. »Ich bitte dich.« Ihre Stimme war zittrig und verlor an Kraft. »Bitte, lüg mir nicht ins Gesicht.«

Endlich ließ er die Hand sinken und schaute sie an. »Ich könnte das Gleiche sagen.« Er schüttelte den Kopf und schaute sie nicht direkt an, einen steinernen, gleichgültigen Ausdruck auf dem Gesicht. »Ich habe deinen Blog gesehen, Aimee.«

»Und?«

Ihm klappte der Unterkiefer herunter, als wäre er

mehr als schockiert. »Und?«, wiederholte er mit Sarkasmus in der Stimme. »Ich habe ihn *gelesen*.«

Sie hatte keine Ahnung, warum ihr Blog ihn so wütend machte. Sie rezensierte lediglich Bücher und Musik und gelegentlich ein neues Teenager-Treff in Pacific Palisades. Sicher, sie und Becky konnten manchmal totale Deppen sein, wenn sie vloggten, aber es war nicht so, als strebten sie einen Oscar an.

»Wenn du dich darüber aufregst, dass ich *S2J* noch nicht rezensiert habe, ich habe dir gesagt, dass ich das noch vorhabe.«

Er lachte, aber es war ein finsteres Lachen. »Meinst du nicht, du hättest mich schon genug *rezensiert*?«

»Was?«

»Ich kann es nicht fassen. Nein, warte, es ist noch beschissener, ich *kann* es glauben, weil es schon mal passiert ist. Ich sollte wohl dankbar sein, dass du keine Rezension darüber schreiben kannst, wie ich im Bett war. Oder ist Schreiben über Sex der Punkt, an dem du die Grenze ziehst?«

»Sex?« Ein Felsbrocken saß ihr plötzlich im Magen. »Du bist sauer, weil ich gestern Nacht nicht mit dir geschlafen habe?« Eine Woge der Übelkeit riss den Felsbrocken hoch und ließ ihn wie in einem Whirlpool kreiseln. »Du bist derjenige, der gesagt hat, wir seien noch nicht so weit. Ich habe dem zugestimmt, aber …«

»Nein, Aimee. Ich hab gemeint, dass ich gerade noch mal davongekommen bin, indem ich nicht mit dir geschlafen habe. Obwohl das, was du in deinem Blog schreibst, so kreativ ist, dass du wahrscheinlich ohnehin behaupten wirst, wir hätten es getan.«

Der Kopf schwirrte ihr vor Verwirrung und machte es ihr schwer zu denken. »Wovon redest du?«

»Du hast mich benutzt, und es ist verdammt noch mal unglaublich, dass ich es nicht habe kommen sehen.«

»Inwiefern habe ich dich benutzt?«

»*Frau Gemahlin-eines-Popstars*? Klingelt da was?«

Als Aimee begriff, drehte sich ihr der Magen komplett um. »Was?«, hauchte sie, als versuche ihre eigene Kehle, sie zu erwürgen.

»Ich habe die Bilder gesehen, die Seiten, die Themen. Scheiße, Aimee. Trevin hat das Zeug zuerst gefunden. Ich bin total blamiert – *du* hast mich blamiert.«

Das konnte doch nicht sein. Wie hatte er den alten Blog gefunden? »Ich hatte diesen Blog geschlossen. Es war nicht echt. Ich habe nur … ich war …«

Er machte einen Schritt von ihr weg und hielt die Hände außer Reichweite. »Ich will es nicht hören.«

»Miles, es war ein Witz …«

»Also bin ich ein Witz?« Er lachte höhnisch. »Ich bin nicht total bescheuert. Ich weiß, was die Leute darüber sagen, in einer *Boyband* zu sein. Aber *du* denkst, ich wäre ein Witz?« Für einen Sekundenbruchteil löste sich der zornige Ausdruck auf seinem Gesicht, und er sah aus, als wäre er am Boden zerstört. »Ich habe dir vertraut … ich habe dir alles anvertraut. Ich habe dir Dinge erzählt, die sonst niemand außer meiner Mum weiß.«

»Ich würde niemals irgendetwas zu irgendjemandem darüber sagen.«

»Warum sollte ich dir glauben?«

»Weil es die Wahrheit ist.« Sie stampfte mit dem Fuß auf, weil sie wollte, dass er sie anhörte. »Ich habe dir immer die Wahrheit gesagt, selbst als es höllisch peinlich für mich war.«

Er schüttelte den Kopf. »Ich hätte auf mein Bauchgefühl hören und mich von dir verdammt noch mal fernhalten sollen. Alle haben mich gewarnt – alle. LJ hat mir gesagt, dass ich Single bleiben solle. Mein Image ist *Der Herzensbrecher,* ich bin mit *allen* Mädchen zusammen, und so bescheuert das auch sein mag, es war viel besser, als mich mit diesem Bullshit hier abzugeben.« Er fuhr sich mit den Fingern durchs Haar und schaute in die andere Richtung. »Binde dich nicht, Miles, leg dich nicht fest, verlieb dich nicht. Aber ich habe nicht zugehört.«

Aimees Herz schlug ihr bis zum Hals. Liebe? Ihre Welt geriet aus der Bahn und ließ sich nicht aufhalten. Teile von Miles – von *ihrem* Miles – flogen ihr um die Ohren, und sie konnte sie nicht fassen, bevor sie verschwanden.

»Diese Dinge, die du über mich geschrieben hast, Aimee. Ich kann nicht …« Er schaute weg und lachte verbittert. Bei dem harschen Geräusch stellten sich ihr die Härchen an ihren Armen auf. »Ich bekomme es einfach nicht in den Kopf. Es war grausamer als das, was Kelly oder Paige getan haben, denn ich dachte, du wärst anders. Ich dachte, ich würde dich kennen.«

293

»Das tust du auch«, wimmerte sie, ihre Kehle zugeschnürt vor Panik.

»Weißt du was – ich kann so was nicht noch mal machen. Ich hasse Dramen. Ich bin raus.«

Sie stellte sich vor ihn und versperrte ihm den Weg. »Also, das war's? Du bleibst sauer und hörst mir gar nicht erst zu? Und du gibst nicht einmal zu, dass *du mich* belogen hast?«

Er zuckte mit den Schultern und sah wieder steinern und gleichgültig aus. Wenn er jemals Gefühle für sie gehabt hatte, waren sie nun erloschen. Es war ihm egal. »Ich bin hier fertig«, sagte er kalt. »So was von fertig.«

Sie atmete durch die Nase aus. »Dann *bist* du ein Arschgesicht, Miles Carlisle. Und ich will dich nie wiedersehen – dich oder deine *blöde* Band.« Tränen strömten ihr übers Gesicht, als sie davonlief. Er folgte ihr nicht. Nicht, dass sie das von ihm erwartet hätte nach den Dingen, die er gesagt hatte. Sie hatte alles ruiniert, wegen einer kindischen, obsessiven Schwärmerei, die nicht einmal real gewesen war.

Statt Becky zu bitten, den Blog zu löschen, hätte sie den teuersten Techniker auf der Welt anheuern müssen, um dafür zu sorgen, dass keine Spur von diesem lächerlichen Fanfiction-Blog übrig blieb. Und jetzt hasste Miles sie, wollte sie nicht einmal anhören oder zugeben, was *er* getan hatte – das Arschgesicht –, und es gab nichts, was sie dagegen unternehmen konnte.

Kapitel 17

*M*iles' Stimmung während der nächsten beiden Tage war mörderisch. Er machte auf der Bühne Fehler und blaffte die Roadies an. Obwohl es ihn ein wenig aufheiterte, von Lester angebrüllt zu werden, wenn er sich verspätete, nahm nichts den Schmerz weg – die Gewitterwolke des Verrats, die ihm überallhin folgte.

Als Trev versuchte, mit ihm zu reden, ließ er ihn nicht an sich heran. Reden würde nicht helfen. Er musste Aimee Bingham vergessen und sein Leben weiterleben und beten, dass *TMZ* nicht über ihren grotesken Blog stolperte.

»Warum bist du so mies gelaunt, Miles?«, fragte Nate, als die Jungs frühmorgens in einem Nachrichtensender hinter der Bühne saßen. Er hatte die ganze Nacht nicht geschlafen, konnte sich nicht daran erinnern, wann er zum letzten Mal etwas gegessen hatte, und fühlte sich auf der Kippe zwischen Bruce Banner und dem Hulk.

»Ich bin nicht mies gelaunt«, antwortete er und starrte auf seine Hände.

»Bist du krank? Ein paar von den Technikern haben die Grippe.«

»Es geht mir gut«, murmelte er. »Lass gut sein, kleiner Bruder.«

»Hast du dich in letzter Zeit mal angesehen? Oder dich gehört?«, fragte Nate, der nicht lockerließ. Mann, konnte der eine Nervensäge sein. »Du siehst aus wie Scheiße und hörst dich auch so an.«

»Na und?«

»Na und?«, schaltete Trevin sich ein. »Du ziehst die ganze Gruppe runter, indem du dich wie ein Schwachkopf benimmst, und alle wissen, warum.«

Miles schaute auf, Zorn brannte heiß hinter seinen Augen, als er Trevin anfunkelte. »*Was* wissen sie?«

Trevin schüttelte den Kopf. »Alter, chill mal. Sie wissen, dass du mit Aimee zusammen warst, und jetzt bist du es nicht mehr. *Das* wissen sie.«

Miles nickte und wandte den Blick ab. Na ja, wenigstens wussten sie nichts von dem Blog oder von all der Scheiße, die Aimee geschrieben hatte, oder von den zehntausend Versprechen, die sie nicht gehalten hatte. Nach zwei Tagen brachte sein Herz ihn immer noch um, wenn er darüber nachdachte. Wie hatte er zulassen können, dass dieses Mädchen ihm so schnell unter die Haut ging? In knapp einer Woche? Oder war sie viel länger dort gewesen und Miles hatte es nur nicht begriffen?

Nein, er konnte so nicht darüber denken. Es nützte nichts, sich zu erinnern, warum er sie für anders gehalten hatte und für in jeder Hinsicht perfekt für ihn, das perfekteste Mädchen auf der ganzen Welt.

»Hört sich so an, als sei jemand sauer, weil er es nicht geschafft hat, sie flachzulegen«, sagte Ryder.

Miles würde sich von Ryder nicht auf die Palme bringen lassen, also ignorierte er die Bemerkung und schaute auf seine Handflächen.

»Lass gut sein, Alter«, mahnte Trevin.

Ryder lachte. »Warum? Bloß weil Mr Bean da drüben nicht die Eier hatte, sich ein Stück vom Kuchen zu nehmen?« Miles atmete langsam durch die Nase und versuchte, nicht die Fassung zu verlieren, den Riss in seiner Haut zusammenzuhalten, aus dem der Hulk herausplatzen wollte. »Als ich sie das letzte Mal gesehen habe, hing sie neben dem Garderobenschrank herum und trug eins dieser Kleidchen. Sie mag unschuldig aussehen, aber ihr Kleid sagt: *Komm und hol mich, Ryd...*«

Miles sprang auf und packte Ryder am Hemd. »*Brooks*«, knurrte er und knallte ihn mit dem Rücken gegen die Wand. Hart. »Rede nie wieder so über sie.«

»Miles, lass das«, sagte Trevin. Er und Nate waren sofort links und rechts von ihm und versuchten, ihn wegzuziehen. Aber jetzt konnte ihn nichts mehr aufhalten. Er war das grüne Monster. Sein schlimmster Feind.

»Wenn du sie auch nur anfasst«, zischte Miles, »mache ich dich platt.« Er packte fester zu, sein Gesicht nah genug, um zu bemerken, dass Ryders haselnussbraune Augen blutunterlaufen waren. »Verstehst du mich?« Er knallte ihn erneut gegen die Wand und hörte, wie Ryder die Luft aus den Lungen gepresst wurde.

Trevin hatte ihn jetzt von hinten gepackt, einen Arm über seine Brust gelegt, den anderen um seinen Hals, und er zerrte ihn zurück, während Nate und Will sich zwischen ihn und Ryder schoben.

»Du musst ernsthaft Abstand halten«, sagte Ryder mit schockierter Miene, während er sein Hemd zurechtzog.

»Und du musst dich verdammt noch mal verpissen.«

»Wir müssen uns alle beruhigen«, sagte Trevin, der Miles noch immer von hinten im Schwitzkasten hielt und fester zudrückte, als sein Freund versuchte, sich loszureißen. »Wir sind in zehn Minuten live im verdammten Fernsehen. Alle jetzt mal tief durchatmen.«

»Na schön«, knurrte Miles und mühte sich, Sauerstoff in die Lungen zu bekommen. »Lass los.«

»Wirst du aufhören?« Trevins Arm spannte sich um seine Kehle.

»Nicht mit dem *Blödsack* im Raum.« Er funkelte Ryder an.

»Ryder wird nicht mit Aimee reden«, stellte Trevin fest. »Stimmt's?«

Brooks verdrehte die Augen und antwortete nicht.

»Soll ich ihn loslassen?«, fragte Trevin und lockerte nur für eine Sekunde seinen Griff um Miles, woraufhin Ryder einen Schritt zurücktrat. Aber dann spannten Trevins Arme sich wieder an.

»Na schön«, erwiderte Ryder leise. »Ich werde nicht mit deiner kostbaren Blume reden.«

»Du wirst sie nicht *ansehen*«, verlangte Miles. »Oder an sie *denken* oder ihr näher als drei Meter kommen.«

»Ja, schön, was auch immer.«

»Okay?«, sagte Trevin. »Ryder wird Aimee nicht ansehen, nicht an sie denken und nicht in ihre Nähe gehen. Als Gegenleistung verspricht Miles, Ryder nicht durch die Wand zu prügeln.«

Ryder nickte. Sein langes Haar verdeckte seine Augen und Miles grunzte zustimmend.

Als Trev ihn losließ, wirbelte Miles herum und wollte sich auf seinen Freund stürzen. Glücklicherweise bremste er sich selbst, bevor er etwas tun konnte, was er bereuen würde. Etwas, das er *noch mehr* bereuen würde.

Er schnaufte, ging in eine Ecke des Zimmers, beugte sich vornüber und stemmte die Hände auf die Knie. *Atme einfach.* Er musste sich zusammenreißen, bevor er wieder austickte. Obwohl Trev ihm nichts getan hatte, wollte er ihn auch zu Brei schlagen. Nur weil er versucht hatte zu helfen.

Was stimmte nur nicht mit ihm?

Er atmete lange und tief aus, lehnte sich mit der Stirn gegen die Wand, starrte zu Boden und wartete darauf, dass er sich wieder im Griff hatte. Er hörte LJ den Raum betreten und die Zehn-Minuten-Ansage machen. Miles drehte sich um, ging in die Hocke und lehnte sich dabei an die Wand.

Als er aufschaute, starrten alle vier Jungs ihn an.

Er fühlte sich wieder wie ein Zwölfjähriger, wie dieses in die Enge getriebene, zornige Kind, das nirgendwohin passte, niemandem vertraute, keine Freunde hatte und zu Tode verängstigt war.

Aber er war nicht länger dieses Kind. Er hatte sich durchgeschlagen und geackert wie ein Pferd und sich einen Weg in ein besseres Leben erkämpft. Aber er hatte das nicht allein geschafft. Er hatte Hilfe gehabt. Er hatte seine Bandkameraden gehabt – seine vier Brüder. Und davor hatte er Mum, Nick und die ganze Familie Bingham gehabt …

Er kniff die Augen fest zu und versuchte verzweifelt, die hereinbrechende Lawine aus Schmerz auszublenden.

Wie zum Teufel konnte er sie vermissen? Wie zum Teufel konnte er hier sitzen mit dem Wissen um alles, was sie getan hatte, und sich mit jeder Faser seines Körpers nach ihr sehnen. Bei seinem nächsten Atemzug wusste er genau, warum.

Weil er in sie verliebt war.

Er ließ das Gesicht in die Hände fallen. Es war brennend heiß und er spürte etwas Nasses. Tränen. Zornige, jämmerliche Tränen.

»Ich glaube, du solltest lieber nicht mit uns auf Sendung gehen, Bruder.« Trevin hockte vor ihm. »Wir werden eine Ausrede finden.«

Miles konnte nur nicken, als er zu Boden sank, den Kopf in die Hände gestützt.

Vor dem heutigen Tag hatte er noch nie irgendeinen öffentlichen Liveauftritt verpasst und er war auch noch nie so komplett vor den Jungs ausgerastet.

Falls es einen absoluten Tiefpunkt gab, er hatte ihn gerade erreicht.

»Mom, bitte.« Aimee schniefte. »Bitte, hol mich aus diesem Bus. Ich halte es nicht mehr aus.«

Die Leitung ins ferne Ausland knisterte. »Kleines, wir können nicht. Halt nur noch eine weitere Woche durch. Wenn die Tournee wieder nach Westen kommt, wird Grandma zu Hause sein.«

»Eine *Woche?*« Es hätte genauso gut ein Jahr sein können!

Köpfe drehten sich in ihre Richtung, neugierig, weil ihre Stimme quietschte. Aber es kümmerte sie nicht länger. Wenn man sie an Bord von *Hanging On* schon zuvor für eine Spinnerin gehalten hatte, hielt man sie jetzt sicherlich für komplett durchgeknallt.

»Mom, du hast ja keine Ahnung, wie schrecklich es hier ist.«

»Ich dachte, du würdest dich amüsieren. Vor drei Tagen hast du gesagt, es sei toll.«

»Ja.« Sie nahm den Hörer ans andere Ohr. »Nun, die Dinge haben sich geändert.«

»Welche Dinge, Schätzchen?«

Aber sie konnte sich nicht dazu überwinden, es laut auszusprechen.

»Glaub mir einfach«, sagte sie und wischte sich Tränen von ihren Wangen. »Es ist nicht nur Spiel, Spaß und Spannung, mit einer Band rumzuhängen. Nichts ist so perfekt, wie es scheint.«

»Ames«, erwiderte Mom. »Was ist passiert? Muss ich Marsha anrufen? Sollten wir auch Nick von dort wegholen?«

»Nein, belästige niemanden. Es geht nur um mich.« Ihre Stimme brach. »Ich bin total fertig und ich muss nach Hause. Bitte.«

»Oh, Schätzchen, so schlimm kann es doch gar nicht sein.«

Sie schniefte. »Falsch.«

»Hör zu, ich muss mit deinem Vater reden, und wir müssen ein paar Anrufe machen.« Aimee hörte das Rascheln von Papieren am anderen Ende der Leitung. »Sieht so aus, als würdest du am Samstag in Dallas sein. Tante Mary wohnt dort. Willst du bei ihr bleiben?«

Es war, als würde sich ein winziger Bruchteil der gewaltigen Last von ihrer Brust heben. »Ja, bitte. Bitte, Mom!«

»In Ordnung. Wir werden heute Abend alles mit Marsha besprechen, und ich werde Mary bitten, dich anzurufen, damit ihr ein Treffen arrangieren könnt.«

Aimee konnte nur nicken und sich eine Faust auf den Mund pressen, damit sie nicht direkt ins Telefon schluchzte. Nachdem sie aufgelegt hatte, setzte sie sich im hinteren Teil des Busses auf den Boden und rief Becky an. Sobald sie die Stimme ihrer besten Freundin hörte, begann sie zu weinen.

»Ames? Was ist passiert?«

Sie konnte nur Miles' Namen hervorbringen.

»Hat er dir wieder wehgetan? Ich schwöre, ich werde

diesen Typen heute Abend auf Twitter in die Mangel nehmen.«

Bei dieser Drohung musste Aimee nur umso heftiger weinen, aber nachdem sie mehrere Male tief eingeatmet hatte, schluchzte sie heraus, was geschehen war – alles, bis hin zur letzten Nacht in seiner Koje. »Und jetzt ist er total sauer auf mich und hat mich beschuldigt, gelogen zu haben, obwohl er derjenige ist, der mich belogen hat.«

»Was für ein Blödmann«, blaffte Becky. »Aber ich kapiere nicht, warum er wütend ist. Was stimmt nicht mit unserem Vlog?«

»Das ist es nicht.« Sie schniefte. »Er hat *meinen* Blog von früher gefunden. Ich weiß nicht, wie, aber er war wohl nie vollständig aus dem Netz weg, selbst nachdem du ihn gelöscht hattest oder was immer, stimmt's? Alles ist in der Cloud gespeichert, was immer das bedeutet.«

»Oh, Scheiße«, flüsterte Becky.

»Ich weiß. Er ist total ausgeflippt. Ich meine, ich kann ihm keinen Vorwurf machen, denn aus dem Zusammenhang gerissen ist das Zeug da drin ziemlich übel, aber er hat es mich nicht mal erklären lassen.«

»Aimee, ich … verdammt. Ich habe den Blog nicht gelöscht.«

»Was?«

»Na ja, ich fand deinen Blog toll, all die Arbeit, die du dir gemacht hast, die Fanfiction und so. Und ich weiß nicht, ich habe immer gehofft, du und Miles würdet eines Tages zusammenkommen, deshalb konnte ich es nicht ertragen, das Ganze zu löschen. Es ist zu … romantisch.«

»Romantisch?« Aimee richtete sich auf und schob sich das Haar aus dem Gesicht. »Becky, er hält mich für eine Stalkerin. Du hattest vor zwei Jahren versprochen, den Blog zu löschen.«

»Ich weiß und es tut mir leid. Ich schwöre, ich habe den Link tief unten in meinem Promi-Klatsch-Menü versteckt, und ich hätte nie gedacht, dass irgendjemand ihn finden würde. Es tut mir wirklich leid. Ernsthaft. Ich fühle mich hundeelend.«

Aimee wollte lachen, und dann wollte sie zu ihrer besten Freundin die schlimmsten Dinge auf der Welt sagen, auflegen und nie wieder mit ihr sprechen. Aber eigentlich war es nicht Beckys Schuld. Wenn Aimee gleich am Anfang mit Miles über ihren Blog geredet hätte, wäre nichts von alledem geschehen.

»Ames?« Beckys Stimme war leise. »Es tut mir so leid. Ich wünschte, ich wäre tot.«

Neue Tränen rannen über Aimees Wangen und sie biss die Zähne zusammen. »Ja.«

»Bist du so sauer auf mich?«

»Ja«, blaffte sie, stieß dann aber ein ersticktes Lachen aus. Jetzt, da sie wusste, wie das alles passiert war, fühlte sie sich noch schlimmer und noch hoffnungsloser, aber zumindest ergab jetzt alles einen Sinn. »Aber ich verzeihe dir.« Sie hatte einen so dicken Kloß im Hals, dass sie kaum sprechen konnte. »Ich muss Schluss machen.«

»Nein, leg nicht auf. Rede mit mir. Sage mir, was ich tun kann.«

Aimee presste die Lippen aufeinander, um ein weiteres

Schluchzen zu ersticken. »Niemand kann irgendetwas tun. Es ist vorbei.«

Nick rief sie zweimal auf ihrem Handy an und wollte sich vor der Show mit ihr zum Abendessen treffen. Aber Aimee konnte es nicht ertragen. Mit einem Konzert nach dem anderen in Austin und Dallas dachte sie, dass sie ihrem Bruder aus dem Weg gehen konnte, bis sie abreiste. Sie hatte nicht damit gerechnet, von ihm abgefangen zu werden, kaum dass die Karawane vor dem Austin Hyatt Hotel vorfuhr.

»Aimee.« Nick stand vor ihrem Bus, während der Rest der Passagiere sich an ihm vorbeischob. »Du lebst also noch.«

»Mh?«

»Ich habe dich seit vier Tagen nicht gesehen und während der letzten zwei Tage bist du nicht an dein Telefon gegangen und hast auch nicht auf meine Anrufe reagiert.« Er winkte einem Mädchen zu, das gerade aussteigen wollte. »Wenn ich keine Spione hätte, wüsste ich nicht einmal, ob du vielleicht weggelaufen bist.«

»Nein.« Sie bemühte sich um ein Lächeln. »Ich bin immer noch hier. Immer noch lebendig.«

»Mom hat mich vor einer Weile angerufen. Sie sagt, dass du bei Tante Mary bleibst, sobald wir Dallas erreichen.«

»Ja.«

»Warum? Zu viel gratis Weltenbummeln auf *S2Js* Kosten?«

»Ich wollte überhaupt nie hier sein, Nick. Das hier ist *dein* Ding. Ich sollte gar nicht dabei sein.« Ihre Kehle war plötzlich wie zugeschnürt. »Ich dackele nur wie gewöhnlich hinterher.«

»Was?«

Sie schloss die Augen, weil sie nicht die Absicht hatte, vor ihrem Bruder zu weinen, sie war das Weinen insgesamt schon so leid. »Vergiss es.«

»Nein. Ich werde es nicht *vergessen*. Ist es Mädchenkram?«

Sie schnaubte. »War klar, dass du so was sagst.«

»Was ist denn los?« Er ging zu einer Sitzbank. »Setz dich.«

Sie schluckte den bitteren Geschmack in ihrem Mund herunter. »Solltest du nicht mit den Roadies loslegen?«

»Sie werden den Praktikanten nicht vermissen.« Er klopfte auf den Sitz. Aimee zögerte noch einen Moment, dann gab sie nach und nahm Platz. »Mom denkt, dir wäre etwas zugestoßen.«

»Mir ist nichts zugestoßen, ich bin einfach« – sie zog eine Schulter hoch – »traurig.«

»Warum? Hat dieser Mistkerl Ryder dich angemacht? Aimee, er macht alles an, was nicht bei drei auf den Bäumen ist. Das weiß hier jeder.«

Sie schaute auf und wollte beinahe lachen. »Nein, Ryder hat nichts getan.«

»Hat einer der anderen Jungs etwas getan? Miles?«

Die Frage überrumpelte sie. Wie hatte Nick so schnell auf ihn kommen können? Soweit es ihn betraf, hatten

sie und Miles keine Sekunde allein miteinander verbracht. Sie ballte die Fäuste und grub die Nägel in ihre
Handflächen.

»Nein«, flüsterte sie und hoffte, das trügerische Beben
in ihrer Stimme verbergen zu können, »Miles hat nichts
getan.«

»Gut, denn ich weiß, dass er darüber nachgedacht
hat. Aber er ist ein Player, Ames. Du kennst seinen
Ruf ...«

»Miles ist vieles, aber er ist kein *Player*«, unterbrach
sie ihn, überrascht von der Lautstärke ihrer eigenen
Stimme. »Das ist alles nur Publicity. Jeder, der ihn wirklich kennt, kann sehen, dass er ein guter Kerl ist – ein
toller Kerl.«

Nick blinzelte sie an. »Wie gut kennst *du* ihn?«

Frische Tränen sammelten sich, während sie sich an
die Lügen erinnerte. »Nicht so gut, wie ich dachte«,
gestand sie, so aufrichtig sie konnte, ohne ihm die ganze
Sache zu erzählen.

»Okay.« Er hob den Kopf und sah ihr in die Augen.
Er bekam langsam eine solche Ähnlichkeit mit ihrem
Vater ... er erinnerte sie an Dad und Mom und zu Hause
und ... und Miles. Plötzlich krachte eine Gezeitenwelle
der Traurigkeit über ihrem Kopf zusammen. In fünf
Sekunden würden die Schleusen sich öffnen.

»Nick ... ich habe nur ...«

»Weinst du?«

Sie schloss die Augen, aber die Tränen rannen ihr
bereits über die Wangen.

»Ames.« Er legte den Arm um sie. »Sag mir, was zum Teufel passiert ist.«

»Es ist nichts, worüber du dir Sorgen zu machen brauchst«, antwortete sie zwischen den Schluchzern. »Ich schwöre, ich bin nicht verletzt oder krank, aber ich will nicht darüber reden, okay? Es ist etwas Persönliches.«

»Bist du dir sicher, dass es niemanden gibt, dem ich aufs Maul hauen muss? Ich würde es sofort tun.«

Sie nickte und presste die Augen noch fester zusammen.

»Willst du allein sein?«

Sie schüttelte den Kopf und fühlte sich erbärmlich und übergeschnappt, wie das verkorkste Mädchen mit dem gebrochenen Herzen, das sie war.

»Willst du einfach hier sitzen und weinen?«

Sie nickte schniefend und nahm an, dass Nick dies als Stichwort werten würde, um zu gehen.

»Okay.« Er drückte ihren Kopf an seine Schulter. »Es ist schon gut, Ames. Alles wird wieder gut.«

Aimee hielt seinen Arm fest, klammerte sich an ihm fest und schluchzte in sein Hemd.

Kapitel 18

In Miles' Kopf hämmerte es ständig, als marschiere eine Highschool-Band durch seinen Schädel. Bis auf die obligatorischen Events von *S2J* hatte er seine Koje seit vierundzwanzig Stunden nicht verlassen. Es war total ätzend, dass Dallas ihr anstrengendster Stopp auf der ganzen Tour war, mit endlos aufeinanderfolgenden Interviews, Auftritten und zwei Konzerten im Cowboys Stadion – der größten Arena auf ihrem Plan – und dem VIP-Pre-Show-Set, das für ihre DVD gefilmt wurde.

Er war mal mehr, mal weniger bei der Sache, während er mit *S2J*, LJ und ihren PR-Leuten zusammensaß. Bla-bla-bla … wirklich wichtige Sendung. Jadda-jadda-jadda … alle sollten sich von ihrer besten Seite zeigen. (Ja, Lester sah Miles direkt an). Yak-yak-yak … komm nicht zu spät. (Ein weiterer strenger Blick in Miles' Richtung.) Miles verbrachte den größten Teil des Meetings damit, auf seine Knie zu starren und an den Fransen der Löcher in seinen Jeans zu zupfen.

»Carlisle«, sagte LJ, als der Rest der Gruppe aufbrach. »Bleib einen Moment.«

Miles ließ die anderen Jungs vorbeigehen und stellte zu niemandem Blickkontakt her. Er hatte kaum mit Trevin gesprochen seit ihrem Krach hinter der Bühne und Ryder hatte er erst gar nicht angesehen. Vielleicht würde er während des Meet & Greet am Abend eine heiße Braut sehen und die Security dazu bringen, sie hinter die Bühne zu schmuggeln für ein bisschen bedeutungslosen …

Nein, das war nicht sein Stil. Und es war auch nicht der richtige Weg, um aus seiner miesen Stimmung rauszukommen. Um über Aimee hinwegzukommen. Er würde es einfach durchstehen müssen, bis er nicht mehr jedes Mal, wenn er die Augen schloss, ihr Gesicht vor sich sah.

»Hörst du mir überhaupt zu?«

Miles blinzelte und sah LJ an. »Ja, ich habe dich gehört.« (Hatte er nicht.)

»Dann weißt du, wie wichtig das hier ist. Du darfst nicht wieder einfach verschwinden.«

»Ja.« Miles schob die Hände in seine Taschen.

»Wenn du krank bist, sag es mir, und wir rufen den Arzt. Wenn du gestresst bist, rede mit deiner Mom oder deinem Priester oder deinem besten Freund.« Miles schloss die Augen. Die letzte Person, mit der er über diese Sache reden konnte, war Nick. »Und wenn du, du weißt schon, *abgelenkt* bist … komm zu *mir,* und ich arrangiere was. Dreh nicht so ab wie Ryder. Der Junge ist außer Kontrolle.«

Er schaute auf. »Redest du davon, das du mir ein Mädchen besorgen willst?«

»Es ist gar nicht so anrüchig. Besser, es weniger kompliziert zu halten, sauberer.« Er stieß Miles den Ellbogen in die Rippen. »Richtig?«

Miles zwang sich zu einem leisen Lachen. »Richtig.«

»Gut.« LJ legte ihm eine Hand auf die Schulter. »Ich bin hier, um mich um dich zu kümmern, um euch alle. Alles, was ihr braucht. Tag oder Nacht. Ich bin hier, um zu helfen.«

»Ich weiß, LJ. Danke.«

»Du brauchst dich nicht bei mir zu bedanken. Es ist mein Job, die Dinge für euch Jungs leichter zu machen, damit ihr *euren* Job erledigen könnt und wir alle bezahlt werden.« Er lächelte. »Und da der Zeitplan bald noch hektischer wird, ist es ratsam, jetzt alles hinter dir zu lassen, was dich belastet. Meinst du nicht auch?«

»Ja.« Miles wollte gerade gehen, drehte sich dann aber noch einmal um. »Was meinst du damit, hektischer?«

LJ hatte sein Handy hervorgeholt und tippte auf die Tasten. »Die Auftritte in Südamerika. Das Inselhüpfen nach Australien und Neuseeland. Wir haben allein in Sydney vier ausverkaufte Shows.«

»Wann passiert das? Nächstes Jahr?«

»Nächstes Jahr?« Als LJ lachte, schwabbelten seine Hängebacken hin und her wie die eines Bluthundes. »Gleich nach unserem letzten Auftritt in den USA fliegen wir nach Brasilien.« Er ließ sein Telefon sinken. »Du hast bei dem Meeting überhaupt nicht zugehört, wie?«

Etwas nagte ganz hinten in Miles' Gehirn. »Ich höre gerade zum ersten Mal von weiteren Shows.«

LJ stemmte die Hände in die Hüften. »Hast du ein Problem damit, nach Australien zu gehen? Hör zu, in diesem Geschäft schmiedet man das Eisen, solange es heiß ist. *Seconds to Juliet* ist im Moment das heißeste Ding überhaupt, aber gib der Sache ein oder zwei Jahre, und es könnte sich ändern.«

»Ja, das kapiere ich«, antwortete Miles. »Ich wusste es nur einfach nicht. Ich dachte, wir hätten einen Monat frei und könnten nach Hause fahren.« Plötzlich wurde das Nagen in seinem Hinterkopf spürbarer. »Davon hat Aimee also gesprochen.«

LJ schaute wieder auf sein Telefon.

»Hast du Aimee Bingham erzählt, dass ich von Südamerika gewusst habe?«

»Es ist kein Geheimnis, dass die Kleine auf dich steht, und ich habe dir einen Gefallen getan, als ich diese Geschichte über euch zwei neulich im Park im Keim erstickt habe. Sie ist aus deiner Heimatstadt, daher habe ich mir gedacht, wenn sie von der Tourverlängerung erfährt und davon, dass sie dich für eine sehr, sehr lange Zeit nicht sehen wird, lässt sie dich in Ruhe.«

Miles spürte eine Ader an seiner Stirn pulsieren und nahm eine kämpferische Haltung an. »Das war beschissen, LJ. Was zum Teufel sollte das?«

»Jetzt halt mal die Luft an. Wir haben darüber geredet, Miles. Keine festen Freundinnen – davon musst du die Finger lassen. Keine Dates, keine Rendezvous, kein wie auch immer geartetes öffentliches Aufsehen – das würde dein Image killen. Du musst dafür sorgen, dass die weiblichen Fans auf deiner Seite bleiben. Flirte mit der ganzen Welt, Kumpel.«

»Sie hat gedacht, ich hätte sie belogen.« Er massierte mit den Fingerknöcheln seine Stirn, um sein plötzlich schmerzendes Gehirn zu besänftigen. »Ich habe ihr gesagt, ich wüsste nicht, wovon sie redet – ich habe *sie* eine Lügnerin genannt. Verdammt, Lester, du hättest es mir zuerst sagen sollen. Hör auf, mein Leben kontrollieren zu wollen.«

»Tut mir leid, mein Freund. Ich habe getan, was ich für das Beste hielt. Ich wollte dir keine Kopfschmerzen bereiten.«

»Ja.« Miles rieb sich erneut die Stirn. »Zu spät.«

LJ tätschelte ihm die Schulter, sagte ihm, dass er auf direktem Weg in die Garderobe gehen solle, und verließ den Raum.

Miles fühlte sich elend, verwirrt und sauer auf Lester, sauer auf sich selbst. Das Ding mit Aimee musste ohnehin enden, wegen des Blogs, aber ihr Gesichtsausdruck war ihm nicht entgangen, als er sie bei diesem letzten Gespräch gesehen hatte. Sie war verstört gewesen und sie war gerade von einem Gespräch mit Lester über die neue Tour gekommen. Er hätte sich die Zeit nehmen können, ihr zuzuhören, statt wie ein egoistischer Trottel seinen Dampf abzulassen.

Nicht dass es jetzt noch eine Rolle spielte.

Er folgte dem Lärm durch den langen Flur unter dem

313

Boden des Stadions. In Texas war alles größer, selbst Konzerthallen. Als er mit gesenktem Kopf um eine Ecke bog, wäre er beinah mit Nick zusammengestoßen.

»Hey, Alter. Was läuft?«

»Nichts, Kumpel. Alles wunderbar prachtvoll.« Mit den vielen Lügen zwischen ihnen konnte Miles Nick nicht in die Augen sehen und sein Blick flackerte hierhin und dorthin. »Schaust du dir heute Abend die Show an? Sollte Kult werden. Im Stadion ist Platz für achtzigtausend Leute.«

»Ich nehme mir den Abend frei, um bei Aimee zu bleiben.«

Bei Aimees Namen wummerte sein Herz automatisch los, aber er ignorierte es. »Wie kommt's?«

»Es geht ihr nicht gut.«

Endlich sah Miles seinen Freund an. »Ist sie krank?«

Nick schüttelte den Kopf. »Das glaube ich nicht. Ich meine, sie sieht okay aus, aber ich weiß, dass sie es nicht ist. Sie ist verletzt.«

»Verletzt? Wieso?« Miles' Kopf wurde leer. »Braucht sie einen Arzt? Hast du ein Auto? Ich kann sofort ein Auto besorgen.«

Nick starrte ihn an. »Danke, aber ich denke nicht, dass sie heute Abend irgendwo *hinfahren* muss. Sie will einfach nur weinen.«

Ein Stich fuhr Miles durch die Eingeweide und raubte ihm den Atem. »Sie hat geweint? Weißt du, warum?«, fragte er, und es war ihm egal, dass er das Thema unweigerlich von selbst auf den Tisch brachte. Er war so ein Trottel.

»Nein.« Nick kratzte sich am Kopf. »Aber wenn ich raten müsste, würde ich sagen, dass irgendein Typ sie verarscht hat. Das Gleiche ist passiert – das Weinen –, als ihr Freund letztes Jahr mit ihr Schluss gemacht hatte. Aber das hier scheint schlimmer zu sein. Ich habe sie noch nie so gesehen, so todunglücklich.«

Miles fluchte leise und rieb sich den Nacken. Zu viele Verspannungen, um sie noch zu zählen, bildeten sich dort. »Ich wollte sie nicht zum Weinen bringen.«

»Ich glaube nicht, dass es deine Schuld ist, es sei denn, *du* bist der Typ, der sie verar...« Nick funkelte ihn an, während seine Stimme verklang. »Ja.« Miles sah Nick direkt an und machte sich nicht die Mühe, es abzustreiten. »Ich bin der Typ.«

»Was...« Nick hielt inne, um ruhig auszuatmen. »Was hast du getan, Miles?«

»Wir haben angefangen, miteinander abzuhängen...«

»Bevor oder nachdem ich dich gebeten hatte, das nicht zu tun?«

»Ich hatte nicht geplant, dass es so läuft. Sie ist ein cooles Mädchen.« Er hielt beinahe inne, um sich zu korrigieren: *Sie* war *ein cooles Mädchen,* aber er dachte nicht, dass Semantik im Moment wichtig war. »Sie hat mich ein paarmal zum Songschreiben begleitet – total unschuldig. Wir haben über zu Hause gesprochen, über unsere Kindheit und unsere Familien und die Schule und ... dann ist plötzlich ... ich weiß nicht, was passiert ist.«

»Du *weißt* es nicht? Warum sie seit zwei Tagen ununterbrochen weint? Was hast du meiner Schwester angetan? Hast du mit ihr geschlafen, du *Bastard*?«

»Nein! Wir haben nicht … ich würde nicht. Aimee bedeutet mir etwas. Wirklich. Und es tut mir leid, wenn dich das sauer macht, aber es ist wahr.«

Nick schwieg lange. Er stand einfach da und ließ seine Kiefermuskeln spielen. Miles wusste, dass er seinen Hintern in die Garderobe bewegen musste, oder er würde ein weiteres Meet & Greet verpassen, und Lester würde am Rad drehen. Aber er musste zuerst mit seinem besten Freund reinen Tisch machen. Das war er ihm schuldig.

»Ich *bin* sauer auf dich«, sagte Nick schließlich und mit ruhigerer Stimme. »Aber ich darf wohl nicht nur auf dich wütend sein. Bei Aimee hat sich das wohl schon lange aufgebaut.«

Miles nickte einige Male. »Sie hat mir erzählt, dass sie in mich verknallt war, als wir jünger waren.« Als er diese Worte laut aussprach, kam ihm ein weiteres Thema in den Sinn, das er vor sich hergeschoben hatte. »Warum hast du ihr gesagt, *ich* hätte davon gewusst?«

Nick senkte den Blick.

»Du hast ihr gesagt, ich hätte es gewusst und mich hinter ihrem Rücken darüber lustig gemacht. Alter, das ist nie passiert. So einen Scheiß würde ich nicht machen.«

»Das ist ein Geschwisterding. Das war, nachdem du für *Rockstars Live* ausgesucht worden warst. Sie hatte überall in ihrem Zimmer Poster und Zeitschriften von *S2J* und spielte ständig diesen ersten Song von dir aus der Show. Hat mich wahnsinnig gemacht. Dann diese ganze Fanfiction.«

»Fanfiction?«

»Ja. Ich habe es eines Abends auf ihrem Laptop gesehen. Angefangen hatte es als ihr persönliches Tagebuch oder was immer. Sie hat das wirklich total gern gemacht, fast wie Computerspielen. Es gab Charaktere und Handlungen und Szenarien, verschiedene Zukunftsstränge, die man entwerfen konnte.«

»Das ist ein Buch, das sie geschrieben hat?«

»Nein, ihr *Blog*.«

»Der, in dem sie Bücher rezensiert?«

»Nein, der private. Die Fanfiction. All der Scheiß, den sie erfunden hatte.«

Miles hatte das Gefühl, als müsse er seinen Kopf festhalten, um zu verhindern, dass er sich um sich selbst drehte. »Erfunden?«

»Ja. Nachdem sie mich dabei erwischt hatte, wie ich mir das Ding angesehen habe, hat sie mir alles gezeigt, all die Seiten und Themen. Ziemlich gut gemacht für eine Vierzehnjährige. Ich wäre vielleicht weniger angepikt gewesen, wenn die Charaktere nicht auf meiner Schwester und meinem besten Freund basiert hätten, selbst wenn es reine Fantasie war. Aber ich kapiere es. Es war ihre Art, mit ihren Gefühlen fertigzuwerden, sie zu Papier zu bringen.« Er zuckte mit den Schultern. »Deshalb habe ich ihr diese Sachen erzählt – dass du über ihre Schwärmerei gelacht hättest und alles. Ich dachte, sie brauchte einen Weckruf. Tut mir leid, Mann.«

317

Kalter Schweiß brach Miles langsam am ganzen Körper aus, während sein Gehirn die Puzzleteile zusammenfügte. »Moment mal.« Er kniff sich in den Nasenrücken. »Sie hat also einen Blog für Rezensionen und den anderen ...«

»Den anderen hat sie schon vor Jahren gelöscht und aufgehört, darauf zu posten.«

»Und es war alles einfach ein Tagebuch ... zum Spaß?«

»Ja, wie ein Scherz.«

»Ein Scherz«, flüsterte Miles und hatte das Gefühl, dass er sich vielleicht übergeben müsste. Er war zweifellos der größte Vollpfosten auf dem ganzen Planeten. »Nein. Oh, heilige Scheiße, verdammt, nein.«

»Was ist los?«

»Ich bin in deine Schwester verliebt und ich habe es absolut total vermasselt.«

»Warte mal.« Nick trat einen Schritt vor. »Du *liebst* sie?«

Miles schloss die Augen, und sein Herz raste, als ihm die Worte durch den Kopf gingen, durch seinen Körper fluteten, die Worte, die er stattdessen *ihr* hätte sagen sollen. »Ja.«

Als er die Augen öffnete, funkelte Nick ihn mit zusammengebissenen Zähnen an. »Sag das noch mal.«

Miles schluckte, bewegte sich jedoch nicht; er stand vor seinem besten Freund und sagte ihm endlich die ganze Wahrheit. »Ich bin in Aimee verliebt. Mir war noch nie im Leben etwas so todernst, und wenn du mich windelweich prügeln willst, dann lasse ich dich, aber es

318

wird meine Meinung nicht ändern. Ich will niemanden außer ihr. Ich liebe sie.«

Als er es laut zugab, selbst nur Nick gegenüber, stürzten ihm alle seine Fehler erneut über dem Kopf zusammen. Die Sache war längst gelaufen.

»Wenn ich dich windelweich prügeln wollte«, erwiderte Nick, »würdest du mich nicht *lassen* müssen. Ich würde es einfach tun.« Er hielt inne und Miles wartete. »Ich kenne deinen Ruf, Mann. An unserem ersten Tag hier hast du gesagt, du wolltest *das Ding klarmachen* – mit ihr.«

Eine weitere Welle der Übelkeit schlug über Miles zusammen und sein Magen schnürte sich schmerzhaft zu. »Das war einfach nur ich als totaler Arsch. Ich habe es sofort bereut, als es raus war, an Aimee so auch nur gedacht zu haben – oder an irgendein Mädchen. Es tut mir leid, Mann, es tut mir ehrlich leid. Ich habe angegeben und es war total arschig von mir. Manchmal ist mein Ego …« Er hielt inne und lachte beinahe, als er sich an die vielen Male erinnerte, da Aimee sein Ego in Schach gehalten hatte. »Das bin nicht ich. Das bin ich einfach nicht.«

Nick schnaubte, aber zumindest hatte er Miles keins übergezogen. »Scheiße, Mann«, sagte er, »du bist mein bester Freund, da sollte man denken, ich würde dich besser kennen. Aber Aimee hat mir das auch gesagt, hat es gesehen, als ich es nicht gesehen habe. Sie hat dagesessen und geweint und dich immer noch verteidigt, hat gesagt, du wärst ein guter Kerl.«

Nachdem er sie so schrecklich behandelt hatte, konnte Miles sich nicht erklären, warum Aimee noch etwas Positives über ihn sagen sollte. Aber sie hatte es getan, als er es am wenigsten verdient hatte.

»Ich kenne dich seit einer Ewigkeit, Mann«, fuhr Nick fort. »Ich weiß, wie du früher warst, als wir uns kennengelernt haben.« Er machte eine kurze Pause und sah Miles direkt in die Augen. »Aber ich habe auch miterlebt, wie weit du seitdem gekommen bist. Du magst ein beknackter Angeber sein, aber du bist auch ein guter Kerl. Der Beste, den ich kenne.«

Miles senkte überwältigt den Kopf. »Danke«, sagte er und kämpfte gegen den Kloß in seinem Hals an.

Nick legte ihm eine Hand auf die Schulter. »Wenn Aimee dich will ...«

»Tut sie nicht. Ich verdiene sie nicht.«

»Offensichtlich nicht.« Nick lachte und versetzte Miles einen leichten Boxhieb gegen den Arm. »Wenn du sie jemals wieder so zum Weinen bringst ...«

Diese Worte kamen einem Segen von Nick wahrscheinlich so nah wie nur möglich. Und er würde ihn dankbar annehmen.

»Das werde ich nicht. Ich schwöre es. Aber ich muss sie finden«, sagte Miles, der sich plötzlich fühlte, als stünde er auf glühenden Kohlen.

»*Miles! Yo!*«, rief Trevin aus dem Flur. Er trug bereits sein Bühnenoutfit. »Ich weiß, das wir nicht miteinander sprechen, und ich will kein Spaßkiller sein, aber wir haben eine Show.«

»Nein, ich muss Aimee suchen. Ich muss es ihr sagen, sie *anflehen*. Ich habe diese Sache so übel vermurkst; sie wird mir niemals verzeihen.« Er holte sein Handy hervor und tippte ihre Nummer ein. Es klingelte einmal, dann sprang die Voicemail an. »Aimee, ich ... verdammt. Ich bin es, bitte, ruf mich zurück.« Er seufzte und sah Nick an.

»Nun, das war, ähm ...«

Miles schnaubte und drückte sich eine Hand auf die brennende, hämmernde Stirn.

»*Carlisle.*« Trevin zeigte auf die offene Tür. »Noch in diesem Leben?«

Miles stöhnte den Boden an und griff nach seinem Telefon. »Okay, nein, es ist okay, es wird okay sein. Ich suche sie nach der Show und erkläre ihr alles.« Während er mit Nick zur Garderobe ging, murmelte er die ganze Zeit wie ein Wahnsinniger vor sich hin. »Ja, nach der Show. Nein, warte. Sie ist heute Abend mit Nick zusammen. Das ist gut. Ich suche sie morgen.«

»Sie wird nicht mehr hier sein. Sie will weg.«

Miles erstarrte und drehte sich zu Nick um. »Wie meinst du das? Sie ist doch noch die ganze nächste Woche hier.«

»Nein. Sie geht morgen. Unsere Tante holt sie ab, und sie bleibt in Dallas, wenn die Tour weiterzieht. Das ist bereits mit meinen Eltern abgesprochen.«

Schmerz fuhr ihm mit jedem Herzschlag durch die Brust. Wenn er nicht die ganze Band im Stich lassen wollte, konnte er jetzt nicht losziehen, um sie zu suchen.

Er saß in der Klemme. Und der morgige Tag war gerammelt voll mit Events, angefangen mit einem Radioauftritt um sechs Uhr früh. Ehe er zwei Sekunden Zeit hatte, würde sie bereits fort sein. Und dann würde er fort sein.

»Hilf mir, sie zu finden«, bat er. »Ist sie im Bus? Im Hotel?«

Nick machte einen Schritt zurück. »Keine Ahnung, und ich werde einen Teufel tun und mich da einmischen. Das ist jetzt dein Ding, Bro.«

»Du willst mir nicht einmal helfen, mit ihr zu reden?«

Nick starrte ihn eine Sekunde lang an, dann seufzte er. »Wenn deine poetische Voicemail nicht funktioniert, kann ich ihr vielleicht sagen, dass sie dich anrufen soll.«

Miles atmete auf und verspürte ein winziges bisschen Erleichterung. »Um mehr bitte ich auch nicht.«

Er dachte während des ganzen Konzerts an Aimee, warf verstohlene Blicke in die Kulissen, aber sie war nicht dort. Die Songs, die ihn an sie erinnerten, in einem Raum voller kreischender Fremder singen zu müssen, statt sie ihr vorzusingen, tat schlimmer weh als ein Tritt in die Eier. Er dachte während seines Gitarrensolos an sie und wie er das Unplugged vermasselt und darauf geschoben hatte, dass er die ganze Nacht auf gewesen war. Und dann hatte er ihr zugezwinkert, und sie war errötet, und in dem Moment hatte er gewusst, dass er verliebt war.

Was immer er noch an freien Gehirnzellen zur Verfügung hatte, benutzte er, um sich darauf zu konzentrieren, auf der Bühne nicht alles zu verbocken. Es gab keinen Grund, die Band noch mehr gegen sich aufzubringen. Es würde vielleicht sehr lange brauchen, um wieder alles geradezubiegen; er hatte da einen schweren Schaden angerichtet.

Unmittelbar vor dem Finale entdeckte Miles Nick hinter der Bühne. Er sah seinen Freund hoffnungsvoll an, aber Nick schüttelte nur den Kopf. Aimee würde nicht mit ihm reden, würde nicht zurückrufen. Gerade als Miles dachte, er könne nicht mehr tiefer in der Scheiße stecken, rutschte er noch einmal zehn Meter weiter nach unten.

Wie am Ende jeder Show liefen fünf tropfnasse Jungs von der Bühne durch die Flure und zu ihrem wartenden Bus. Bevor er sich auch nur umgezogen hatte, griff Miles nach seinem Telefon und tippte ihre Nummer ein. Es klingelte nicht, sondern ging direkt zur Voicemail – was wahrscheinlich bedeutete, dass sie ihr Handy ausgeschaltet hatte.

Er hinterließ eine weitere sagenhaft unbeholfene Nachricht und bat sie, sich bitte mit ihm zu treffen, wenn er ins Hotel zurückkam. Nachdem er aufgelegt hatte, wurde ihm klar, dass es nach Mitternacht war und seine Nachricht wie die Aufforderung zu einem heimlichen Sex-Treffen klang, die ein routinierter Aufreißer hinterlassen würde. Scheiße, er hasste sich selbst.

Er schickte ihr eine SMS und bat sie, ihn bitte anzurufen. Wenn sie bis zum Morgen nicht reagierte, würde er wieder anrufen, würde ihr wieder eine SMS schicken. Er würde twittern, er würde sie auf Tumblr und Instagram stalken, bis sie nachgab und mit ihm redete.

»Tut mir leid, das mit Aimee.«

Miles schaute auf und sah Trevin. »Du hast es schon gehört?«

»Ich bin mir ziemlich sicher, dass jeder auf dieser Seite des Stadions es gehört hat. Du und Nick, ihr wart laut.« Er setzte sich neben ihn. »Also, sie verlässt die Tour früher?«

»Morgen.« Er schaute auf die Uhr auf seinem Handy. »Heute, meine ich.«

»Und sie will nicht mit dir reden?«

»Ich habe ihr tonnenweise Nachrichten hinterlassen, aber …« Er fuhr sich mit den Händen durch sein feuchtes Haar und erinnerte sich daran, dass Aimee genau das Gleiche getan hatte, in der Nacht, in der sie in seiner Koje gefangen gewesen waren. Sein Herz brach.

»Es gibt so vieles, was ich ihr sagen muss, aber morgen ist der schlimmste Tag in der Geschichte von beschissenen Tagen. Wir rennen ununterbrochen von Auftritt zu Auftritt, bis zum akustischen Pre-Show-Set. Wenn sie meine Anrufe nicht beantwortet, wie soll ich dann mit ihr reden?« Er rieb sich das Kinn und lachte leise. »Es sei denn, ich mache es *während* der Show.« Seine trockenen, müden Augen weiteten sich und er richtete sich auf. Der Plan kristallisierte sich in seinen Gedanken bereits heraus und er war episch. »Natürlich.«

»Miles«, sagte Trevin. »Ich sehe diesen Ausdruck in

deinen Augen. Was immer du gerade denkst, tu es nicht.«

Miles lächelte zum ersten Mal seit Tagen. »Ich kann das nicht allein durchziehen«, erwiderte er. »Ich muss dafür sorgen, dass sie da ist, aber *ich* kann es nicht tun, sie darf nicht wissen, was passiert, sonst wird sie nicht auftauchen.«

»Alter, mal langsam.« Trevin stand über ihm. »Du bewegst dich im Moment auf unglaublich dünnem Eis. LJ hat mit den Schlipsträgern in Florida telefoniert. Sie denken, du wärest mit deinen Kräften am Ende. Gib ihm keinen Vorwand, dich rauszuwerfen. Er wird es tun. Vom ersten Tag an hat er gesagt, unsere Gruppenbesetzung sei nicht fest.«

»Denkst du, dass interessiert mich?«, fragte Miles. »Manche Dinge sind wichtiger.«

»Aimee ist so wichtig?«

Miles nickte. Sie war das Wichtigste.

»Also, mich brauchst du nicht so anzugucken«, sagte Trevin. »Ich riskiere meinen Arsch nicht für dich. Nicht dafür.«

Miles stieß mutlos den Atem aus. Besiegt. Er war angearscht. Wenn *niemand* bereit war, ihm zu helfen, würde er wieder am Anfang stehen, tiefer in der Scheiße als vorher und ohne einen Weg hinaus.

»Ich mach's.«

Als Miles die Stimme hörte, drehte er sich um. Ryder stand hinter ihm.

Kapitel 19

Aimee stopfte das letzte Buch in ihren Rucksack und ließ ihn neben ihren geschlossenen Koffer fallen. Sie hatte vorgehabt, nur E-Books mitzunehmen, aber sie hatte zu Hause so schnell packen müssen, dass ihr dafür keine Zeit geblieben war. Nun, jetzt würde sie jede Menge Zeit haben. In wenigen Stunden wollte Tante Mary sie in der Lobby des Hotels treffen.

Sie war immer noch steif, weil sie die ganze Nacht an Nicks Schulter geschlafen hatte. Bevor sie vor Erschöpfung umgekippt war, hatte sie wahrscheinlich das peinlichste Gespräch gehabt, das sie je geführt hatten, als Nick ihr erzählte, dass er über Miles Bescheid wisse. Aimee wollte nicht darüber reden, und Nick hatte gesagt, dass *er* ebenfalls nicht darüber reden wolle, dass er aber Miles versprochen habe, Aimee zu bitten, ihn anzurufen. Stattdessen hatte sie ihr Telefon ausgeschaltet. Es würde nicht helfen, mit Miles zu reden. Sie war immer noch zu verletzt.

Außer Nick und Marsha wusste niemand, dass Aimee die Tour verlassen würde. Sie wollte keine große Szene machen und Miles würde eine Szene definitiv nicht zu schätzen wissen. Hatte er nicht gesagt, er habe die Dramen satt? Aber warum scherte es sie, was er dachte?

Weil er ihr etwas bedeutete. Trotz des Miles-großen Lochs in ihrem Herzen war er ihr immer noch wichtig. Wenn er ihr nicht so viel bedeutet hätte, wäre es vielleicht einfach gewesen fortzugehen. Sie würde verschwinden und die Sache abhaken.

Aber ihr Herz war so dumm, und es war ihre eigene Schuld, dass er da hineingelangt war. Sie hatte eine Mauer um ihr Herz herum erbaut und dafür gesorgt, dass sie hoch und stark war, bevor sie einen Fuß in den ersten Tourbus gesetzt hatte.

Aber Stück für Stück, Stein für Stein hatte Miles sie abgetragen, bis nicht mal mehr ein Fundament übrig gewesen war. Nur er. Nur sie. Zusammen in seiner Koje. In seinen Armen hatte sie Dinge gefühlt, die sie nicht für möglich gehalten hatte. Und dann hatte er ihr das genommen.

Vielleicht würde sie Tante Mary anrufen und fragen, ob sie früher kommen könne, oder vielleicht konnte sie einfach jetzt allein aufbrechen und mit einem Taxi zu Mary fahren. Aimee glaubte nicht, dass sie es noch weitere drei Stunden aushalten konnte. Was sie daran erinnerte, dass ihr Telefon immer noch ausgeschaltet war. Sie holte es aus ihrem Rucksack und beobachtete, wie versäumte Anrufe und Nachrichten und SMS den Bildschirm aufleuchten ließen.

Alle von Miles.

Sie ließ sich aufs Bett sinken und spielte die erste Voicemail ab. Sie konnte sie kaum verstehen, so hektisch war seine Stimme. Er hatte sie gestern Abend gebeten, ihn anzurufen. Das musste vor dem Konzert gewesen sein. Die nächste Nachricht erklang. Eine weitere Bitte um einen Anruf, obwohl er ruhiger wirkte. Allein seine Stimme zu hören, genügte, um ihr dummes Herz zu beschleunigen. Diesmal sagte er außerdem, dass er die Wahrheit kenne und dass es ihm leidtue.

Sie kannte seine Stimme, und sie wusste, dass er es ernst meinte. Aber nach allem, was sie durchgemacht hatten, waren mehr als ein paar Nachrichten nötig. Außerdem würde er im September trotzdem nicht nach Hause kommen. Selbst wenn sie ihm jetzt verzieh, wie konnte sie, nachdem sie in der Vergangenheit verletzt worden war, einen Weg finden, damit fertigzuwerden?

Seine SMS sagten alle das Gleiche: Er müsse wirklich mit ihr reden. Es tue ihm leid. Bitte, geh nicht. Oh, also wusste Miles, dass sie wegging. Nick musste es ihm erzählt haben. Na super. Die Probleme aller Beteiligten waren jetzt gelöst.

Wenn sie weiter diese vier Hotelwände anstarren müsste, würde sie verrückt werden. Aimee kannte *S2Js* heutigen Terminplan, und es bestand null Chance, Miles über den Weg zu laufen, wenn sie sich vom Cowboys Stadion fernhielt. Ein Kinderspiel. Es war wahrscheinlich sicher, sich jetzt hinauszuwagen, also schleppte sie ihren Koffer und ihren Rucksack nach unten, bereit, für immer weiterzuziehen.

Sobald sie in die überfüllte Lobby trat, entdeckte sie eine ganz in Schwarz gekleidete Frau, die eine Chauffeurmütze trug und ein großes Schild mit Aimees vollem Namen darauf hochhielt, wie ein Limousinenfahrer an einem Flughafen. Aimee ging zu ihr. Bei genauerem Hinschauen war sie viel jünger, nur wenige Jahre älter als Aimee. Ihr Outfit war keine normale Chauffeuruniform, sondern wie das Chauffeurkostüm einer Stripperin. Das Hemd war mehr als tief ausgeschnitten und die Zipfel waren verknotet und zeigten von der Unterseite ihres Push-up-BHs bis zum oberen Rand ihres schwarzen Mikro-Minirocks nackte Haut. Und Netzstrümpfe unter etwas, das man nur als Stripperinnenstiefel bezeichnen konnte.

»Ähm, hi«, sagte Aimee. »Wartest du auf mich?«

Das Mädchen ließ das Schild sinken. »Bist du Aimee Bingham?«

»Ja.« Sie griff nach ihrem Rucksack.

»Das hat ja nicht lange gedauert«, bemerkte sie trotz Kaugummi im Mund. »Nimm deine Sachen und folge mir.«

Hm. Sollten Chauffeure einem nicht helfen, seine Taschen zu tragen? Es war keine Limousine, die am Straßenrand wartete, sondern ein glänzender Cadillac, der Aimee sofort an Miles hinter dem Lenkrad dieser kleinen roten Corvette denken ließ. Alberne Tränen brannten ihr in den Augen.

Die Fenster waren schwarz getönt, und der Kofferraum stand offen, daher hievte Aimee ihren Koffer hinein und schloss ihn.

»Nach hinten«, sagte die Chauffeurstripperin und stützte sich mit einem Ellbogen auf das Dach des Wagens.

Aimee machte sich nicht die Mühe, Fragen zu stellen, sondern öffnete die Tür, ließ sich auf die Rückbank gleiten und nahm sich vor, Tante Mary zu sagen, dass der Fahrdienst, den sie engagiert hatte, vielleicht interessant sein mochte, aber wahrscheinlich nicht ganz sauber war. Aimee wurde gegen den Sitz geschleudert, als der Wagen sich mit quietschenden Reifen vom Straßenrand entfernte.

Erst als sie sich anschnallte, fiel ihr auf, dass auf dem Vordersitz noch jemand saß. Ein Typ in einer Lederjacke mit schmutzig blondem Haar, das ihm bis auf die Schultern fiel. Tja, wenn die Fahrerin eine Stripperin war, warum konnte der Co-Pilot kein Hells Angel sein? Obwohl … wenn sie es nicht besser gewusst hätte, würde sie denken, dass der Typ genauso aussah wie …

»Ryder?«

Der Typ drehte sich nicht um, sondern beugte sich zu der Fahrerin vor. »Gute Arbeit, Babe«, sagte er, dann küssten sie sich, und er rückte ihr die Fahrermütze zurecht.

»Für dich immer, wenn du dich mal vom Wind in die Stadt *blasen* lässt«, antwortete das Mädchen und erwiderte seinen Kuss … mit Zunge. Mit einer Menge Zunge. Würg.

»Ähm, bitte, tu das nicht, während du fährst. Ich würde gern meinen siebzehnten Geburtstag erleben.«

Die Fahrerin warf ihr einen Blick zu. »Sechzehn.« Sie schaute Ryder an. »Ist das nicht süß?«

»So kann man's auch nennen«, entgegnete Ryder.

»Ich bin Candy Cain«, sagte die Fahrerin und sah Aimee mit von falschen Wimpern umrahmten Augen an.

»Hi«, antwortete Aimee mehr als verwirrt. »Ryder, warum bist du hier, und wohin bringt sie mich?«

»Keine Fragen«, sagte er, ohne sich umzudrehen.

»Aber meine Tante sollte mich abholen.«

»Die ist aufgehalten worden.«

»Oh.« Aimee blinzelte. »Deshalb hat sie dich – Ryder Brooks – gebeten, stattdessen im Hotel vorbeizufahren und mich abzuholen? In welchem Universum ergibt das einen Sinn?«

»Sie ist ziemlich schwatzhaft«, bemerkte Candy.

Ryder stöhnte. »Erzähl mir mehr darüber.«

»Im Ernst, Sie fahren besser rechts ran und lassen mich raus. Das hier ist Kidnapping.«

»Willst du 'n Cop rufen?«, fragte Ryder und drehte sich endlich um. Obwohl er düster und gemein war, konnte Aimee nicht leugnen, dass er gut aussah – auf eine düstere, gemeine Art. Aber sie war absolut fertig damit, sich in Musiker zu verlieben. Komplett total fertig.

»Solltet ihr nicht genau jetzt ein Interview geben?«, fragte Aimee seinen Hinterkopf.

»Ich schwänze.«

»Euer Pre-Show-Set ist in zwanzig Minuten.«

»Das schaffen wir.«

Aimee rieselte bei seinen Worten eine Gänsehaut über den Rücken. »Moment mal. Du bringst mich ins Stadion?« Das Schweigen, das folgte, war Antwort genug.

»Nein, ich komme nicht mit.« Sie boxte gegen seine Rückenlehne. »Dreh um oder halt an oder ... einfach – nein.«

»Das wirst du nicht verpassen wollen«, erklärte Ryder.

»Ich rufe meinen Bruder an.« Sie nahm ihr Handy heraus. »Sofort.«

»Scheiße, das hatte ich vergessen.« Ryder drehte sich in seinem Sitz ganz um und faltete ein Stück Papier auseinander. »Nick sagt Hi«, las er vor, »und er sagt, du sollst nicht ausflippen, und er sagt außerdem, du hattest recht wegen ...« Er hielt inne, um die Augen zu verdrehen. »Du hattest recht wegen Carlisle, und ... ich weiß nicht, er sagt *Hau rein*« – er machte mit den Fingern Gänsefüßchen – »oder irgendso 'n Scheiß. Und das ist das Letzte, was ich jetzt sagen werde.« Er knüllte den Zettel zusammen und drehte sich um. »Ich soll ohnehin nicht mit dir reden. Soll nicht reden oder denken oder mich dir auf drei Meter nähern.«

»Warum?« Keine Antwort. »Wer hat gesagt, du sollst nicht ... oh. Miles?«

Ryder zuckte mit den Schultern.

»Warum sitze ich dann in diesem Wagen? Ich habe Miles nichts zu sagen und er hat mir nichts zu sagen.«

Das brachte Ryder aus irgendeinem Grund zum Lachen. Aimee setzte ihren Protest fort und ihr Hämmern gegen den Sitz, bis sie auf den riesigen Parkplatz des Cowboys Stadion einbogen. Wegen der getönten Scheiben konnte Candy direkt an all den Leuten vorbei-

332

fahren, die draußen vor der Arena warteten, ohne dass sie je erfahren würden, wer in dem Wagen saß. Sie fuhr um eine Ecke und kam mit quietschenden Reifen zum Stehen.

Ohne ein Wort warf Ryder ein Handy über den Sitz – und traf Aimee fast ins Gesicht damit –, dann sprang er aus dem Wagen und verschwand. Bevor Aimee fragen konnte, ob sie ebenfalls aussteigen sollte, trat Candy aufs Gas, und sie entfernten sich von dem Gebäude.

»Lass mich hier raus.«

»Geht nicht. Hab meine Befehle.«

Genau in dem Moment bemerkte Aimee, dass an dem Handy in ihrem Schoß ein Zettel mit einem Gummiband befestigt war. *Drück die 1*, stand da. Candy bremste wieder mit quietschenden Reifen, damit einige Fußgänger vorbeigehen konnten, und Aimees Telefon rutschte zu Boden. Aimee griff danach und drückte die Taste Nummer eins. Es schaffte nur ein halbes Läuten, bevor jemand dranging.

»Aimee?«

Von dem kristallklaren Klang seiner Stimme kam ihr Herz ins Stottern.

»Aimee? Bist du da? Es tut mir so leid.«

Sie schloss die Augen und ihre Kehle schnürte sich zu vor aufsteigenden Tränen.

»Du hattest recht, ich war so ein Mistkerl. All die Dinge, die ich zu dir gesagt habe … das ist unverzeihlich. Aimee?«

»Ich bin hier«, quietschte sie.

333

Genau in dem Moment hielt der Wagen abrupt an. »Deine Haltestelle«, sagte Candy.

Aimee schaute sich um. Sie befanden sich ganz hinten auf dem riesigen Parkplatz. Die Arena war fast fünfhundert Meter entfernt. »Hier?«

»Es sei denn, du willst mit mir in den Klub zurückfahren«, antwortete Candy mit einem Lächeln.

Aimee kletterte aus ihrem Sitz und hinaus auf das heiße Pflaster, während sie das Telefon immer noch an ihr Ohr drückte.

»Mach dir keine Gedanken wegen deines Koffers«, fügte Candy hinzu. »Das wird geregelt.« Dann preschte sie davon.

»Aimee?«, sagte Miles in das Telefon. »Bist du auf dem Parkplatz des Stadions?«

»Ja«, bestätigte sie, drehte sich im Kreis und schaute sich um. »Warum bin ich hier?«

»Bitte, hör einfach zu. Ich kann dir gar nicht sagen, wie leid es mir tut. Ich habe alles falsch verstanden und hab die Nerven verloren.«

Sie nickte. »Ich weiß.«

»Nein, tust du nicht. Es sind *meine* dämlichen Komplexe, die mich so verrückt gemacht haben. Ich hätte dir vertrauen sollen. Ich *vertraue* dir. Es tut mir so leid. Und ich schwöre, ich wusste nichts von der Verlängerung der Tournee. LJ hat mich total damit überrumpelt, aber das ist keine Entschuldigung dafür, dass ich dich so hab sitzen lassen. Ich war in dieser Hinsicht ein solches Arschloch, es tut mir so leid.«

334

»Miles ...« Sie hatte einen Kloß im Hals, sodass sie kaum schlucken konnte.

»Kannst du mir verzeihen? Bitte, verzeih mir, Aimee.«

Seine Worte, seine Stimme, die Vorstellung, wie sein Gesicht aussah ... was sie für ihn empfand, war nicht länger nur eine kindliche Schwärmerei; das wusste sie seit Tagen, hatte es bei jedem Kuss gespürt. Selbst nach all den Kränkungen und Fehlern vertraute Miles ihr. Sie vertraute ihm ebenfalls. Mehr als das, sie vertraute ihrer gemeinsamen Zukunft. Sie hatte ihre eigenen Komplexe; Ängste, zurückgelassen zu werden, wenn er reisen musste. Aber Miles war das Risiko wert. War es immer gewesen. Das einzugestehen, und sei es auch nur sich selbst gegenüber, trieb ihr Tränen des Glücks in die Augen.

»Ames? Du bedeutest mir alles. Es tut mir so leid. Bitte, bitte, verzeih mir.«

Ihr Herz hämmerte jetzt, und jeder Schlag sang den gleichen Ton: Er war der richtige Junge für sie, der Richtige für ihre Liebe. Und das Herz lügt niemals. »Ich verzeihe dir«, sagte sie.

»Wirklich?«

Sie lachte unter Tränen und bekam einen Schluckauf. »Wirklich!«

»Danke.« Er lachte ebenfalls. »Oh, Baby. Ich würde alles geben, um dich jetzt zu umarmen. Um dein Gesicht zu küssen. Ich will dich einfach sehen.«

»Ich dich auch – alles.«

»Hm, Moment. Ich glaube, ich *sehe* dich. Nein, das kann nicht sein ... du trägst kein Kleid. Bist du das in

Jeans, einem weißen Shirt und mit einem roten Ruck-sack?«

Ihr stockte der Atem, als sie herumwirbelte, aber sie sah nur Leute, die ihre Autos parkten. »Wo bist du? Miles, du solltest bei dem Pre-Show-Set sein.«

»Da bin ich auch. Folge meiner Stimme.«

In der nächsten Sekunde hörte Aimee lauten Jubel durch ihr Telefon und einen sehr realen, wenn auch fer-nen Jubel von der anderen Seite des Stadions.

»Hast du das gehört?«

»Ja.« Ihr Herz hämmerte; sie musste ihn finden. Sofort. »Wo bist du?«

»Ich warte auf dich, Babe. *Wir alle*!« Seine Stimme war gedämpft, weg vom Telefon. »Sie braucht noch einen Hinweis.« Wieder brach trommelfellzerreißender Jubel aus. Ein Adrenalinstoß durchfuhr Aimee und brachte ihr Herz dazu, beinah schmerzhaft zu rasen. Sie umklammerte ihren Rucksack und rannte auf das Ge-räusch zu, folgte Miles' Stimme, wie er sie gebeten hatte. Wieder erklang Jubel, näher diesmal.

»Aimee, ich würde ja zu dir kommen, aber ich kann nicht. Du wirst zu mir kommen müssen.«

»Ich bin unterwegs, Miles.« Ihr Herz schlug schnell, während sie noch schneller rannte und sich durch die Menge schlängelte. Ein weiteres Aufbranden von Jubel. Sie war näher, aber sie konnte ihn immer noch nicht fin-den, und ihr Puls hämmerte in ihren Ohren. Wo war er?

»Du kannst auflegen.«

»Warum?« Sie keuchte und ihr Blick bewölkte sich

vor Verwirrung und Panik. Sie durfte die Verbindung nicht verlieren, nicht jetzt.

»Weil wir das Telefon nicht mehr brauchen.«

Seine Stimme kam diesmal nicht aus dem Handy, sondern durch die Luft. Immer noch rennend schob sie sich das Telefon in die Gesäßtasche und blinzelte in die Sonne. Als sie um die hintere Ecke des Stadions bog, rannte sie beinahe gegen eine improvisierte Absperrung und zwei Reihen von Cops. Hinter ihnen war eine Menschenmenge von ungefähr zweihundert Personen unter einem riesigen weißen Zelt versammelt. Hohe grelle Scheinwerfer und Kameras säumten den Rand. An einer Seite war eine Bühne aufgebaut, wo auf einem großen Bildschirm das Logo von *Seconds to Juliet* aufblitzte, während die fünf Jungs auf der Bühne standen.

Sämtliche zweihundert Menschen sahen sie an, und sie konnte an den Bewegungen der Scheinwerfer erkennen, dass die Kameras sich ebenfalls auf sie richteten. Ein Blitzlichtgewitter brach um sie herum los. Sie wurde fotografiert. Jetzt gerade. Sie hätte sich unsicher und nervös fühlen sollen, aber jeder Gedanke daran wurde zerstreut, als sie ihn sah.

»Ames.« In Miles' Stimme hörte man ein Lächeln, als sie durch die Lautsprecher drang, warm und süß. Er klang ebenso erleichtert, wie sie sich fühlte. »Baby. Du hast mich gefunden.« Er winkte ihr zu und richtete das Wort an die Menge. »Das ist Aimee Bingham. Bevor wir mit der Show weitermachen, will ich, dass ihr sie alle kennenlernt, weil sie die wichtigste Person auf der Welt für mich ist, und alle sollen das wissen.«

Aimee lächelte so strahlend, dass ihre Wangen schmerzten, und dann bemerkte sie Nick. Er stand mit vor der Brust verschränkten Armen da und versperrte LJ den Weg. Warum oder seit wann? Sie wusste es nicht. Ihr Bruder nickte ihr zu und reckte den Daumen hoch, dann winkte er sie zur Bühne. Zu seinem besten Freund hin.

Stumm formte sie das Wort *Danke* an Nick gewandt, dann drehte sie sich wieder zur Bühne um. »Miles!«, rief sie. »Bist du verrückt?«

»Ja.« Er lachte und zeigte auf sie. »Verrückt nach dir.«

Die Menge jubelte. Weitere Blitzlichtgewitter folgten, und sie fühlte sich, als wäre sie in einem Traum.

»Dieses Mädchen«, sagte Miles ins Mikro. »Ich kenne sie seit fünf Jahren, aber in den letzten zwei Wochen hat sie mein Leben vollkommen verändert. Sie inspiriert mich. Sie macht mich in allem besser, sie lehrt mich Demut und fordert mich heraus und tritt mir total in den Hintern. Ich habe drei Songs über sie geschrieben, und ich weiß, dass noch mehr kommen werden, denn sie ist alles. Du bist *alles*, Aimee.«

Sie stand jetzt in der vordersten Reihe und schaute zu ihm auf, während er herunterblickte und sie unter den grellen Lichtern aus den Socken riss.

Er streckte eine Hand aus, und bevor sie danach greifen konnte, hatten zwei riesige Securitytypen sie gepackt und hoben sie auf die Bühne. Die Scheinwerfer waren noch greller, aber das ließ nach, sobald er sie in die Arme nahm.

Sie hörte die Schreie der Menge, nahm die Wärme der Lichter wahr, aber sie fühlte nur Miles, seine starken Arme, während sein Mund ihren fand, der Geruch und Geschmack, die sie so sehr vermisst hatte, dass es wehgetan hatte, ohne sie zu atmen. Er grub die Finger in ihr Haar, und sie schlang die Arme um ihn, Kameras hin, Kameras her.

Kameras?

»Miles.« Sie zog sich zurück und hob den Kopf, um in sein Haar zu flüstern, obwohl ihre Stimme aus den Lautsprechern drang. »Was ist aus ›Keine Dramen mehr‹ geworden?«

Er lachte und drückte sie an sich. »Wie gesagt, ich will, dass die Welt weiß, dass ich offiziell vergeben bin.« Er nahm ihr Gesicht in beide Hände. »Und dass ich total in dich verliebt bin.«

Ihre Knie und ihr Rückgrat verwandelten sich in Gelee. »Ich liebe dich auch.«

Er grinste und zog sie zu einem weiteren Kuss an sich. Die Welt trudelte wieder außer Kontrolle. Aber diesmal hielt Miles sie beide zusammen, und sie hatte noch nie das Gefühl gehabt, auf so festem Boden zu stehen.

»Ich liebe dich«, flüsterte er. »Ich liebe dich, Ames.«

Sie klammerte sich fest an ihn und drückte das Gesicht an seinen Hals, weil sie merkte, dass sie weinte.

»Ähm, Jungs…?«, rief Miles über seine Schulter. »Ein wenig Hilfe?«

»Ich denke, wir schaffen unsere nächste Nummer ohne dich«, sagte Trevin. »Was meint ihr, Leute? Sollen

wir den Turteltäubchen eine Minute für sich gönnen?«
Die Menge drehte durch, und Miles führte sie von der
Bühne, während Aimee ihr Gesicht immer noch an sei-
nen Hals schmiegte.

Sobald sie hinter der Bühne waren, küsste er sie erneut, so leidenschaftlich, dass Aimee vergaß zu atmen.
»Es tut mir leid«, wisperte er an ihrem Mund.

»Ich habe dich die ersten zwanzig Male schon verstan-
den«, erwiderte sie mit einem Lachen, noch während
Miles mit den Daumen über ihre Wangen strich und die
Tränen wegwischte.

»Mir tut das hier auch leid – all das.« Er zeigte auf die
Bühne, wo *Seconds to Juliet* ohne ihn improvisierten.
»Aber es war das Einzige, was mir eingefallen ist, die-
ses … Spektakel.«

Sie verschränkte die Finger hinter seinem Nacken.
»Das Einzige, was dir eingefallen ist, war, mich von
Ryder und seiner Stripperfreundin aus dem Hotel kidnappen zu lassen, mich am Arsch der Welt auszusetzen
und – vor laufender Kamera – zu verkünden, dass du
mich liebst?«

»Tut mir leid.« Er strich mit den Händen über ihre
Arme und sah zum Anbeißen aus.

Aimee lehnte sich an ihn. »Oh, Baby. Das braucht dir
niemals leidzutun.«

»Na ja, wenigstens wusstest du bereits, wie du mit
mir für die Paparazzi posieren musst.« Er warf ihr einen
wissenden Blick zu. »Du warst ein Profi da draußen.«

»Scheiße, Miles. Wegen dieses Blogs.« Sie grub die

Finger in seine Schultern, damit er nicht weggehen konnte. »Es tut mir so leid, ich schwöre es, es war …«

»Ich weiß«, unterbrach er sie mit einem Lachen und berührte ihre Stirn mit seiner. »Ich hätte es dich erklären lassen sollen, statt so ein Mistkerl zu sein. Ich habe echt ein Problem mit meiner Wut.«

»Davon habe ich gehört.« Sie nahm sein Gesicht zwischen ihre Hände und blickte ihm in die Augen, liebte den Jungen, der er war, ebenso wie den Mann, der zu werden er sich so sehr bemühte. »Du siehst müde aus.«

»Ich habe schon länger nicht mehr gut geschlafen.«

Sie seufzte. »Ich auch nicht.«

»Lester hat mir eine neue Ausgangssperre verordnet – verdammt streng.« Er grinste. »Es wird so einen verdammten Spaß machen, sie heute Nacht mit dir zu umgehen.« Er wollte sie küssen, hielt dann aber inne. »Ames, das mit der Verlängerung der Tour ist wahr. Ich kann nicht wie geplant nach Hause kommen. Es tut mir so leid, Babe, das liegt leider nicht in meinen Händen.« Er strich ihr mit einem Daumen über die Wange und sah ihr in die Augen. »Bitte, sag mir, dass das okay für dich ist. Das Fernbeziehungsding wird ätzend sein, aber wir lieben einander, wir werden dafür sorgen, dass es funktioniert.«

Aimee stellte sich auf die Zehen und küsste ihn. »Du hast recht«, flüsterte sie. »Ich bin bereit, mit dir zusammen allen Schwierigkeiten zu trotzen.«

Miles lächelte und zerdrückte sie beinahe in einer stürmischen Umarmung. »Nick hat deine Tante angerufen. Du bleibst hier bei mir.«

»Bis zum Ende meiner Gefängnisstrafe?«

»Tatsächlich bin ich sogar zu Mum gegangen, und wir haben deine Eltern angerufen, um zu gucken, ob du den ganzen Sommer bleiben könntest. Keine Chance.« Er grinste verlegen. »Anscheinend war ich ein wenig zu enthusiastisch, als ich ihnen erzählt habe, wie dringend ich dich bei mir brauche.«

»Hm, und das hat ihnen Sorgen gemacht?«

»Ich habe es vielleicht übertrieben.« Er drückte sie. »Sieht so aus, als müsste ich wieder da raus. Wirst du bleiben? Und bei dem Konzert heute Abend dabei sein?«

Aimee lächelte ihn verträumt an, weil ihr Happy End wahr geworden war. »Ich wäre nirgendwo lieber.«

Miles begann, sie loszulassen, als wolle er gehen, aber dann schob er eine Hand in ihre Gesäßtasche, sodass sie überrascht zusammenzuckte und dann an seiner Brust kicherte. »Was tust du da?«

»Ich liebe deine kleinen sexy Kleider wirklich, aber du bist auch in Jeans ziemlich umwerfend.« Er trat zurück, legte ihr einen Arm um die Schultern, zog sie an sich und hielt dann seinen freien Arm vor sie beide, ein Telefon in der Hand, das Telefon, das sie vor einigen Minuten benutzt hatte, um mit ihm zu reden. »Sag Cheese«, sagte er und machte ein Foto.

»Was tust du …«

»Noch eins.« Er zog sie enger an sich und küsste sie auf die Wange. Ein weiteres Klicken der Kamera. »Backstage-Selfies«, erklärte er, während er einhändig tippte.

342

»Wir sind beide auf diesen Bildern, und ich habe dich getaggt, also gibt es kein Zurück.«

»Kein Zurück«, stimmte sie mit einem kleinen, süßen Lächeln zu.

Noch ein Kuss auf ihre Wange, direkt auf die Stelle, von der er behauptete, er habe sie verpasst. »Ich sehe dich später hinter den Kulissen. Ich bin der mit der Gitarre und hoffe, dich im Dunkeln *anzurempeln.*« Er grinste und warf ihr einen Blick zu, der ihren Magen vor Aufregung zittern ließ.

»Ich kann es kaum erwarten.« Sie grinste und drückte sich eine Hand auf ihr tanzendes, pochendes Herz, während sie beobachtete, wie der schönste Junge der Welt ins Rampenlicht trat, sich ein Mikro schnappte und sagte: »Wer will meinen neuen Song hören? Aber ich werde ein Klavier brauchen.«

Epilog

Aimee machte sich bereit hinauszugehen, als ihr Handy zwitscherte und das FaceTime-Icon wackelte ... so wie ihr Herz flatterte. Sie erwartete Miles' Anruf erst in zwei Stunden. Nach ihren drei Wochen mit *S2J* hatten sie im Laufe des Sommers erstaunlich regelmäßig Kontakt gehalten, obwohl es nicht ungewöhnlich für ihn war, sie tagsüber noch ein- oder zweimal zusätzlich anzurufen oder Tulpen zu schicken oder ein singendes Telegramm mit Songs von Prince.

Das Fernbeziehungsding war wirklich ätzend, aber es würde nicht ewig so bleiben.

Sie war seit fast einem Monat wieder zu Hause, und es war immer noch nicht leicht, ihn nicht zu sehen. Obwohl sie jeden Morgen und jeden Abend pünktlich einen Videochat hatten, war es nicht dasselbe. Sie versuchte, sich damit zu beschäftigen, ihren Vlog und ihre Rezensionen auf den neuesten Stand zu bringen und *S2J* auf jedem sozialen Medium zu folgen.

Überraschenderweise hatten deren Hardcorefans sich nicht von Miles abgewandt, wie LJ befürchtet hatte, nicht einmal der Miles High Club. Tatsächlich waren die beiden Backstage-Selfies ein Riesenerfolg und *#Aimiles* war jetzt der Hype schlechthin. Alle schienen sich wirklich für sie zu freuen.

Sie tippte auf ihr Telefon und sah Miles' lächelndes Gesicht. »Hi, du Herzensbrecher.«

»Hey, du zauberhafte Stalkerin. Wie geht es dir?«

»Großartig. Bin auf dem Weg in die Bibliothek.«

»Bücher ausleihen oder zurückbringen?«

»Zurückbringen.«

»Ich bin heute Morgen mit *Die Unsterblichen* fertig geworden. Du hattest recht, ich fand es super, und der Bruder erinnert mich wirklich an Nate.«

Sie lachte. »Ich hab's dir gesagt!«

Miles seufzte und schenkte ihr ein Lächeln, das in ihr immer den Wunsch weckte, ihn zu küssen. »Ich vermisse dich so sehr, Ames.«

»Ich dich auch.«

»Ich wünschte, du wärest hier und würdest auf meinem Schoß sitzen und mich in diesem kleinen gelben Kleid herumkommandieren. Hast du das gerade an?«

»Miles, soll das hier gleich FaceTime-Sex werden? Denn meine Grandma ist nebenan.«

Er lachte und verdrehte die Augen. »Okay, ich werde mich beherrschen.«

Aimee schnappte sich mit der freien Hand ihren Rucksack. »Wo seid ihr gerade?«

»In Milwaukee.« Er schaute sich um. »Die Zeit rast, aber wir haben einen Mordsspaß. Selbst Ryder ist nicht mehr so unausstehlich. Ich glaube, da ist vielleicht ein Mädchen im Spiel.«

346

»Du meinst jemand Festes? Das klingt gar nicht nach unserem Ryder.«

»Nicht wahr? Aber irgendwas ist definitiv los mit ihm. Verdammt, ich wünschte, ich könnte dich sehen.«

»Ich weiß. Ich würde alles dafür geben.«

»Alles?«

»Na ja, ich würde nicht so weit gehen, eine Stripperin anzuheuern, um dich zu kidnappen.«

Er lachte sein wunderschönes, melodisches Lachen. »Ah, da ziehst du also die Grenze. Gut zu wissen. Ich muss los. Ich bin auf dem Weg zu einem ganz besonderen persönlichen Auftritt und ich bin spät dran. Aimee, was ist das für ein Geräusch?«

Sie schaute in seine verpixelten blauen Augen. »Welches Geräusch?«

»Hat es nicht gerade an deiner Haustür geklopft?«

»Ich habe kein Klopfen …« Ein lautes, rhythmisches Klopfen unterbrach sie.

»Meinst du nicht, dass du die Tür öffnen solltest?«

Obwohl sie wusste, dass es unmöglich sein konnte, lief Aimee zur Tür und riss sie auf.

»Hey«, sagte Miles, der lebendige, atmende, einen Meter achtzig große, breitschultrige, sexyste Junge auf dem Planeten, Herzensbrecher aller Herzensbrecher, Junge, der in sie verliebt war. Miles. Er ließ sein Telefon sinken und grinste. »Überraschung.«

347

Danksagung

Ich kann euch – meinen fabelhaften Lesern! – gar nicht sagen, welchen Superspaß es mir gemacht hat, diese Geschichte zu recherchieren und zu schreiben. Meine Begeisterung für Boybands ist alles andere als eine heimliche Leidenschaft, denn ich bekenne mich offen dazu, seit ich sechzehn bin. Und jetzt habe ich acht Monate lang jedem, der bereit war, mir zuzuhören, erklärt, dass ich geradezu dafür geboren bin, dieses Buch zu schreiben, und dass meine neun früheren Romane nur die Vorbereitung für diese glorreiche Geschichte gewesen sind. Logischerweise habe ich deshalb einigen Leuten zu danken.

Zuallererst wie immer meiner Lektorin, Stacy Abrams, dafür, dass sie so hilfreich und brillant und einfallsreich und zauberhaft ist. Ein Danke auch an Sue, Ginger, Nancy, Kelly, Lindsay & Lexie (LLL Lunch Ladies), Annie, Teri, Rachel, Cindi, Leah, Lydia, Rachel, Susan, Molly und alle anderen, die geholfen haben, meinen unersättlichen Boyband-Appetit zu stillen. Und vielen Fan-Dank für die Inspiration durch *NKOTB*, *BSB*, *McFly* und *1D*. »Hey, Nick! Siehst du mich in Reihe zehn? Heirate mich!«

Ein ganz spezielles Dankeschön den anderen vier

Backstage-Autorinnen: Lisa Burstein, Emmy Curtis, Rebekah Purdy und Erin Butler. Dieses Projekt war wirklich der größte Fun aller Zeiten, und dass mein Teil daran nun getan ist, kommt mir beinahe wie das Ende einer Ära vor. Wir haben so viel durchgemacht und uns Tausende E-Mails geschrieben. Ich werde unseren täglichen Austausch ganz besonders vermissen. Danke für die Einladung, mich an diesem Projekt zu beteiligen; ich hoffe, ich bin unseren Jungs gerecht geworden.

Mein letzter Dank gilt meinem lieben Freund Nathan, dessen Kreativität mich zu der Szene mit dem Song auf dem Piano inspiriert hat. Ja, ich habe das so ziemlich aus meinem Leben genommen, denn als du den Piano-Song für mich gespielt hast, war das vermutlich der traumhafteste Augenblick in meinem Leben. Danke, dass ich die Welt an dieser persönlichen Erfahrung unserer Zweisamkeit teilhaben lassen durfte. Und ich hoffe immer noch, dass wir eines Tages diese Bandaufnahme wiederfinden.

Every time we're down, you can make it right,
And that makes you larger than life.
– Backstreet Boys

Huntley Fitzpatrick
Mein Sommer nebenan

512 Seiten, ISBN 978-3-570-40263-4

Samantha Reed liebt die Garretts heiß und innig – doch nur aus der Ferne. Die 10-köpfige Nachbarsfamilie ist tabu, denn die Garretts sind alles, was Samanthas Mutter ablehnt: chaotisch, bunt und lebensfroh. Aber eines schönen Sommerabends erklimmt der 17-jährige Jase Garrett Samanthas Dachvorsprung und stellt ihr Leben auf den Kopf. Sie verliebt sich mit Haut und Haaren und wird von den Garretts mit offenen Armen aufgenommen. Eine Zeit lang gelingt es Samantha, ihr neues Leben vor der Mutter geheim zu halten. Doch als ein Autounfall die Garretts aus der Bahn wirft, muss Samantha eine schwere Entscheidung treffen …

www.cbj-verlag.de

Beck Nicholas
Remember the Music

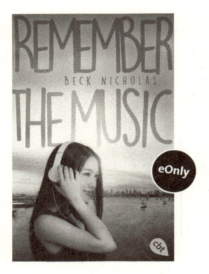

ISBN 978-3-641-23535-2

Es wäre eine riesige Chance gewesen – als Support Act für Gray vorzuspielen, den erfolgreichsten Musiker des Landes! Mai hasst es, ihre Band wegen einer nervigen Highschool-Prüfung im Stich zu lassen. Zum Glück hat ihre beste Freundin und Bandkollegin Lexie schon einen Plan B: Sie schleichen sich einfach in Grays Hotel ein und überreden ihn, der Band noch eine Chance zu geben. Doch das ist leichter gesagt als getan, als Mai im falschen Zimmer von einem jungen Mann mit nur einem Handtuch um die Hüften ertappt wird ...

Das Prequel zu REMEMBER THE FUN!

www.cbj-verlag.de